군림천하 36

초판 1쇄 발행 2026년 3월 20일

지은이 ǀ 용대운
발행인 ǀ 최원영
편집장 ǀ 이호준
편집디자인 ǀ 박민솔
영업 · 관리 ǀ 김민원 조은걸

펴낸곳 ǀ ㈜ 디앤씨미디어
등록 ǀ 2002년 4월 25일 제20-260호
주소 ǀ 서울시 구로구 디지털로32길 30 코오롱디지털타워빌란트 1301-1308호
전화 ǀ 02-333-2513(대표)
팩시밀리 ǀ 02-333-2514
E-mail ǀ papy_dnc@dncmedia.co.kr
블로그 ǀ blog.naver.com/gnpdl7

ISBN 978-89-267-2579-5 04810
ISBN 978-89-267-1535-2 (SET)

용대운 대하소설

君臨天下

군림천하

4부 천하의 문[天下之門]

36

신목지변(神木之變) 편

PAPYRUS
파피루스

目次

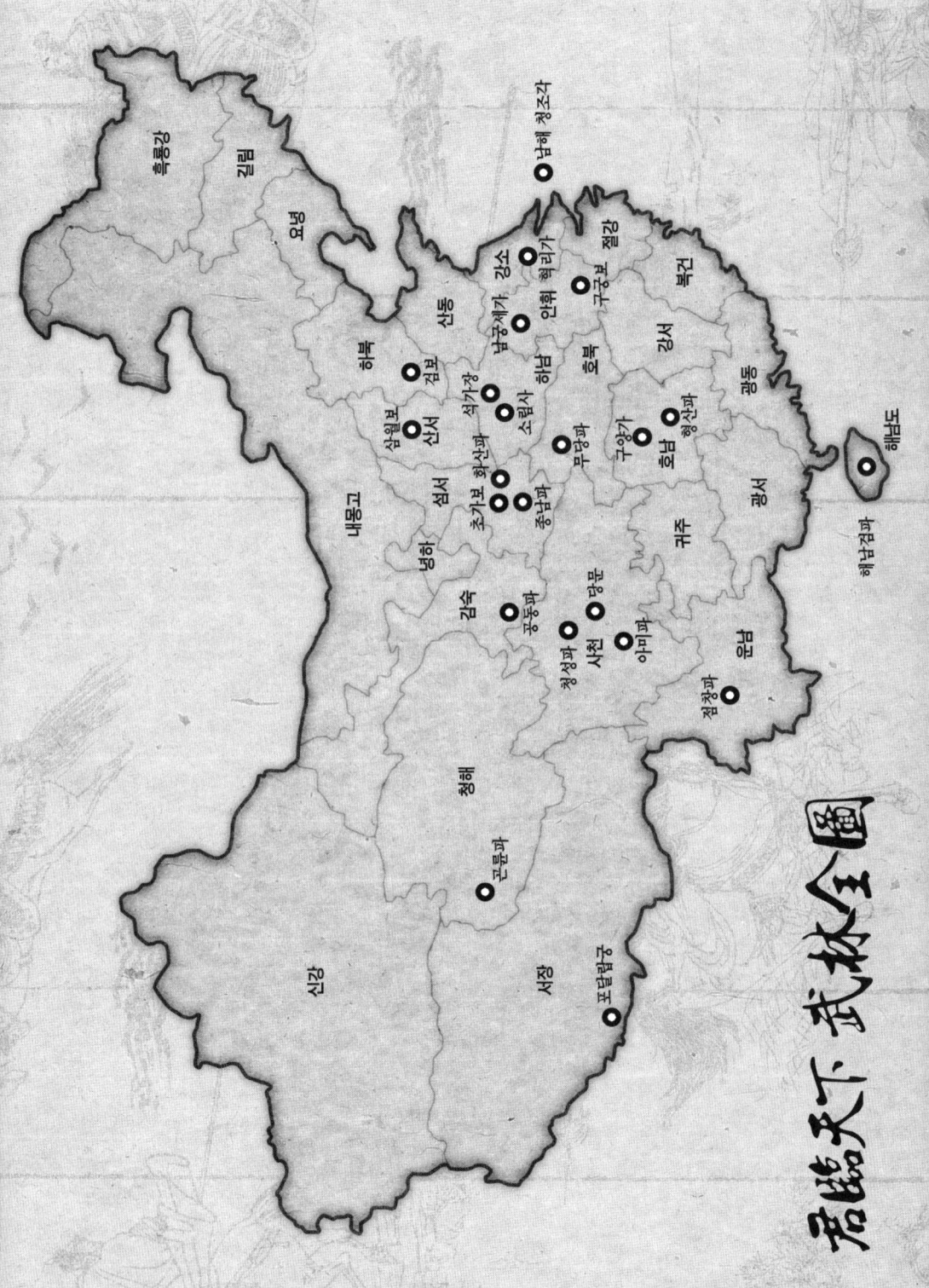

君臨天下 武林全圖

제367장

구원회래(久遠回來)

제367장 **구원회래(久遠回來)**

적화승은 여전히 살기등등한 모습인 데 반해, 도인수는 흠칫하는 표정을 숨기지 못했다.

"옥면신권?"

낙일방은 그를 힐끗 쳐다보며 어깨를 쭉 폈다.

"바로 나요."

옥면신권은 요즘 신검무적과 함께 강호무림에서 최고의 성가를 올리고 있는 신진 고수였다. 그는 권법에 관한 한 누구나가 인정하는 젊은 층의 최고 고수였고, 무당산에서 벌어진 악산대전에서는 무림구봉 중의 일인인 지봉 용선생과 백중지세의 혈전을 벌여 무림을 그야말로 경동(驚動)시켰다. 그래서 그를 천하제일의 후기지수(後起之秀)라고 부르는 자들도 적지 않았다.

하나 도인수가 놀란 것은 단순히 그 때문만이 아니었다.

들리는 소문으로는 옥면신권은 무당산에서 악산대전이 끝난 후 종남파로 돌아오고 있는 중이라고 했다. 그런데 그런 그가 홀연히 이곳에 모습을 드러낸 것이다.

그렇다면 그와 함께 악산대전에 참여했다가 귀환한 종남파의 고수들은 과연 어디에 있겠는가?

도인수의 얼굴이 자신도 모르게 조금 전까지 치열하게 싸웠던 중노인을 향했다.

때마침 중노인은 자신의 얼굴에서 한 장의 얇은 가죽을 벗겨낸 후 굽혔던 허리를 반듯이 폈다.

우두둑!

뼈마디 맞춰지는 음향과 함께 그다지 크지 않았던 중노인의 몸이 훨씬 커지며 왜소했던 체구가 정상으로 돌아왔다. 뿐만 아니라 주름이 가득했던 얼굴은 혈색 좋은 중년의 모습으로 변했고, 흐릿했던 안광은 정기가 가득 찬 눈이 되어 있었다.

청수한 인상의 중년인은 멍하니 자신을 보고 있는 도인수를 향해 가볍게 인사를 했다.

"나는 성락중이란 사람이오. 종남파에 몸을 담고 있소."

도인수의 입에서 신음 같은 음성이 흘러나왔다.

"무영검군……."

도인수는 그와 몇 수 겨루지는 않았지만 그가 자신에 못지않은 고수임을 직감적으로 알 수 있었다. 그런데 이제 보니 상대는 강호를 뒤흔들고 있는 종남파의 이름난 검객이었고, 장기인 검은 아예 뽑아 들지도 않고 적수공권(赤手空拳)으로 자신을 상대했던 것이다.

맨손으로도 비등하게 싸웠는데 그의 손에 검이 쥐인다면 결과가 어떻겠는가?

그의 그런 마음을 비웃기라도 하듯 성락중은 노해광에게서 장검 하나를 건네받았다. 검을 손에 든 그는 조금 전만 해도 비쩍 마르고 추레한 중노인이었다고는 상상도 할 수 없을 만큼 고귀해 보였고, 추상 같은 위엄마저 느낄 정도였다.

무영검군 성락중은 종남파의 장문인인 신검무적의 사숙으로, 남궁검문과의 비무에서 남궁검문의 최고 고수인 남궁연을 꺾으면서 처음으로 강호에 이름을 알리기 시작했다. 그 후로 거듭되는 고수들과의 결전을 모두 승리로 장식하면서 급속도로 명성을 쌓아 올리더니, 결국 무당산에서 벌어진 악산대전에서 형산파의 오결검객 중 한 사람이자 전설적인 검객인 비응검 사공표마저 격파하여 강호무림에 그 신위를 널리 떨쳤다.

당금 무림의 누구나 인정해 마지않는 절세의 검객을 마주하게 되니 아무리 세상에 무서운 것이 없고 담대한 도인수라 할지라도 가슴 한구석에 불안감이 치미는 것은 어쩔 수 없었다.

'제길. 노해광 주변에는 절정 고수가 없다는 말만 믿고 있었는데, 이놈들이 벌써 돌아왔을 줄이야. 그런데 어떻게 장안에 소문조차 퍼지지 않은 것인지 모르겠구나.'

도인수가 의문을 느끼는 것도 무리는 아니었다.

악산대전 이후 종남파 고수들의 움직임 하나하나는 모든 무림인들의 주된 관심사였다. 악산대전에서 승리한 후 몸을 추스른 종남파의 고수들이 무당산을 떠나 다시 종남산으로 귀환하고 있다는 소문은 적어도 무림인들이라면 모르는 사람이 없을 정도로 넓게 퍼져 있었다.

섬서성은 물론이고 서안의 모든 사람들도 언제 그들이 종남파로 돌아올지 촉각을 곤두세우고 있었다. 특히 회람연에서 화산파와의 충돌 이후 종남파의 본산에서 벌어진 습격 사건 때문에 그들이 종남파로 돌아오면 서안에 다시 한바탕 거센 폭풍이 몰아칠 거라고 믿는 사람들이 적지 않았다.

그런데 지난 며칠간 서안의 어디에서도 그들에 대한 소식은 들려오지 않았다. 그래서 노해광을 제거하려고 함정을 준비하던 도인수도 그들에 대해서는 별다른 대비를 하지 않았던 것이다.

그런 면에서 도인수는 운이 나빴다고 할 수 있었다.

그가 이틀만 더 계획을 일찍 진행했어도 어쩌면 오늘과는 전혀 다른 결과를 얻게 되었을지도 몰랐다. 왜냐하면 성락중을 비롯한 악산대전에 참여했던 종남파의 고수들이 종남산으로 돌아온 것이 바로 이틀 전의 늦은 저녁이었기 때문이다.

*　　*　　*

붉게 물들었던 석양마저 서편 너머로 사라지고 주위가 조금씩 어둠으로 잠길 무렵, 종남산의 깊은 산자락에 위치한 종남파의 산문 입구에 몇 명의 인물이 나타났다.

중년과 청년, 그리고 어린 소년이 뒤섞인 그 무리들은 산문 앞에서 걸음을 멈춘 채 관문과 그 너머로 아련하게 보이는 전각의 처마를 하염없이 바라보고 있었다.

"마침내…… 돌아왔구나."

누군가의 감격에 찬 외침이 아니더라도 산문을 응시하는 사람들의 눈에는 하나같이 격한 흥분과 설렘의 빛이 넘실거리고 있어 지금 그들의 심정이 어떠한지를 누구라도 쉽게 알 수 있을 것이다.

애꾸의 중년인이 우두커니 서 있는 청년의 옆구리를 툭 치자 청년이 퍼뜩 정신을 차리고는 재빨리 앞으로 달려 나갔다.

"제가 먼저 가서 알리겠습니다. 우리 왔어요, 우리가 돌아왔다고요!"

청년의 외침이 고요한 산속의 저녁을 송두리째 깨워 놓고 있었다.

잠시 후 소란스러운 움직임과 함께 몇 명의 인물들이 우르르 몰려나왔다.

그들 중 가장 앞에 있는 인물은 풍만한 몸매의 젊은 여인이었는데, 산문 앞에 서 있는 사람들을 보고는 반색을 하며 더욱 속도를 높였다.

"낙 사형!"

그녀는 중인들 중 준수한 용모의 백의 청년에게 달려가 그를 꼬옥 끌어안았다.

백의 청년은 자신에게 달려든 그녀의 등을 어설프게 두드리며 당황한 표정을 감추지 못했다. 하나 이내 그의 얼굴에도 환한 미소가 떠올랐다.

"사매, 잘 있었어? 본 파는 별일 없지?"

여인은 아무 말도 하지 않고 그를 끌어안은 채 그의 건장한 어깨에 가만히 머리를 대고 있었다.

백의 청년은 성숙한 여인의 체취에 잠시 어색한 빛을 띠었으나, 자신의 어깨가 축축하게 젖어 들자 흠칫 놀라 황급히 그녀를 떼어 냈다. 여인의 배꽃 같은 두 뺨이 눈물로 젖어 있는 것을 본 백의 청년의 얼굴이 대번에 딱딱하게 굳어졌다.

"방 사매, 본 파에 무슨 일이라도 생겼어? 모두 무사한 거지? 소 사형은? 소 사형은 어디에……."

백의 청년이 그녀의 어깨를 잡고 두서없는 말을 내뱉고 있을 때, 누군가가 그에게 다가오며 진중한 음성을 내뱉었다.

"고수가 되면서 침착해진 줄 알았더니 성급한 건 여전하구나."

"소 사형!"

음성의 주인공이 누구인지 알아차린 백의 청년이 반색을 하며 그를 돌아보았다.

그리 잘생기지는 않았으나 누구보다도 듬직하고 사내다운 얼굴이 시야에 가득 들어오자 백의 청년은 황급히 다가가 그의 어깨를 끌어안았다.

"무사하셨군요. 정말 다행입니다."

사내, 소지산은 자신을 끌어안은 낙일방의 어깨를 두드리다가 문득 그의 체구가 예전보다 더욱 건장해지고 가슴이 단단해졌다는 것을 깨달았다. 단순히 팔과 가슴이 살짝 닿았음에도, 칼로 찔러도 피 한 방울 나오지 않을 정도로 몸 전체가 단단하고 강인해진 것을 여실히 느낄 수 있었던 것이다.

　소지산은 새삼스러운 눈으로 낙일방의 준수한 얼굴을 쳐다보다가 그의 몸에 크고 작은 흉터가 적지 않게 나 있는 것을 발견했다. 심지어는 깎아 놓은 조각 같던 잘생긴 얼굴에도 몇 개의 작은 혈선이 그어져 있었다.

　그럼에도 낙일방은 자신의 몸에 난 상처에는 조금도 신경을 쓰지 않고 오히려 소지산이 다친 곳은 없는지 그의 몸을 훑어보기에 여념이 없었다.

　그런 모습에 소지산은 어리고 미숙하기만 했던 낙일방이 어느새 강호에 위명을 날리는 절정의 고수가 되어 있음을 다시 한번 절실히 깨달았다.

　'녀석, 이제는 당당한 한 사람의 무인이 되었구나.'

　소지산은 듬직한 눈으로 낙일방을 보고 있다가 이내 한쪽에 서 있는 청수한 인상의 중년인을 발견하고는 그를 향해 정중하게 포권을 했다.

　"성락중 사숙이시군요. 본 산의 이십일 대 제자 소지산이 사숙을 뵈옵니다."

　성락중은 소지산을 향해 부드러운 미소를 지어 보였다.

　"자네가 바로 본 산을 수호하고 있다는 대해검 소지산이로군. 본 산을 지키느라 수고가 많았네."

　"별말씀을. 저야말로 강호무림에 본 파의 명성을 떨치고 돌아오신 사숙께 진심으로 감사와 노고의 말씀을 전하고 싶습니다."

　"자세한 이야기는 잠시 후에 나누도록 하세. 사부님을 뵙고 싶네만, 사부님은 어디에 계신가?”

소지산은 성락중이 전풍개를 찾고 있음을 알고 공손하게 대답했다.

“태화각에 계십니다. 제가 안내해 드리겠습니다.”

“자네는 이곳에서 다른 사람들과 인사를 나누고 있게. 태화각이라면 내가 위치를 알고 있으니 나 혼자 가 보도록 하겠네.”

성락중은 사부인 전풍개를 만날 생각에 마음이 급한지 소지산에게 가벼운 눈인사를 하고는 이내 몸을 움직였다. 표표히 신형을 날려 허공을 날아가는 그의 뒷모습은 그야말로 한 마리의 비학(飛鶴)을 보는 듯 우아하기 그지없었다.

감탄 어린 눈으로 멀어지는 성락중을 보고 있던 소지산은 문득 고개를 돌려 한 사람을 찾았다.

외눈의 장한이 그와 시선을 마주치자 급히 다가와 머리를 숙였다.

“소 사숙, 별래 무양하셨습니까?”

소지산은 자신을 향해 정중하게 허리를 굽혀 인사를 하는 동중산의 어깨를 가만히 끌어안았다.

“고생이 많았네. 자네가 무사해서 정말 다행일세.”

“제가 고생한 게 뭐가 있겠습니까? 저보다는 장문인과 두 분 사숙, 그리고 성 사숙조께서 힘들고 어려운 일은 모두 맡으셨습니다.”

소지산은 주위를 한 차례 둘러보았다.

“그리고 보니 장문 사형과 전 사제가 안 보이는군. 그리고 사저도 함께 오시는 줄 알았는데, 그사이 무슨 일이라도 생긴 건가?"

동중산의 얼굴에 한 줄기 어두운 빛이 스치고 지나갔다.

"그 일을 얘기하자면 사연이 제법 깁니다. 그보다 본 파에 변고가 있었던 듯한데……."

소지산은 살짝 고개를 끄덕였다.

"아무래도 서로 간에 할 이야기가 많을 것 같군. 들어가서 차분히 이야기를 나눠 보도록 하세."

"알겠습니다."

소지산은 다시 한 차례 동중산의 어깨를 두드려 준 후 비로소 유소응과 손풍에게 다가가 그들의 노고를 치하하고 무사 귀환을 축하해 주었다.

그날 밤, 소지산은 낙일방과 동중산을 불러 그간의 사정을 이야기했다.

두 사람은 묵묵히 소지산의 이야기를 들었다. 도중 몇 번이나 표정이 변하긴 했지만, 소지산의 이야기가 끝날 때까지 그들은 단 한 번도 질문을 던지거나 말을 가로막지 않고 조용히 귀를 기울였다.

마침내 소지산의 이야기가 모두 끝나자 한동안 석상처럼 가만히 앉아 있던 낙일방이 자리에서 일어서며 그 어느 때보다 무겁게 가라앉은 음성을 내뱉었다.

"두 사형의 위패를 보고 싶습니다."

"같이 가자."

소지산이 일어나자 동중산도 따라서 몸을 일으켰다.

장례식이 끝난 지 며칠이나 지났기에 여기저기 널려 있던 만장도 치워지고 위패를 올려놓았던 단상도 조촐한 것으로 바뀌어 있었다.

낙일방의 시선은 작은 단상 위에 놓인 십여 개의 위패들 중 하나에 못 박히듯 고정된 채 움직일 줄을 몰랐다. 〈두기춘 신위〉라고 쓰인 글자 외에는 여느 위패와 구분할 수 없는 작고 평범한 위패였다.

낙일방은 한참 동안이나 그 위패를 바라보고 있다가 문득 나직한 음성으로 입을 열었다.

"솔직히 두 사형과는 그다지 좋은 기억이 없었어요. 떠오르는 거라곤 항상 나를 혼내거나 비아냥거리기 일쑤인 모습들뿐이었죠."

소지산은 말없이 그의 말을 듣고만 있었다.

"그래서 한때는 두 사형이 나를 정말 싫어하나 보다 하고 생각했었어요. 그때의 나는 실수투성이에 성질도 급하고 단점이 많은 엉성한 인간이었지만, 그래도 그렇게 매번 혼나고 야단을 맞다 보니 적지 않은 반발심도 생겼죠."

낙일방의 시선은 여전히 위패를 향해 있었지만, 그의 눈은 위패가 아닌 텅 빈 공간을 바라보고 있었다.

"그러던 어느 날이었어요. 그날따라 몸 상태도 나쁘고 기분도 좋지 못해서 하루 쉬고 싶었지만 두 사형이 지시해서 사부님의 거처인 태평각을 청소해야 했어요. 그런데 청소를 하다가 그만 실수로 사부님이 아끼시는 화병을 깨뜨리고 말았죠."

소지산이 짤막하게 그의 말을 받았다.

"대나무와 기러기 한 쌍이 그려져 있는 화병이었지."

"사형도 기억하시는군요. 돌아가신 사모와 결혼할 때 선물로 받은 화병이라서 사부님이 유독 아끼시던 거였죠. 아무튼 화병이 깨지는 소리에 놀란 두 사형이 달려와 그 광경을 보고는 엄청나게 화를 냈어요. 나는 아무 말도 못하고 그냥 제 방으로 돌아가 방구석에 주저앉아 있었죠. 사부님이 돌아오셔서 화병이 깨진 것을 아시면 얼마나 실망하실까 걱정도 되었고, 호된 꾸짖음을 당할 게 두렵기도 해서 구석에서 달달 떨고만 있었죠."

"……."

"그런데 그날 저녁 식사를 하는 자리에서 사부님이 제게 아무 말씀도 안 하시는 거였어요. 화를 내거나 꾸짖기는커녕 화병이 부서진 거에 대한 말씀이 전혀 없으신 겁니다. 저는 사부님이 워낙 성격이 좋은 분이라 그냥 넘어갔나 보다 하고 혼자 속으로 희희낙락했죠. 다만 그날 두 사형이 제대로 밥을 먹지 못하고 절뚝거리는 모습이 조금 이상하다고 생각했어요. 그리고 며칠이 지나서야 두 사형이 그날 사부님께 혹독한 벌을 받아 제대로 걷지도 못할 정도로 끙끙 앓았다는 걸 알게 되었어요. 두 사형이 사부님께 왜 그런 벌을 받게 되었는지 안 것은 또 그로부터 한참 뒤의 일이었죠."

낙일방은 담담한 눈으로 소지산을 돌아보았다.

"소 사형은 그때 두 사형이 왜 사부님께 벌을 받는지 알고 계시죠?"

소지산은 묵묵히 고개를 끄덕였다.

낙일방은 차분한 음성으로 말을 계속했다.

"나중에야 나는 사저에게서 두 사형이 사부님께 자신의 실수로 화병을 깼다고 말했다는 걸 알게 되었어요. 그 때문에 사부님께 벌까지 받게 되었는데도 두 사형은 내게는 그 일에 대해 일언반구도 내색하지 않았죠. 나는 그때 두 사형이 왜 나를 감싸 주었는지 이해가 되지 않았어요. 몇 번이나 두 사형에게 직접 물어볼까 고민하기도 했는데, 우물쭈물 망설이다가 시간이 지나 버리고 말았죠. 그러다 사부님이 돌아가시고 두 사형이 본 파를 떠나 버려서 그 일을 거론할 상황이 되지 못했어요. 그런데 이제는 그 이유를 물어볼 기회조차 영원히 없어져 버렸군요."

그 말을 할 때의 낙일방의 얼굴에는 한 줄기 쓸쓸한 빛이 떠오르고 있었다.

소지산은 낙일방을 가만히 바라보고 있다가 문득 혼잣말을 중얼거리듯 낮게 가라앉은 음성으로 속삭이듯 말했다.

"네가 화병을 깬 날, 기춘은 무척 성이 나서 나를 찾아와 하소연을 했다. 네가 실수투성이인건 알고 있었지만, 이제는 하다하다 사부님이 아끼는 화병마저 깼다며 너를 어떻게 벌해야 할지 모르겠다고 투덜거렸지. 그때 우연히 옆에 있던 사저가 그의 얘기를 듣고는 말하더구나. '오늘이 일방의 어머님이 돌아가신 날이야. 일방은 타향을 떠도느라 제대로 제사도 차려 드리지 못하는 걸 늘 아쉬워하고 있었지. 아마도 그 때문에 마음이 심란해서 실수를 한 모양이니 두 사제가 이해해 줬으면 좋겠어.'라고 말이지."

이번에는 낙일방이 아무 대답도 하지 못하고 소지산의 말을 듣고만 있었다.

"기춘은 사저의 말을 듣고 표정이 굳어진 채 더 이상 네 욕을 하지 않았다. 너도 알겠지만 기춘도 누구 못지않은 효자였고, 몇 년 전에 어머님을 여의었지. 그래서 아마 그날 일을 자신이 한 거라고 사부님께 고한 것일 게다. 그 녀석 나름의 방식으로 너에게 사과를 한 거지. 어머님의 제삿날인 줄도 모르고 너에게 일을 시킨 자신의 실수를 말이다."

낙일방은 가만히 허공을 응시한 채 입을 굳게 다물고 있었다. 그의 눈빛은 참으로 복잡해서 누구도 그의 현재 심정이 어떠한지를 정확히 알 수 없었다.

한참 후에야 낙일방은 무거운 음성으로 물었다.

"두 사형은 왜 그런 일을 나에게 말하지 않았을까요?"

"쑥스러웠겠지. 기춘은 사실 소심한 구석이 많은 녀석이었다."

"샘이 많은 건 아니고요?"

"샘도 많고 욕심도 많았지. 그래서 자기보다 잘난 구석이 있는 사람에게 늘 질투를 느끼고 경쟁심을 가지기도 했지. 하지만 그래도 좋은 녀석이었다. 단점투성이의 인간이었지만, 미워할 수 없는 녀석이었지."

낙일방은 가만히 그의 말을 듣고 있다가 조그만 목소리로 중얼거리듯 말했다.

"저처럼 말이군요."

소지산의 고개가 거의 알아차리기 힘들 정도로 살짝 끄덕여졌다.

"그래, 너처럼."

한동안 우두커니 서 있던 낙일방은 두기춘의 위패에 정성을 다해 향을 올리고 절을 했다.

지금까지 한쪽에서 조용히 그들의 대화를 듣고만 있던 동중산도 그를 따라 조문을 올렸다.

사실 동중산은 두기춘을 직접 본 적이 한 번도 없었다. 그가 종남파에 입문했을 때는 이미 두기춘은 종남파를 떠나 화산파에 몸을 담고 있었고, 그가 초가보에 쫓기던 시절에 두기춘은 화산파의 집법이었던 신산 곡수의 밑에서 활동하고 있었기 때문이다.

하나 두기춘에 대한 소문은 귀동냥을 해서 적지 않게 알고 있었다.

인물이 준수하고, 무공에 대한 재질도 뛰어나서 어느 문파에 있어도 능히 자신의 몫을 충분히 할 수 있는 좋은 인재라는 평이 많았다. 하나 장문인인 진산월에게 갈 영약을 훔치고 문파를 등진 것으로 인해 종남파에서는 기사멸조의 대역죄인이 되어 있었고, 화산파에서도 뚜렷한 지지자나 후원해 주는 사람이 없어서 자기 자리를 찾지 못하고 방황하는 신세였다.

종남파와 화산파 사이에서 자신의 정체성을 잃고 끊임없이 흔들리던 두기춘이 마지막 순간에 종남파를 위해 스스로의 목숨을 불태웠다는 것은 시사하는 바가 적지 않았다.

수구초심(首丘初心)이라고 해야 할까?

종남파의 배반자였던 두기춘은 결국 종남파로 돌아와 최후를 맞았으며, 많은 종남파 제자들의 가슴에 영원히 지워지지 않을 흔적을 새겨 놓았다.

이제 다시는 보지 못할 사람이 되었지만, 동중산은 두기춘의 영혼이 지하에서나마 제대로 뿌리를 내려 그토록 바라던 평온과 안정을 되찾기를 진심으로 염원했다.

두기춘에 대한 조문을 마친 낙일방의 표정이 여느 때보다 숙연해졌다.

"매 사형은 어떻습니까?"

소지산의 얼굴도 평소와 달리 굳어 있었다.

"그다지 좋지 않다. 아직도 제대로 운신(運身)하지 못하고 있다."

"제갈 대협이 계시는데도 말입니까?"

"제갈 대협 덕에 그나마 숨이라도 붙어 있다고 해야 옳을 것이다."

낙일방은 한숨을 내쉬었다.

"그토록 부상이 지독했단 말이군요. 제갈 대협께선 뭐라고 하십니까?"

"그래도 치명적인 상태는 넘겼다고 하셨다. 제갈 대협의 말씀에 따르면 앞으로도 적어도 칠팔 일은 꼼짝도 않고 누워 있어야 후유증을 최소화할 수 있을 것 같구나."

"매 사형 성격은 여전하시죠?"

소지산은 고개를 끄덕였다.

"예전과 변함이 없지."

"그렇다면 쉽지 않은 일이겠군요. 매 사형 성격에 침대에 며칠씩 누워 있는 건 고문을 당하는 것보다 더욱 참기 힘든 일일 테니 말입니다."

소지산의 입가에 쓴웃음이 떠올랐다.

"그래서 제갈 대협께서 역정이 보통이 아니시다."

"매 사형을 보고 싶군요. 지금 가도 되겠습니까?"

"오늘은 늦었고, 내일 아침 묘시(卯時)경에 가도록 하자. 그때쯤에 제갈 대협께서 오전 진료를 하시니 말이다."

"잘되었군요. 어차피 제갈 대협도 찾아뵈려 했는데, 그때 인사드리는 게 좋겠습니다."

"그리고……."

소지산이 왠지 말을 멈추었다.

소지산은 그다지 말이 많지 않은 사람이지만, 할 말을 주저하거나 머뭇거리는 성격은 아니었다. 그래서 그의 이런 모습은 다소 생경하면서도 낙일방의 가슴에 한 줄기 경각심을 불러일으키고 있었다.

"말씀하세요, 소 사형."

낙일방의 듬직한 말에 소지산은 마음을 결정한 듯 입을 열었다.

"먼 길을 달려온 너에게 바로 부탁을 해서 미안하지만, 아직 해결하지 못한 일이 한 가지 있다."

"무엇입니까?"

"본 산의 습격을 뒤에서 조종한 검단현의 행방을 아직 찾지 못하고 있다."

낙일방의 눈에서 번갯불 같은 섬광이 피어올랐다.

"검단현!"

"그자가 장안 어딘가에 몸을 숨기고 있는 것은 분명한데, 정확한 행방을 몰라 노 사숙께서 고민하고 계시다. 그자의 배후에 심상치 않은 인물이 있는 듯한데, 그동안은 본 산의 일 때문에 노 사숙을 도와주고 싶어도 여력이 없었다. 그러니 이번에는 네가 힘을 좀 써야 할 것 같구나."

낙일방의 얼굴에 결연한 빛이 감돌았다.

"그렇지 않아도 두 사형의 영혼을 위로할 방법을 몰라 안타까웠습니다. 두 사형을 농락하고 본 산을 더럽힌 그자의 수급이라면 두 사형의 넋을 위로할 좋은 제물이 되겠군요."

"마침 성 사숙께서도 오랜만에 노 사숙을 뵈러 장안으로 내려가실 생각인 듯하니, 내일 아침 매 사형을 뵙고 나서 성 사숙을 모시고 노 사숙께 가 보도록 해라."

"알겠습니다. 앞으로는 누구도 본 파를 능멸하지 못하도록 이번 기회에 모든 일을 확실히 매듭짓고 돌아오겠습니다."

굳건한 얼굴로 다부진 음성을 토해 내는 낙일방의 전신에서는 말로 형용하기 어려운 당당한 기세가 흘러나와 마치 하늘에서 내려온 신장(神將)을 보는 것 같았다.

소지산은 한층 성숙해진 낙일방의 모습이 너무도 믿음직스러워 자신도 모르게 조용한 미소를 짓고 있었다.

*   *   *

다음 날, 성락중과 함께 노해광을 찾아온 낙일방은 노해광의 따뜻한 환대를 받았다.

천군만마(千軍萬馬)를 얻은 듯 가슴이 든든해진 노해광이 검단현의 흔적을 발견한 것은 바로 그 다음 날의 일이었다.

제368장

신권무쌍(神拳無雙)

제368장 신권무쌍(神拳無雙)

적화승은 자신의 앞에 철탑처럼 우뚝 서 있는 낙일방의 모습이 몹시 거슬리는지 표정이 여러 차례 변했다. 성격적으로 포악하고 살심이 강한 적화승으로서는 자신을 앞에 두고도 겁을 먹기는커녕 당당한 자세를 유지하고 있는 낙일방이 눈에 거슬릴 수밖에 없었다.

"낙일방이라…… 요즘 강호에 계집애같이 이쁘장하게 생기고 제법 매서운 주먹을 휘두르는 꼬맹이가 등장했다는 말을 들은 적이 있긴 하지. 그게 바로 너냐?"

적화승의 음성은 그리 크지 않았으나, 말하는 기세나 음성에 진득한 살기가 가득 묻어 있어 마치 한 마리의 난폭한 맹수가 으르렁거리는 것 같았다.

낙일방은 상대의 사나운 기세를 눈앞에서 직접 접하고도 조금도 당황하거나 긴장하지 않고 오히려 얼굴에 빙긋 미소를 지었다.

관옥과도 같은 준수한 얼굴에 자신에 찬 미소가 어른거리자 그야말로 보는 이의 마음까지 깨끗하게 씻어 주는 듯한 청량감이 느껴질 정도였다. 임풍옥수(臨風玉樹)란 바로 이를 두고 하는 말일 것이다.

"내 얼굴이야 부모님께 타고난 것이니 어쩔 수 없고, 덩치는 아무리 봐도 내가 더 크니 꼬맹이 소리는 당신이 들어야 할 것 같소. 그리고 내 주먹이 얼마나 매서운지는 직접 겪어 보면 알게 될 거요."

낙일방이 한 마디도 지지 않고 자신의 말을 그대로 반박하자 적화승은 어이가 없는 듯 한동안 입을 반쯤 벌린 채 아무 말도 하지 않았다. 하나 이내 그의 눈동자에 붉은빛이 어른거리며 무시무시한 살광이 흘러나왔다.

"건방진 애송이 놈이 쥐꼬리만 한 명성을 얻었다고 눈에 뵈는 게 없는 모양이구나."

장내에 검은 그림자가 어른거린다 싶은 순간, 적화승의 몸은 어느새 허공을 날아 낙일방의 코앞으로 떨어져 내리고 있었다. 그 속도는 그야말로 전광석화와도 같아서 중인들의 눈에는 낙일방의 앞가슴이 붉은 기운에 휩싸인 적화승의 오른손에 그대로 가격당하고 말 것처럼 보였다.

쾅!

귀청이 찢어지는 듯한 음향과 함께 거센 기운이 휘몰아쳐 대청 안의 기물들이 사방으로 부서져 나갔다.

무서운 속도로 달려든 적화승이 후려친 오른손은 낙일방이 내민 손바닥과 격렬하게 부딪혔다. 뒤이어 낙일방의 손이 빙글 회전하며 적화승의 손목을 타고 팔뚝으로 올라가며 가볍게 요동쳤다.

적화승 또한 조금 전의 격돌로 낙일방의 무공이 결코 자신의 아래가 아님을 알고 있기에, 조금도 방심하지 않고 자신의 팔뚝을 타고 오르는 낙일방의 손을 거세게 떨치며 왼손을 갈고리처럼 오므려 낙일방의 목덜미를 찍어 갔다.

허공으로 튕긴 낙일방의 오른손이 기이한 각도로 꺾이며 적화승의 왼손 손등을 향해 떨어져 내렸다.

적화승은 왼손을 빠르게 거두어들이며 이번에는 오른손으로 낙일방의 관자놀이를 후려쳐 갔다. 낙일방은 피하지 않고 왼손으로 관자놀이를 보호하며 오른팔을 구부려 팔뚝으로 적화승의 뺨을 향해 휘둘렀다.

두 고수가 바짝 붙은 채 맹렬하게 서로의 몸을 향해 가차 없는 살수를 쓰는 광경은 주위의 모든 이를 놀라게 하기에 충분한 것이었다.

보는 것만으로도 간담이 서늘해지는 장면들이 쉴 새 없이 이어졌고, 단숨에 상대의 숨통을 끊어 놓을 듯한 무시무시한 수법들이 거푸 펼쳐졌다. 그들의 박투(搏鬪)는 그야말로 살벌하기 그지없어 둘 중 한 사람이 당장 피를 토하고 쓰러져도 하등 이상할 것이 없어 보였다.

뒤로 한 걸음도 물러서지 않은 채 서로를 향해 맹렬한 살수를 전개하고 있는 두 사람을 정신없이 보고 있던 도인수가 문득 고개를 돌렸다.

어느새 검을 뽑아 든 성락중이 그의 앞에 우뚝 서 있었다.

"저들이 싸우는 장면을 보고 있으니 가슴이 끓어올라 견딜 수가 없구려. 우리도 못 다한 승부를 다시 해 봅시다."

검을 손에 쥔 성락중의 몸에서는 말로 형용하기 어려운 가공할 기세가 구름처럼 피어오르고 있었다.

도인수는 더 이상 싸움을 피할 수 없음을 깨닫고 얼굴을 일그러뜨린 채 웃었다.

"크흐흐! 좋소. 그렇지 않아도 조금 전에 몸을 풀다 말아서 영 기분이 개운하지 못했소. 오늘 원 없이 어울려 봅시다!"

도인수는 품속으로 손을 넣어 하나의 기이한 병기를 꺼내 들었다.

가느다란 쇠사슬로 이루어진 그 병기는 양쪽에 각기 갈고리와 낫 모양의 칼날이 달려 있어 한눈에 보기에도 섬뜩한 느낌을 불러일으켰다. 이것은 색혼겸(索魂鎌)이라는 것으로, 도인수가 절대절명의 순간에만 사용하는 기문병기였다. 색혼겸의 중심을 이루는 쇠사슬은 두께가 얇고 가늘었으나 질기기가 이를 데 없는 인현철삭(引玄鐵索)이라는 것이었고, 양쪽에 달린 갈고리와 칼날 또한 한철(寒鐵)로 만들어져서 강철 기둥조차도 잘라 버리는 무서운 위력을 지니고 있었다.

도인수는 맨손으로는 성락중의 검을 당해 낼 자신이 없어서 남들 앞에서는 좀처럼 보인 적이 없는 비장의 병기를 꺼내 든 것이다. 색혼겸을 양손에 감아쥔 도인수의 얼굴에는 강한 자신감과 진득한 살기가 어우러져 조금 전과는 달리 패기만만해 보였다.

먼저 선공을 한 사람은 성락중이었다.

성락중의 손에 들린 장검이 허공을 미끄러지듯 움직여 도인수의 앞가슴을 향해 날아들었다. 별다른 소리도 없이 허공을 가르며 날아드는 검의 모습이 어찌나 유연하고 부드러웠던지 도인수는 자신도 모르게 경탄성을 발하고 말았다.

"정말 멋진 검법이로구나!"

말을 채 끝맺기도 전에 도인수는 수중의 색혼겸을 맹렬하게 앞으로 내던졌다.

색혼겸의 끝에 매달린 갈고리가 검봉을 향해 날아들었다. 갈고리와 검봉이 막 부딪치려는 순간, 검이 아래로 뚝 떨어져 내리며 기이한 호선을 그렸다.

그 호선의 끝에 도인수의 손목이 내걸렸다.

도인수는 색혼겸으로 성락중의 검을 봉쇄할 수 있을 것이라고 생각하고 있다가 성락중의 검이 너무도 수월하게 색혼겸을 피해 자신의 손목을 향해 날아들자 그야말로 심장이 목구멍 밖으로 튀어나올 듯 크게 놀라고 말았다.

"으앗!"

그는 입으로는 정체를 알 수 없는 괴이한 비명을 토해 내며 왼손을 빠르게 움직였다.

따땅!

색혼겸의 반대편에 달려 있던 낫 모양의 칼날이 무섭게 회전하며 간신히 성락중의 검을 튕겨 냈다. 하나 도인수의 위기는 끝난 것이 아니었다.

칼날에 부딪혀 허공으로 튕겼던 성락중의 검이 빙글 회전하며 더욱 빠르게 날아들었던 것이다.

도인수는 양쪽 어깨를 미친 듯이 흔들었다. 그와 함께 그의 몸이 마치 허깨비처럼 옆으로 반 장쯤 미끄러지듯 이동했다. 다리는 꼼짝도 하지 않은 체 상체만을 이용해 움직이는 이 보법은 마귀현현(魔鬼顯現)이라는 것으로, 소마 신지림의 절학인 마귀보(魔鬼步)의 한 초식이었다.

마도의 독보적인 절학인 마귀보를 펼쳤음에도 도인수는 아직 성락중의 검세에서 완전히 몸을 뺄 수가 없었다. 그만큼 성락중의 검은 집요하게 도인수를 따라붙고 있었다.

'정말 지독하구나!'

도인수는 더 이상 뒤로 물러서지 않고 성락중의 검을 향해 뛰어들며 양손을 질풍처럼 움직였다.

우우웅!

마치 벌떼가 몰려오는 듯한 음향과 함께 색혼겸이 무섭게 회전하며 거대한 두 개의 원반 모양의 경기(勁氣)를 만들어 냈다.

색혼겸의 양쪽에 달려 있는 갈고리와 낫 모양의 칼이 만들어 낸 두 개의 원반이 각기 다른 방향으로 움직여 성락중을 향해 날아가고 있었다.

"좋은 수법!"

성락중은 짤막한 감탄성을 발하며 수중의 장검으로 자신을 향해 날아드는 오른쪽 원반의 한가운데를 찔러 댔다. 그 속도가 어찌나 빠르고 정확했던지, 비슷한 거리에서 있던 왼쪽의 원반이 채 절반도 다가오기도 전에 성락중의 검은 원반의 중앙을 뚫고 들어가고 있었다.

원반의 한가운데를 꿰뚫은 성락중의 검은 그 상태로 왼쪽으로 움직였다.

도인수는 황급히 오른쪽 원반을 멈추며 왼쪽 원반을 피하려 했으나 그가 미처 손을 쓸 사이도 없이 오른쪽 원반과 함께 빠르게 이동한 성락중의 검이 왼쪽 원반과 격렬한 충돌을 일으켰다.

따땅!

고막을 찢어 놓을 듯한 강력한 마찰음과 함께 한 사람이 휘청거리며 뒤로 물러났다.

"으음!"

도인수는 양손에 엄청난 통증을 느끼고 자신도 모르게 세 걸음이나 물러서고 있었다. 아닌 게 아니라 그의 양손은 손바닥이 찢어져 질펀한 핏물이 뚝뚝 흘러내리고 있었다.

색혼겸을 사용하는 가장 무서운 수법 중 하나인 천지쌍벽(天地雙璧)을 펼쳤음에도 오히려 자신이 손해를 본 것을 깨달은 도인수의 얼굴이 다음 순간에 핼쑥하게 변하고 말았다.

고개를 쳐든 그의 코앞으로 하나의 검이 날아들고 있음을 발견한 것이다. 도인수는 사력을 다해 바닥을 굴러 목구멍이 검에 관통당하는 참변을 피했다.

도인수가 자신의 장기인 색혼겸을 쓰고도 거듭되는 위기에 빠져 있을 때, 낙일방과 적화승의 싸움도 절정에 이르고 있었다.

적화승의 무공은 소문삼살 중에서도 단연 최고였고, 특히 양손과 두 팔, 두 다리를 이용한 맨손 격투 실력은 사부인 신지림에게도 크게 뒤지지 않는 수준에 올라와 있었다. 그래서 낙일방이 권법으로 두각을 나타내고 있다는 것을 알면서도 서슴없이 접근전을 벌인 것이다.

엄밀히 말하면 지금과 같은 가까운 거리에서의 박투는 그가 유도한 것이나 마찬가지였다.

거칠고 살벌한 외모와는 달리 적화승은 상당히 치밀하고 냉정한 성격의 소유자였다.

낙일방이 등장했을 때부터 그는 어떻게 상대를 요리해야 할지 끊임없이 계산을 거듭하고 있었다. 마음속으로는 살심이 들끓고 있으면서도 그는 자신에게 더 유리한 상황을 만들기 위해 머리를 굴렸고, 상대의 방심을 유도하기 위해 애를 썼다. 일부러 낙일방을 자극하고 거친 욕설을 내뱉으며 달려든 행동에는 그런 그의 의도가 숨겨져 있었던 것이다.

그 때문인지 맹렬하게 맞붙었던 두 사람의 격전은 시간이 흐를수록 적화승이 조금씩 우세를 점하고 있었다.

지금같이 서로 간의 숨결이 고스란히 느껴질 정도로 가까운 거리에서의 격투는 순발력과 기술도 중요했지만 무엇보다 풍부한 대적(對敵) 경험이 가장 중요한 요소였다.

그런 면에서 적화승은 낙일방과는 비교도 할 수 없을 만큼 많은 경험을 가지고 있었다.

낙일방 또한 주먹으로는 당대의 누구에게도 뒤지지 않는 실력을 지니고 있었으나, 상대와의 거리가 워낙 가까워서 자신이 가지고 있는 강맹한 권법의 위력을 제대로 발휘하지 못하고 있었다.

그에 비해 적화승은 강력한 손가락 무공인 탈명조와 손목을 이용한 표응투(豹鷹鬪), 팔꿈치를 사용하는 무시무시한 관철주(貫鐵肘)와 양다리를 쓰는 탈성퇴(奪星腿), 가공할 위력의 무릎 공격인 파천슬(破天膝), 그리고 천하에서 가장 기이한 맨손 무공 중 하나인 당랑벽(螳螂劈) 등의 육투예(六鬪藝)를 완성한 상태였다.

소마 신지림이 창안한 이 육투예는 순전히 맨손 격투를 위한 무공들이어서, 지금과 같은 가까운 거리에서의 싸움에서는 천하의 어떤 절학보다도 무서운 위력을 발휘하는 것이었다.

낙일방은 천둔장법과 유운비수, 구반장법 등 종남파의 절학은 물론이고, 진산월이 육천기를 통해 입수한 취선 하종의의 비학인 취공대산수와 용수각 등 자신이 아는 대부분의 무공을 펼쳐 적화승에 맞서고 있었다. 그가 펼치는 무공들의 위력은 능히 적화승의 육투예에 뒤지지 않는 것이었으나, 아쉽게도 상황은 백중지세를 벗어나지 못하고 있었다.

오히려 시간이 흐를수록 조금씩 낙일방의 손발이 어지러워지며 적화승에게 유리하게 진행되고 있었다.

그 이유는 두 사람 사이의 거리가 너무 가까워서 낙일방이 자신의 무공 중 가장 위력이 강한 태인장과 낙뢰신권 등 몇몇 절학들을 사용할 수 없기 때문이었다.

태인장은 물론이고 낙뢰신권과 옥잠지는 제각각 펼치는 데 일정 거리 이상의 공간이 필요한 무공들인데, 적화승이 워낙 바짝 붙어 있어서 지금은 무용지물이나 마찬가지였다.

그렇다고 적화승의 내공이나 체력이 낙일방에 비해 뒤떨어지는 것도 아니었다.

이 사실을 깨달은 낙일방은 거리를 벌리고 싶었으나, 적화승의 노련한 솜씨는 그것을 쉽게 허용하지 않았다.

이렇게 되자 낙일방 또한 불쑥 오기가 치밀어 올랐다.

'좋다. 이렇게 된 이상 이 상태로 이겨 내고야 말겠다.'

낙일방은 섣불리 거리를 벌일 생각을 접고 지금의 상태에서 최선을 다하기로 마음먹었다.

일단 그렇게 결심하자 약간은 격앙되었던 마음이 가라앉으며 한결 차분해졌다. 그에 따라 조금 전에는 미처 알아차리지 못했던 사실을 알게 되었다.

그것은 적화승의 공격이 굉장히 체계적이고 규칙적이어서 일종의 연환식(連環式)의 성격을 띠고 있다는 것이었다. 얼핏 보기에는 두서가 없고 즉흥적으로 양팔과 다리를 마구 휘두르는 것 같지만, 가만히 보면 그 속에 일정한 규칙과 순서가 정해져 있었다.

양팔과 양다리의 공격 다음에는 반드시 손목과 팔꿈치를 이용한 수법이 이어지고, 두 번 혹은 세 번에 한 번씩 손가락 무공이나 어깨, 혹은 몸통 전체를 무기로 하는 공격이 뒤섞여서 들어왔다. 그중에서도 어깨나 몸통을 이용한 변칙 공격은 여타의 고수들에게서는 볼 수 없는 독특한 것이어서 그때마다 낙일방은 당혹스러운 상황에 빠지고는 했다.

방금 전에도 낙일방은 막 적화승의 방비를 뚫고 그의 우측으로 바짝 접근하려던 찰나에 턱밑에서 위로 불쑥 솟구쳐 올라온 적화승의 어깨에 하마터면 아래턱을 가격당할 뻔했던 것이다.

어쩔 수 없이 황급히 손을 거두고 뒤로 한 걸음 물러서는 낙일방의 준수한 얼굴에 한 줄기 곤혹스러운 표정이 떠올랐다. 눈의 사각지대를 교묘하게 파고들어 온 어깨 공격은 예측하기도 어렵고 방비하기는 더욱 어려워서 맨손 격투에 상당한 자신감을 가지고 있는 낙일방으로서도 일시지간은 어떻게 대응해야 할지 막막한 생각이 들었던 것이다.

특히 가끔씩 펼쳐지는 어깨를 이용한 공격과 몸통으로 들이받듯 거칠게 치고 들어오는 수법은 대처하기가 상당히 까다로웠다.

낙일방은 퍼뜩 떠오르는 생각에 정신이 번쩍 들었다.

'그러고 보니 조금 전에도 비슷한 방식의 공격이 있었던 것 같은데?'

아닌 게 아니라, 이전의 상황에서도 낙일방은 구반장법 중의 절초인 우랑장의와 천손직금, 금슬상화의 연환삼수로 적화승의 강력한 수비를 뚫고 들어갔기에 결정적인 승기를 잡을 수 있다고 생각했다. 활짝 열린 적화승의 앞가슴을 향해 주먹을 강하게 내뻗기만 해도 무난히 승리를 거둘 게 분명해 보였던 것이다.

그런데 막 앞으로 돌진해 들어가려던 낙일방은 황급히 손을 멈추고 오히려 옆으로 비스듬히 몸을 피해야 했다.

휘잉!

그 순간 한 차례 회오리가 방금 전까지 낙일방이 달려들던 공간을 휩쓸고 지나갔다. 낙일방이 계속 앞으로 움직였다면 그 회오리에 그대로 몸이 강타당했을 게 분명했다. 낙일방을 향해 서 있던 적화승의 몸이 어느새 반 바퀴 회전하며 반대쪽 어깨가 그 공간을 쓸어버린 것이다.

팔을 내뻗으면 팔꿈치가 닿을 정도로 가까운 거리에서 단순히 몸을 반으로 회전하는 것만으로 그러한 위력을 보여 준다는 것은 놀라운 일이 아닐 수 없었다. 더구나 선회해 들어오는 어깨의 움직임은 일반적인 팔이나 다리와는 전혀 다른 동선을 타고 있어서 예측조차 할 수가 없었다.

당시에 낙일방은 적화승의 맨손 무예의 조예가 자신의 예상보다 뛰어난 것에 경각심을 가지기는 했으나, 그 외에 별다른 점을 느끼지는 못했다.

그런데 다시 비슷한 상황을 겪고 나니 언뜻 무질서하고 난폭하게만 보이는 적화승의 공격에 나름의 묘한 규칙이 있음을 알아차린 것이다.

게다가 그러한 특이한 자세의 공격을 할 때 적화승의 몸이 움직이는 속도는 비정상적으로 빨라서 자칫 어설프게 뒤로 물러나거나 무작정 거리를 벌리려 했다가는 치명적인 허점을 노출시킬 가능성이 농후했다.

낙일방은 적화승과 맹렬한 공방을 주고받으면서도 계속 머릿속으로는 그 일을 염두에 두고 있었다. 다행히 그런 추측이 맞았는지를 알 수 있는 기회는 곧바로 찾아왔다.

허리 아래에서 무섭게 솟구쳐 오르는 적화승의 무릎 공격을 왼쪽 팔꿈치를 내려 방어한 낙일방이 오른손을 빠르게 흔들었다.

파파팍!

수십 개의 수영(手影)이 어지럽게 피어오르며 적화승의 눈을 어지럽혔다. 적화승은 왼손을 쳐들어 공격을 막으면서 도 실눈을 떠서 그 손그림자에서 시선을 떼지 않고 있었다. 아니나 다를까, 수영 사이로 하나의 섬광이 번뜩이며 그의 미간을 향해 폭사해 왔다.

천둔장법 중 운둔섬뢰(雲遁纖雷)라는 초식인데, 현란할 정도로 변화무쌍한 손그림자 아래 폭발하듯 날카로운 경기를 숨기고 있어서 자칫 손그림자에 정신을 팔렸다가는 영문도 모르는 채 머리에 피 구멍이 나기 일쑤인 무서운 수법이었다.

적화승은 누구보다 풍부한 대적 경험을 가지고 있기에 눈앞이 어지러울 정도로 복잡한 수영을 보는 순간 단번에 그 수영 속에 무서운 살수가 숨어 있음을 직감하고 경계심을 늦추지 않고 있었다.

섬광이 번뜩이자 그는 주저하지 않고 머리를 비롯한 상반신을 옆으로 기울이며 오른발을 세차게 내질렀다.

낙일방의 은둔섬뢰가 헛되이 허공을 가르고 지나가며 오히려 적화승의 탈성퇴가 무시무시한 속도로 날아들었다. 적화승의 상반신이 바닥에 닿을 듯 기울어져 있기에 낙일방의 눈에는 노리고 있던 적화승의 상체가 갑자기 사라지며 엉뚱한 각도에서 발길질이 다가오는 것만 보일 뿐이었다.

낙일방은 피하지 않고 왼손 팔뚝으로 적화승의 발을 막았다.

퍼억!

팔뚝과 발길질이 정면으로 부딪치며 둔탁한 소리가 터져 나왔다.

낙일방은 팔뼈가 부러지는 듯한 통증에도 인상 한번 찡그리지 않고 오히려 눈을 부릅뜨며 빗자루로 바닥을 쓸 듯 오른발을 옆으로 휘둘렀다.

상체를 바닥에 뉘었던 적화승은 낙일방의 바닥을 쓸어 오는 일소퇴(一掃腿)에 움찔 놀라며 황급히 몸을 옆으로 비틀었다. 덕분에 낙일방의 오른발에 얼굴을 격중당하는 일은 피할 수 있었으나, 자세가 기울어져 온몸에 허점이 드러났다.

그 순간에 낙일방이 기회를 놓치지 않고 앞으로 성큼 다가오며 오른 주먹을 세차게 아래로 휘둘렀다.

누가 보기에도 적화승이 치명적인 위기에 처해 있음을 알 수 있었다. 그런데 이때 또다시 적화승의 기묘한 반격이 펼쳐졌다.

그 시작은 무릎을 이용한 공격이었다. 내질렀던 오른발이 굽어지며 낙일방의 왼쪽 팔에 막혀 있던 무릎이 낙일방의 뒤통수를 향해 떨어져 내렸다.

그 위세가 너무도 강력했기에 낙일방은 휘두르던 주먹을 황급히 거두어들이며 상체를 옆으로 이동하여 무릎 공격을 피할 수밖에 없었다.

그 순간, 비스듬히 숙여졌던 적화승의 상체가 어떠한 반동이나 사전 움직임도 없이 순식간에 낙일방의 전면으로 쏘아지듯 이동해 왔다. 그것은 그야말로 유령의 움직임 같아서 천하에 두려운 것이 없는 낙일방도 이 순간만은 가슴이 철렁한 느낌을 받았다.

"헛!"

낙일방은 자신도 모르게 주춤 한 걸음 물러섰다.

무서운 속도로 낙일방의 정면으로 다가들던 적화승의 몸이 살짝 기울어지며 그의 왼쪽 어깨가 낙일방의 얼굴로 날아든 것은 다음 순간이었다. 무심코 오른손을 들어 자신의 얼굴을 막던 낙일방은 문득 적화승의 어깨를 이용한 공격이 이것이 처음이 아님을 깨달았다.

그의 머릿속으로 몇 번이나 비슷하게 반복되었던 장면들이 스치듯 떠오르자 그의 눈에서 번갯불 같은 섬광이 이글거렸다.

'그렇구나. 허리를 이용한 변칙적인 어깨 공격이 이자가 사용하는 무공의 핵심이었구나.'

손바닥 하나 정도의 간격밖에 없는 상태에서 몸을 회전시키며 날아들었던 어깨 공격도, 멀쩡하게 서 있는 상태에서 순간적으로 굽혔다 일어나며 시야의 사각에서 쳐 올라왔던 기습적인 어깨치기도, 그리고 지금의 아무런 사전 동작도 없이 허깨비처럼 공간을 압축해서 날아드는 상체의 돌격도 그 근본은 모두 허리의 탄력을 이용한 어깨 공격이었던 것이다.

낙일방은 그것이 신지림이 만든 육투예의 최정수인 당랑벽이라는 것은 미처 알지 못했지만, 그 무공을 깨지 못하고서는 적화승의 변칙 공격을 이기지 못한다는 것만은 확실하게 알게 되었다.

적화승은 육투예의 다른 절기에 이 당랑벽을 적절히 섞어서 사용했는데, 만약 그렇지 않았다면 아무리 당랑벽이 기기묘묘한 위력을 지니고 있다 할지라도 낙일방이 어렵지 않게 파해하는 방법을 알아냈을 것이다.

그렇다고 너무 당랑벽에만 주의를 기울였다가는 다른 무공에 의외의 낭패를 당하게 될지도 몰랐다. 그만큼 육투예의 하나하나는 가공할 위력을 지닌 무서운 절학들이었다.

낙일방은 오른손으로 자신의 얼굴로 날아드는 적화승의 왼쪽 어깨를 막았으나, 그 충격을 완벽히 제어하지 못하고 한 차례 신형을 휘청거렸다.

그때 적화승의 몸이 빠르게 회전하며 오른손에 막혔던 왼쪽 어깨가 아닌 반대쪽 어깨가 낙일방의 앞가슴을 가격해 들어왔다. 양쪽 어깨를 번갈아 사용하는 이 수법은 당랑벽 중에서도 가장 강맹한 위력을 지닌 당랑쌍격(螳螂雙擊)이라는 것으로, 그 막강한 위력만큼이나 상체를 격렬히 움직이기에 팔다리의 동작이 상대적으로 제한된다는 단점이 있었다.

팡!

낙일방은 불안정한 자세에서 이 어깨 공격을 제대로 피하지 못하고 가슴을 가격당한 채 주춤거리며 뒤로 한 걸음 물러났다.

정통으로 맞은 것은 아니었으나, 단순히 스친 것만으로도 상당한 충격을 받은 것은 분명했기에 순간적으로 몇 군데의 허점이 드러나고 말았다.

근접 거리의 격투에 관한 한은 누구보다 풍부한 경험을 가지고 있는 적화승이 이런 절호의 기회를 놓칠 리가 없었다. 당랑쌍격의 위력을 누구보다도 잘 알고 있는 적화승으로서는 자신의 어깨에 가격당한 낙일방이 적지 않은 상세를 입었음을 확신하고 있었다.

사실 적화승도 낙일방의 거센 공격에 그동안 몇 차례의 위기를 넘긴 터여서 내심으로 적지 않은 초조함을 느끼고 있었다. 그런

와중에 단번에 상대를 꺾을 수 있는 기회를 잡게 되었으니 눈에 불을 켜고 달려들 수밖에 없었다.

적화승은 맹렬한 속도로 돌진해 들어오며 양팔과 양다리를 전력을 다해 휘둘렀다. 탈명조와 표응투, 탈성퇴와 파천슬의 다양한 초식들이 구슬에 엮인 듯 줄지어 나오며 폭풍노도와 같은 기세를 뿜어냈다.

파파파파!

그 가공할 공세의 한가운데에 놓인 낙일방의 몸은 거센 풍랑에 흔들리는 일엽편주처럼 위태롭기 그지없어 보였다.

휘청거리던 낙일방의 몸이 다시 한 걸음 뒤로 물러섰다. 그것은 누가 보기에도 적화승의 공세를 감당하지 못하고 패퇴하는 모습이었다.

절체절명의 순간, 흔들리던 낙일방의 신형이 똑바로 서며 그의 오른 주먹이 섬전 같은 속도로 앞으로 내뻗어졌다.

쾌애액!

그와 함께 한 줄기 강력한 뇌전이 장내를 번뜩이고 지나갔다.

있는 힘을 다해 육투예의 절초들을 펼쳐 냈던 적화승은 낙일방이 내뻗은 주먹에 자신이 뿜어낸 경기들이 종잇장처럼 꿰뚫리는 것을 느끼고 안색이 대변했다. 마치 보이지 않는 거대한 철추(鐵鎚)가 무수한 파편들을 뚫고 무인지경으로 날아드는 것 같았다.

자신의 당랑쌍격에 가슴을 격중당한 낙일방이 어떻게 이런 가공할 주먹을 휘두를 수 있는지는 적화승도 알지 못했다. 또한 그 주먹이 낙뢰신권의 최절초인 일점천뢰라는 것도 더욱 알지 못했다.

다만 자신이 펼친 무공들을 종잇장처럼 바스러뜨리며 날아드는 그 주먹이 일찍이 보지 못한 강력한 것임은 확실히 알 수 있었다. 그리고 그때 문득 어느 틈엔가 자신이 낙일방으로 하여금 그런 강력한 권법을 휘두를 수 있는 거리를 내주었다는 사실을 깨닫게 되었다.

'아차!'

낙일방의 가공할 주먹을 피하려던 적화승은 마지막 순간에 그 주먹이 노리는 방향이 자신의 가슴 쪽이 아니라 허리라는 것을 알고 안색이 노랗게 변했다.

콰득!

사력을 다한 끝에 간신히 앞가슴이 박살 나는 참변은 면했으나, 옆구리가 주먹에 스쳐 갈비뼈가 으스러지고 말았다.

이것으로 적화승은 자신이 자랑하는 당랑벽을 사용할 수 없게 되었다. 당랑벽은 전적으로 강한 허리의 힘과 탄력을 이용하는 무공이기 때문이었다.

고통으로 일그러진 적화승의 두 눈에 한순간 암담한 빛이 떠올랐다.

어느새 그의 지척에 도달한 낙일방의 온몸이 무섭게 회전하며 양손에서 폭풍과 같은 기세가 뿜어 나오고 있었던 것이다.

구반장법의 절초들인 서우망월과 마면배심, 낭아선륜의 초식들이 거푸 펼쳐지며 적화승의 몸을 사정없이 가격해 버렸다.

허리를 제대로 쓸 수 없는 적화승으로서는 도저히 피할 수도 없고 막을 수도 없는 무서운 공격이었다.

콰콰쾅!

"크아악!"

연이은 폭음과 함께 처절한 비명이 터져 나왔다.

적화승의 몸은 훌훌 허공을 날아 대청 벽을 뚫고 나가떨어졌다.

오 장 밖에 나뒹구는 그의 몸은 온몸이 피로 범벅이 되어 혈인(血人)을 방불케 했다. 적화승은 몇 차례 가쁜 숨을 몰아쉬다가 그대로 숨이 끊어지고 말았다.

그토록 치열했던 격전치고는 너무도 갑작스럽고 허망한 결과가 아닐 수 없었다.

낙일방은 적화승의 주된 무공이 허리를 이용한 무공임을 알아차린 순간, 일부러 허점을 노출하여 가슴을 가격당했던 것이다. 비록 가슴이 으스러지는 듯한 고통을 느껴야 했으나, 낙일방의 천단신공은 이미 절정에 달해 있기에 당랑쌍격에 스친 정도로는 호심결이 깨어지지 않았다.

부상을 입은 척하며 뒤로 물러난 낙일방이 낙뢰신권을 펼칠 수 있는 거리를 확보한 순간, 사실상 승부는 끝이 난 것이나 마찬가지라고 할 수 있었다.

낙일방은 일점천뢰로 적화승의 방비를 무너뜨리고 천전만권으로 허리를 공격하여 결정적인 승기를 잡았다. 그리고 구반장법의 최절초인 삼전(三轉)으로 길게 이어 오던 승부를 단숨에 끝내 버린 것이었다.

이것이 근접 박투의 무서운 점이었다. 아무리 백중세를 이루고 있다 할지라도 단 한 번의 실수나 상황 변화로 치명적인 결과를 초래하게 되는 것이다.

낙일방은 아직도 상당한 통증이 느껴지는 가슴 부위를 슬쩍 어루만지고는 피로 물든 적화승의 시신에서 시선을 거두어 찬찬한 눈길로 주위를 둘러보았다.

성락중과 도인수의 싸움도 이미 끝이 났는지 사위는 쥐 죽은 듯 조용했다. 한쪽 구석에 가슴을 베이고 헐떡이며 앉아 있는 도인수의 모습이 시야에 들어왔다.

도인수의 상처는 제법 심각해 보였는데, 도인수는 지혈을 할 생각도 하지 않고 가쁜 숨을 몰아쉬며 벽에 등을 기댄 채 힘없이 앉아 있었다. 핏기를 잃어 가는 그의 안색은 백지장처럼 창백해서 하얀 분가루를 뒤집어쓴 것 같았다.

노해광이 낙일방에게 다가와 그의 어깨를 가만히 두드려 주었다.

"수고했다. 실제로 보니 소문으로 듣던 것보다 더 대단하구나. 진심으로 감탄했다."

노해광은 좀처럼 다른 사람의 칭찬을 하지 않는 성격인데, 이번에는 몇 번이고 낙일방의 무공에 감탄사를 연발했다. 그만큼 그가 직접 두 눈으로 지켜본 낙일방의 무공은 충격적인 것이었다.

적화승은 소마 신지림의 제자일 뿐 아니라 강호무림의 대다수 무림인들이 두려워하는 공포의 존재였다. 그런 적화승이 자신이 가장 자신하는 근접 박투를 벌였음에도 단 한 번도 제대로 된 우세를 점하지 못하고 팽팽하게 맞서다 종내에는 처참한 몰골로 쓰러지고 말았으니, 노해광이 놀라는 것도 무리는 아니었다.

낙일방뿐 아니라 오랜만에 만난 동문 사형제인 성락중의 무공
또한 노해광의 마음을 한없이 설레게 했다.

원래 성락중은 노해광과는 비슷한 시기에 입문했지만, 나이는
두 살이 더 적었다. 그래서 노해광은 성락중을 처음 보았을 때부
터 그에게 하대를 했다. 성격이 온후한 성락중은 그런 그를 깍듯
이 사형으로 대접해 주었지만, 아무래도 두 사람 사이가 그다지
친밀하지는 않았다.

노해광은 관소양의 제자인 백동일과 더 죽이 맞았고, 성락중은
자신과 비슷한 성격의 임장홍을 많이 따랐다. 그런 그들이 각기
다른 사유로 종남파를 떠났다가 무려 이십 년이 넘는 세월이 흐
른 다음에야 비로소 다시 만나게 되었으니, 두 사람 사이에 만감
이 교차하는 것은 너무도 당연한 일이었다.

전날의 재회는 그래서 더욱 각별할 수밖에 없었다.

전날, 홀연 자신을 불쑥 찾아온 성락중을 본 노해광이 한동안
아무 말도 하지 못하고 침묵을 지킨 것은 너무도 당연한 일이었
다. 성락중 또한 그저 말없이 가만히 그를 보고만 있었다. 물처럼
흘러 버린 이십여 개의 성상(星霜)이 그들 사형제를 가로막고 있
기라도 한 듯, 그들은 그렇게 서로를 마주 본 채 한동안 우두커니
서 있었다.

한참 후에야 먼저 입을 연 사람은 성락중이었다.

"노 사형, 정말 오랜만이오. 나를 기억하시겠소?"

노해광은 정신없이 고개를 끄덕였다.

"물론이지. 자네의 소식은 익히 듣고 있었네."

성락중은 노해광의 깊은 두 눈과 연륜이 느껴지는 얼굴을 가만히 보고 있다가 차분한 음성으로 말했다.

"노 사형도 어느덧 나이를 먹었구려. 이제는 강호의 거물을 보는 것처럼 당당한 위엄이 느껴지는 것 같소."

"정처 없이 여기저기 돌아다니다 보니 쓸데없이 나이만 먹고 말았네. 자네는 정말 예전 그대로군. 그 눈빛과 기상이 처음 봤을 때와 달라진 것이 하나도 없어. 그런데도 나로서는 감당 못할 절세 고수의 풍취가 느껴지는군."

그 말을 할 때의 노해광의 눈에는 아련한 그리움과 짙은 후회, 그리고 말 못 할 깊은 번뇌와 반가움의 빛이 함께 감돌고 있었다.

예전에 두 사람은 그다지 친한 사이가 아니었고, 지금도 그리 친밀한 관계라고는 할 수 없었다. 하나 서로를 바라보는 두 사람의 눈에서는 표현하기 힘든 따뜻함과 부드러움이 흘러나오고 있었다.

그것은 험하고 거친 강호의 세계에서 서로의 등을 믿고 맡길 수 있는 존재를 만난 것에 대한 무의식적인 표현의 발로(發露)일 수도 있고, 이제는 돌아갈 수 없는 시절을 함께 경험한 것에 대한 동질감일 수도 있다.

그렇게 성락중을 다시 만난 노해광은 오랜 시간 그와 두서없는 이야기를 나누었다. 일단 말문이 트이자 그들 사이에는 끝없는 대화가 이어졌다. 같이 이야기를 할수록 노해광은 성락중이 정말 뛰어난 검도의 경지를 이루었으며, 성격 또한 예전과 비할 수 없이 냉정하면서도 침착하다는 것을 몇 번이고 절감해야 했다.

성락중 또한 단순히 돌아다니기 좋아하고 허세가 많은 줄로만 알았던 노해광의 변모한 모습에 적지 않은 놀라움을 느껴야 했다.

노해광은 누구보다 박학다식할 뿐 아니라 인간 본연의 심성에 대한 심도 깊은 고찰을 통해 강호의 생리에 정통해 있었다. 뿐만 아니라 사람을 부리는 데 능하고, 어떠한 경우에도 당황하거나 허점을 내보이지 않았다. 그가 서안의 흑도를 완전히 장악하고 있다는 말을 듣고 의아해했던 성락중은 직접 만나 본 후에야 그 말이 거짓이 아님을 확실히 알 수 있었다.

노해광은 성락중과 낙일방을 양옆에 두게 되니 세상에 무서운 것이 없을 듯했다. 그동안 많은 수하들을 거느리고 있으면서도 뚜렷한 절정 고수가 없어서 적지 않은 어려움을 겪었던 노해광으로서는 두 사람의 가세가 그야말로 더할 나위 없이 커다란 힘이 되었다.

사실 노해광은 검단현의 실종에 어쩌면 소마의 세력이 개입되었을지도 모른다는 생각에 내심 적지 않은 두려움을 가지고 있었다. 만약 그의 우려가 사실이라면 지금 당장은 소마 본인은 고사하고 소마의 제자 중 한 사람도 제대로 상대하기 어려웠던 것이다.

장병기를 막아 주었던 금조명은 종남파의 혈겁이 벌어진 후 어딘가로 떠나 버렸고, 든든한 조력자였던 조일평과 풍시헌도 사부인 나력지를 따라 먼 여정을 떠난 후였다.

그렇다고 무작정 본 산에 도움을 청할 수도 없었다. 종남파의 혈겁 이후 전풍개는 자신이 본 산을 비운 탓에 그런 참변이 벌어진 것이라며 거처를 떠나려 하지 않았다. 누구보다 믿음직하고 의지가 되는 소지산 또한 혈겁으로 뒤숭숭한 본 산을 안정시키기 위해 자리를 지키고 있을 수밖에 없었다.

이런 상황에서 강호행을 떠났던 제자들이 절정의 고수가 되어 돌아왔으니 노해광이 어찌 기뻐하지 않을 수 있겠는가? 더구나 그들 중에는 이미 오래전에 소식이 끊긴 성락중마저 포함되어 있어서 노해광으로서는 그야말로 천군만마를 얻은 것처럼 가슴 든든함을 느낄 수밖에 없었다.

노해광의 기대대로 성락중과 낙일방은 소마의 제자들을 훌륭하게 물리쳤다. 이제 남은 것은 뒷정리를 하고 사태를 깨끗하게 마무리 짓는 일뿐이었다.

그런 일에 있어서 노해광은 자타가 공인하는 최고의 전문가라고 할 수 있었다.

하나 노해광은 자신의 실력을 뽐낼 수가 없었다.

적화승과 도인수를 물리치고 그들이 막고 있던 계단을 따라 이 층으로 올라간 노해광은 텅 빈 공간만을 발견해야 했다. 분명 검단현이 올라가는 모습을 보았는데, 어디에도 그의 모습은커녕 흔적조차 찾을 수 없었던 것이다.

이 층 누각을 샅샅이 뒤진 끝에 노해광이 발견한 것은 지하로 통하는 수직 통로뿐이었다.

노해광은 누각의 한쪽 귀퉁이에 문갑과 장식으로 절묘하게 가려진 그 구멍을 보고는 쓴웃음을 짓고 말았다.

"이거 한 방 먹었군. 검단현이 이런 술수까지 쓸 줄은 몰랐는데……."

검단현은 화산파의 이름 있는 고수로, 자존심이 강하고 문파와 자신에 대한 긍지가 대단한 인물이었다. 손을 쓸 때는 누구보다 냉정하고, 때로는 수단과 방법을 가리지 않는 잔혹함이 있지만 그래도 적을 앞에 두고 미리 퇴로를 만들어서 꽁무니를 뺀 적은 없었다.

그런 검단현이 비밀리에 뚫어 둔 통로를 통해 모습을 감추어 버린 것이다.

이것은 그만큼 검단현이 궁지에 몰려 있으며, 더 이상은 화산파의 제자라는 명분에 집착하지 않고 철저히 실리만을 쫓기로 했음을 나타내는 것이었다.

노해광은 검게 뚫린 구멍을 내려다보더니 이윽고 고개를 들어 누각을 훑어보고는 나직한 한숨을 내쉬었다.

"왜 이런 구석진 곳에서 일을 벌이나 했더니 이런 한 수를 숨겨 두고 있었군. 이를 미처 예상하지 못했으니, 이번 일은 나의 실책이 분명하다."

그들이 있는 야월각은 화월루에서도 가장 깊은 곳에 위치해 있었다. 노해광은 그들이 이곳을 선택한 이유가 단순히 남들의 눈을 피하기 쉬운 곳이기 때문이라고 생각했었는데, 알고 보니 이런 암도(暗道)가 숨겨져 있었던 것이다.

노해광은 다시 일 층으로 내려왔다.

그의 시야에 한쪽 벽에 기댄 채 거친 숨을 몰아쉬고 있는 도인수의 모습이 들어왔다.

노해광과 눈이 마주치자 도인수의 핏기 없는 얼굴에 한 줄기 호선이 그려졌다.

"뜻대로 잘 안 되나 보군……."

노해광은 대수롭지 않은 표정을 지었다.

"강호 일이란 게 다 그렇지 않소?"

"그렇지. 확실히 강호에서는 모든 게 마음먹은 대로 굴러가는 법이 없지. 쿨럭!"

히죽 웃던 도인수가 기침을 하며 핏물을 토해 냈다.

노해광은 그런 도인수를 물끄러미 내려다보고 있다가 묵직한 음성을 내뱉었다.

"당신의 상세는 너무 심해서 나로서도 손을 쓸 수가 없소. 당신도 그쯤은 짐작하고 있지 않소?"

도인수의 상처는 가슴에 나 있는 검흔(劍痕)이 유일했다. 하나 세 치 남짓의 그 검흔은 정확히 그의 심맥을 가르고 지나갔기에 가히 치명적인 것이었다.

도인수도 그걸 알고 있는지 여전히 입으로는 피를 흘리면서도 나직한 웃음을 머금고 있었다.

"흐흐. 물론이지. 도와준다고 해도 내 쪽에서 사양할 판인데, 하나 마나 한 소리를 하는군……."

"그러니 이쯤에서 말해 주는 게 어떻소? 어차피 이제는 당신과 상관없는 일이 아니오?"

"검단현의 행방 말인가?"

"그렇소. 그자가 갈 만한 곳은 이미 내가 모두 차단해 놓은 상태요. 그러니 당신이 마련해 준 곳이 아니라면 그가 갈 수 있는 곳이 있을 리 없소."

도인수는 흐릿한 눈으로 노해광을 올려다보았다.

노해광의 시선은 무심했고, 행동은 침착하기 그지없어서 옆에 벼락이 떨어져도 조금도 놀랄 것 같지 않았다. 도인수는 그런 노해광의 모습을 가만히 보고 있더니 다시 한 차례 각혈을 했다.

"쿨럭! 이제 숨 쉬기도 힘들어지는군…… 이렇게 된 마당이니 마지막 자비를 베풀어 볼까……?"

"말해 보시오."

도인수는 고갯짓으로 노해광을 불렀다. 노해광이 가까이 다가가니 도인수는 피 묻은 입을 열고 힘겨운 음성을 토해 냈다.

"와룡사(臥龍寺) 후원으로 가 봐. 좋은 일이 있을 거야……."

"와룡사? 옛 관음사(觀音寺)를 말하는 거요?"

노해광이 되묻자 도인수는 눈을 가늘게 뜨고 웃으며 고개를 끄덕였다.

위아래로 흔들리던 고개가 점차 움직임을 멈추더니 이윽고 그는 힘없이 눈을 감았다.

노해광은 차갑게 식어 가는 도인수의 얼굴을 가만히 내려다보고 있다가 나직한 음성을 내뱉었다.

"와룡사라……."

와룡사는 서안에서 가장 오래된 절로, 예전에는 관음사라 불리기도 했다.

도인수는 죽어 가면서 검단현이 와룡사의 후원에 숨어 있을 거라는 의미의 말을 했다.

그의 말을 전적으로 믿을 수 있을까?

도인수는 천하제일 살성인 소마 신지림의 제자로, 강호무림에서 손가락에 꼽을 만한 살인마였다. 온갖 희한한 방법으로 살인을 일삼는다고 하여 괴살이라고 불리기까지 한 그의 말을 과연 믿어도 되는 것인지 의문이 들지 않을 수 없었다.

성락중 또한 그렇게 생각하는지 노해광을 향해 물었다.

"사형은 와룡사로 가 볼 생각이시오?"

노해광의 눈빛은 여전히 담담했고, 태도 또한 침착한 가운데 여유가 흐르고 있었다.

노해광은 느릿느릿 고개를 끄덕였다.

"그럴까 하네."

"그의 말을 믿을 수 있겠소?"

"내가 그의 말을 믿고 안 믿고는 중요한 문제가 아닐세."

"그럼 무엇이 중요하오?"

노해광은 천천히 고개를 들어 허공을 올려다보더니 낮게 가라앉은 목소리로 조용히 말했다.

"도인수의 입에서 와룡사라는 말이 나온 이상 그곳에 그가 준비해 둔 무언가가 나를 기다리고 있다는 것이지. 그러니 그게 무시무시한 함정이든 아니면 꼬리를 말고 도망친 화산파의 파문 제자든 나로서는 가 보지 않을 수가 없지 않겠나?"

제369장

혹서살인(酷暑殺人)

제369장 혹서 살인 (酷暑殺人)

햇살이 유달리 따가운 한여름의 오후였다.

뜨거운 태양이 대지를 달구는 가운데 때때로 불어오던 바람마
저 잠들어 주위의 공기는 한없이 뜨거워지고 있었다. 누런 황톳
길에는 지나가는 사람 한 명 찾을 수 없었고, 길 양쪽으로 늘어선
나무들도 간신히 자기 발등만을 가린 채 작열하는 태양 아래에서
신음하고 있었다.

고준(顧遵)은 땀으로 흠뻑 젖은 겉옷을 들쳐 몇 번 펄럭이고는
이내 한숨을 내쉬었다.

"제길. 이건 완전히 초열지옥(焦熱地獄)이 따로 없군그래."

인적이 끊긴 황톳길에서 이글거리듯 피어오르는 아지랑이를 보
고 있노라면 그의 말에 절로 고개가 끄덕여질 법도 했다.

고준은 쩝하고 입맛을 다셨다.

"이런 날에는 바람 솔솔 부는 계곡에 앉아 얼음장 같은 계곡물에 발을 담그고 미녀가 따라 주는 옥빙주(玉氷酒)나 마시며 뒹굴거리는 게 제일인데 말이야."

그가 있는 곳은 황톳길에서 조금 떨어진 작은 노상 주막이었는데, 몇 개의 그리 두껍지 않은 천막과 얇은 대나무 기둥으로 어설프게 만들어진 것이어서 내리쬐는 따가운 태양 빛을 제대로 막아 주지 못하고 있었다. 게다가 바람 한 점 없는 날이어서 바닥에서 올라오는 열기가 사라지지 않고 고스란히 남아 있는 바람에 주막 안은 그야말로 찜통을 방불케 했다.

그럼에도 밖으로 나갈 엄두를 내지 못하는 것은 세상 만물을 태워 버릴 듯 이글거리는 양광(陽光)이 너무도 강렬하기 때문이었다.

안에 있어도 덥고 밖으로 나가도 더운 것은 마찬가지여서 고준은 그저 혀를 내민 채 어서 빨리 태양이 지평선 너머로 사라지기만을 기다리고 있을 수밖에 없었다.

옷을 펄럭이며 짜증이 가득 찬 표정으로 주위를 둘러보던 고준의 눈에 문득 멀리서 피어오르는 먼지 더미가 보였다.

다가닥다가닥!

자욱한 먼지 더미가 점차 가까워지며 말발굽 소리가 희미하게 들려왔다.

고준은 태양이 작열하는 황톳길을 달려오는 한 쌍의 인마(人馬)를 보며 혀를 찼다.

"쯧. 이 더위에 말까지 타고 있다니…… 말도, 사람도 못 할 짓이로다.”

말발굽 소리가 점차 가까워지며 자욱한 먼지 사이로 인마의 모습이 보다 생생하게 드러났다.

말은 짙은 갈색에, 갈기와 꼬리가 검은 북방마(北方馬)였고, 그 위에 타고 있는 사람은 흑의 무복을 입은 건장한 남자였다. 흑의인은 짙은 남색 피풍의를 두르고 머리에는 커다란 방갓을 쓰고 있는 데다 먼지를 피하기 위해 소맷자락으로 코와 입을 가리고 있어서 용모를 전혀 짐작할 수도 없었다.

흑의인은 찌는 듯한 무더위와 따갑도록 내리쬐는 태양 빛에 아랑곳하지 않고 맹렬하게 말을 질주해 달려오더니 고준이 있는 주막을 발견했는지 이내 말고삐를 당겨 속도를 늦추었다.

히히힝!

요란한 말 울음소리와 함께 말이 주막 옆에 멈춰 서자 흑의인은 말에서 훌쩍 뛰어내려 성큼 주막 안으로 들어섰다. 그 바람에 자욱한 먼지가 흑의인을 따라 후욱 밀려들어 오며 주막 안을 어지럽혔다.

“우욱! 조심 좀 하시오.”

고준은 다급하게 소맷자락을 휘둘러 먼지를 막으며 투덜거렸다.

흑의인은 그를 힐끗 쳐다보고는 이내 주막 안을 둘러보더니 다시 그에게로 시선을 돌렸다.

“당신이 주인이오?”

건장한 체구만큼이나 걸걸하고 묵직한 음성이었다.

고준은 퉁명스러운 표정으로 대꾸했다.

"당연한 걸 물어보는군. 내가 주인이 아니라면 이 무더운 날에 미쳤다고 여기에 죽치고 있겠소? 어디 시원한 계곡이라도 기어 들어 가서 계곡물에 몸을 담그고 있지."

손님을 대하는 태도가 엉망이었으나, 흑의인은 아랑곳하지 않고 피풍의를 벗었다. 먼지가 수북하게 쌓인 피풍의를 본 고준이 기겁을 하고 소리쳤다.

"나가서 터시오. 여기를 먼지 구덩이로 만들 셈이오?"

흑의인은 그 말을 듣는 둥 마는 둥 하고 피풍의를 접어 탁자 위에 올려놓고는 다시 방갓을 벗어 들었다.

방갓에도 먼지가 잔뜩 묻어 있는 것은 너무도 당연했다. 방갓을 피풍의 위에 아무렇게나 내던진 흑의인은 의자에 털썩 앉더니 굵직한 목소리로 말했다.

"주문부터 받으시오. 시원한 닭국수와 구운 오리 한 마리, 냉채 몇 가지 하고 차게 식힌 술 한 병 내오시오."

방갓을 벗은 흑의인은 제법 준수한 용모에 검은 수염을 기른 사십 대 초반의 중년인이었다. 이렇게 더운 날에 황톳길을 달려 왔으면 얼굴에 먼지가 잔뜩 묻어 있을 법도 한데, 흑의인의 얼굴은 금방 씻기라도 한 듯 먼지 한 점 없이 깨끗하기만 했다.

고준은 흑의인의 그런 모습이 신기한지 멍하니 흑의인을 보고 있더니 고개를 설레설레 젓고는 자리에서 일어나 주방 쪽으로 어기적거리며 걸어갔다.

해는 어느덧 서쪽으로 절반이 넘게 기울었으나 날씨는 여전히 무더웠고, 햇빛은 강렬하기 이를 데 없었다. 때마침 한 줄기 바람이 불어왔으나 황토 먼지를 가득 품은 그 바람은 시원함보다는 짜증만을 불러일으킬 뿐이었다.

흑의인은 하늘 높이 솟구쳐 올랐다 흩어지는 먼지 더미를 보더니 고개를 절레절레 흔들었다.

"정말 빌어먹게도 더운 날씨로군. 하필이면 이런 날에……."

무언가 나직하게 투덜거리던 흑의인은 주방에서 다시 나오며 고준에게로 시선을 돌렸다.

그의 손에는 술 한 병과 나물 몇 가지가 담긴 소반, 그리고 국수를 담은 그릇과 삶은 닭이 통째로 올려진 쟁반이 들려 있었다.

고준은 걸레로 먼지가 내려앉은 탁자를 대충 닦고는 음식과 술병을 올려놓았다.

"이렇게 더운 날에 오리를 구울 정신이 어디 있겠소? 마침 국수 국물을 우려내느라 삶은 닭이 있으니 이걸로 만족하시오."

흑의인은 술을 한 잔 따라 잠시 그 향을 음미하더니 단숨에 술잔을 들이켰다. 거푸 석 잔을 마신 다음에야 비로소 그는 술잔을 내려놓고는 젓가락을 집어 들었다.

음식은 제법 먹을 만했다. 닭가슴살을 찢어 고명으로 올리고 차갑게 식힌 닭국물을 육수로 쓴 닭국수는 간이 딱 맞았고, 양 또한 적당했다. 삶은 닭은 비록 가슴살이 반도 남아 있지 않았으나, 그래도 다리와 날개 쪽에 살이 제법 남아 있어서 간단하게 술안주로 먹기에는 크게 부족하지 않았다.

나물 또한 별다른 조미를 하지 않았는데도 담백하고 깔끔해서 오히려 이런 날에는 더욱 입맛을 당기게 하고 있었다.

흑의인은 국수의 국물을 조심스레 한 모금 들이켜고는 음식이 입에 맞았는지 이내 국수 한 그릇을 깨끗하게 비웠다. 그러고는 닭다리를 뜯어먹기 시작했다.

고준은 한쪽에 앉은 채 흑의인의 그런 모습을 심드렁하게 쳐다보고 있다가 그가 막 두 개째의 닭다리를 먹을 때가 되어서야 혼잣말처럼 나직한 음성을 중얼거렸다.

"잘 먹는군. 보기보다는 식성이 좋은 사람이었어."

목소리는 그리 크지 않았으나, 주막 안이 워낙 조용해서인지 그 목소리를 들은 흑의인은 닭다리를 먹다 말고 그에게로 시선을 돌렸다.

고준은 한쪽 팔로 턱을 기댄 채 다시 낮게 중얼거리듯 말했다.

"이런 날씨에 저렇게 먹고 싶을까? 나 같으면 아무리 배가 고파도 물이나 몇 잔 마시고 말 텐데 말이야."

문득 흑의인의 얼굴에 야릇한 표정이 떠올랐다. 그것은 무어라 표현하기 어려운 복잡하고 기이한 표정이었다.

흑의인은 자신이 먹고 있는 닭다리를 내려놓더니 국수 그릇을 들고 냄새를 맡아 보았다.

고준은 고개를 절레절레 흔들었다.

"아니지, 아니야. 멀쩡한 닭국수는 왜 의심하는 거야? 기껏 맛있게 잘 먹어 놓고 말이지."

흑의인은 다시 술병을 들고 술잔에 술을 따른 다음 새끼손가락을 살짝 담갔다. 그의 새끼손가락에는 은으로 만든 실반지가 끼여 있었다.

고준은 다시 고개를 저으며 조금 더 큰 소리로 말했다.

"내가 정성을 다해 얼음물에 담가 놓은 술에 왜 저런 짓을 하는 거야? 내가 제일 싫어하는 게 술에다 쓸데없는 장난질 치는 건데, 나를 겨우 그런 놈으로 봤단 말인가?"

흑의인은 은반지에 아무런 반응도 없다는 걸 확인하자 술잔을 내려놓고는 젓가락을 들어 나물 반찬을 뒤적거렸다.

고준은 한숨을 내쉬었다.

"정말 답답한 친구로군. 나물은 간을 약하게 할 수밖에 없어서 수작을 부리기에는 영 어울리지 않는다는 걸 모르나 보군."

흑의인은 마침내 젓가락을 내려놓고는 다시 고준에게로 시선을 돌렸다.

두 사람 사이에는 몇 개의 탁자가 놓여 있었지만, 마치 코앞에 있는 듯 흑의인의 눈빛은 강렬하기 그지없었다. 그럼에도 고준은 전혀 거리낌없이 팔로 턱을 괸 채 중얼거리는 것을 멈추지 않았다.

"운도 정말 지지리 없는 친구야. 하필이면 이런 날에 먼 길을 달려오느라 지치고 피곤했을 텐데 제대로 쉬지도 못했군. 이제 그만 힘든 일을 내려놓고 편히 쉬는 게 어떤가?"

그의 말이 끝나기도 전에 흑의인의 신형이 한 차례 휘청거렸다.

그럼에도 흑의인은 그 자리에 꿈쩍도 않고 앉은 채 여전히 고준을 노려보고 있었다. 그의 입술을 뚫고 낮게 가라앉은 음성이 흘러나왔다.

"무슨 수법을…… 쓴 거지?"

고준은 턱을 괸 팔을 빼고는 탁자에 양팔을 올려놓은 채 어깨를 으쓱거렸다.

"별거 아닐세. 그저 풀때기 하나와 곱게 빻은 약간의 가루, 그리고 조금 특이한 액체를 썼을 뿐이네."

"금엽초(錦葉草), 계지산(鷄脂散), 벽하수(碧蝦水)⋯⋯."

흑의인이 씹어뱉듯이 말하자 고준은 활짝 웃으며 손뼉을 탁 쳤다.

"과연⋯⋯ 천봉궁의 사대신군 중에서 뇌군(雷君)이 각종 기물과 약초에 능하다고 하더니 거짓이 아니었군. 하마터면 자네에게 실망할 뻔했네."

흑의인의 준수한 얼굴에는 어느새 검은 땀이 조금씩 흘러나오고 있었고, 피부 또한 점차 검게 변색되고 있었다.

흑의인은 여전히 탁자에 앉은 채 힘겨운 음성을 내뱉었다.

"그 정도로는⋯⋯ 내 여의현공(如意玄功)을 뚫을 수 없을 텐데⋯⋯."

고준은 고개를 끄덕이며 턱으로 조금 남아 있는 닭고기를 가리켰다.

"그래서 백골투계(白骨鬪鷄)까지 자네에게 먹여야 했지."

"백골투계?"

"백화정분(百花精粉)을 먹여 정성들여 키운 닭일세. 나도 아끼는 것이라 아까 목을 치는데 손이 덜덜 떨렸다네."

흑의인의 얼굴이 시커멓게 변하며 모공에서 흘러나오는 검은 땀이 조금씩 붉은색을 띠기 시작했다.

"그래도⋯⋯."

고준은 혀를 찼다.

"딱한 친구로군. 그 네 가지 성분이 섞이는 정도는 감당할 자신이 있단 말이지? 그런데 오늘 날씨를 보게. 이렇게 더운 날이면 인체의 혈액순환이 최고로 빨라지는 반면에 몸속의 기운은 낮게 가라앉지. 그런 상태에서 그 네 가지 성분이 몸속에 들어가면 아주 이상한 일이 벌어지지. 그게 바로 지금 자네가 겪고 있는 일일세."

"……."

"지금 온몸이 화염 구덩이 속에 들어가 있는 것처럼 마구 들끓고 기운이 폭발하면서 조금만 움직여도 혈맥이 터져 나갈 것 같지? 실제로 자네 혈맥은 이미 터지고 있네. 자네가 여의현공인지 뭔지로 억지로 막고 있던 기운은 이미 흑한(黑汗)으로 배출되어 사라졌고, 이제는 혈맥 속의 혈기가 진혈(眞血)이 되어 빠져나오고 있네. 지금 못 견딜 정도로 뜨겁겠지만, 그래도 뇌군이라는 자네의 명성을 생각해서 최대한 참아 보도록 하게. 그리 오래 참지 않아도 될 걸세."

흑의인의 모공에서 흘러나오는 땀은 이미 시뻘건 선혈로 변해 있었다. 그런 상태에서도 흑의인은 그 자리에 꼼짝도 않고 앉은 채 이를 악다물었다.

"이 수법은…… 무엇이냐?"

"초열계(焦熱界)라는 것일세. 들어 본 적이 있는가?"

흑의인은 시뻘겋게 핏발 선 눈으로 고준을 노려보았다.

"그…… 그건 서장 만독곡(萬毒谷)의……."

"들어 본 모양이군. 내가 바로 만독곡의 주인인 독선(毒仙) 고준일세."

서장십이기의 일인이며 서장제일독(西藏第一毒)이라 불리는 고준은 활짝 웃으며 모처럼 힘차게 고개를 끄덕였다.

그 순간, 흑의인의 몸이 다시 크게 흔들리더니 입 밖으로 시커먼 독혈(毒血)을 토해 냈다.

"쿠욱!"

그동안 간신히 내공으로 억누르고 있던 독 기운이 온몸으로 퍼지며 마침내 도저히 참지 못할 단계에 이르게 된 것이다.

고준은 시커멓게 변한 흑의인의 얼굴을 가만히 바라보다가 이내 고개를 끄덕였다.

"참으로 심후하고 정순한 내공이군. 근래 몇 년 동안 내 팔계지옥(八界地獄) 중 하나를 일다경 가까이 버틴 사람은 자네가 처음일세. 그런 점에서 자부심을 가져도 좋네."

팔계지옥은 고준이 평생을 고심한 끝에 만들어 낸 최고의 독술(毒術)로, 초열계는 그중의 하나였다.

흑의인은 왼손으로 피 묻은 입가를 쓰윽 훔치고는 무서운 눈으로 고준을 노려보았다.

"우, 우리는 서장과 특별한 원한 관계가 없는데…… 대체 왜 내게 이런 살수를 쓰는 거냐?"

"물론 나는 자네와는 아무런 은원 관계가 없네. 자네뿐 아니라 자네가 속해 있는 천봉궁과도 마찬가지지."

"그런데 왜……?"

"자네가 아무 관계도 없는 누군가에게 서신을 전해 주기 위해

이 찜통 같은 무더위 속에서 말을 달려온 것과 비슷한 이유일세."

흑의인의 검게 변한 얼굴에 한 줄기 경악의 빛이 떠올랐다.

"그걸 어떻게……."

고준은 한숨을 내쉬며 오른손을 까닥거렸다.

"그러니 나를 탓하지 말고 이만 눈을 감도록 하게. 아무 은원도 없는 자가 고통 속에서 신음하다 숨이 끊어지는 걸 보는 건 내게도 별로 기분 좋은 일은 아니니 말일세."

흑의인의 검게 물들어 가던 얼굴이 더욱 시커멓게 변하며 충혈된 눈에서마저 검은 물이 흘러나왔다. 흑의인은 발작하듯 세차게 몸을 떨더니 자리에서 벌떡 일어나 고준을 향해 신형을 날렸다.

하나 그의 몸은 채 반도 날아오지 못하고 그대로 바닥에 쓰러지고 말았다.

쿵!

요란한 소리를 내며 바닥을 나뒹구는 흑의인의 모공에서는 어느새 검붉은 선혈이 질펀하게 흘러나오고 있었다.

고준은 한동안 흑의인을 가만히 내려보고 있다가 천천히 자리에서 일어나 그에게 다가갔다. 흑의인은 눈을 부릅뜬 채로 이미 숨이 끊어져 있었다.

그의 몸에서 흘러나오는 독혈로 인해 흑의인의 피부는 이미 푸석푸석하게 변해 있었고, 이미 장기가 썩어 들어가는지 지독한 악취가 풍겨 나와 절로 눈살을 찌푸리게 했다.

고준은 나직하게 혀를 차며 그의 눈을 감겨 주었다.

"쯧. 이래서 초열계는 가급적 쓰고 싶지 않았건만, 오늘 같은 날에는 그게 가장 효과적이니 안 쓸 수도 없고…….”

고준은 흑의인의 가슴팍으로 손을 넣어 이내 한 장의 서신을 꺼내 들었다.

서신은 촛농으로 단단하게 밀봉되어 있었는데, 겉에는 봉황이 꿈틀거리는 듯한 아름다운 서체로 〈신검무적 진산월 대협 친전(親展)〉이라고 쓰여 있었다.

고준은 신중한 손길로 밀봉을 풀어 봉투를 뜯고 그 안에 든 편지를 펼쳐 보았다.

편지를 모두 읽고 난 고준의 얼굴에 냉랭한 미소가 감돌았다.

“역시 당주(黨主)의 짐작대로군. 이 마녀는 정말 생각하는 게 한결같구나.”

고준은 편지를 손에 쥔 채 무언가 골똘히 생각에 잠겨 있더니 다시 봉투에 넣고는 주위를 한 차례 둘러보았다. 황량한 황톳길 한쪽에 엉성하게 차려진 주막은 흑의인의 시신에서 흘러나오는 악취와 검붉은 독혈로 어지럽혀져 있었다.

고준은 다시 눈을 살짝 찌푸렸다.

“가뜩이나 더위도 제대로 막지 못해 한증막 같은 곳이 이제는 아예 잠시 머물러 있지도 못할 곳이 되어 버렸구나.”

흑의인의 시신은 이미 독기에 녹아들어 그가 입었던 옷만 흉물스럽게 남았을 뿐, 한 줌의 핏물로 화해 있었다. 그 옷가지조차 조금씩 녹고 있는 것으로 보아 곧 흑의인의 몸뚱이와 같은 신세가 될 게 뻔했다.

고준은 흑의인이 앉아 있던 탁자 위에 남아 있는 음식들과 술병을 주막 뒤쪽의 숲속에 아무렇게나 던져 버리고는 이내 주막 밖으로 신형을 날렸다.

그의 신형은 순식간에 황톳길 저편으로 멀어져 갔다.

고준마저 떠나간 주막 안은 찌는 듯한 날씨에 어울리지 않게 을씨년스러워 보였다.

그토록 따갑게 대지를 내리쬐던 태양이 조금씩 서쪽으로 기울고 있을 무렵, 인적 끊긴 주막 앞에 홀연히 하나의 인영이 나타났다.

그 인영의 신법이 어찌나 표홀했던지 마치 하늘에서 뚝 떨어져 내려온 듯한 착각이 들 정도였다.

그는 이렇게 더운 날에도 바닥에 거의 끌릴 듯한 파란색 장포를 걸친 중년인이었다. 이마에도 청색 두건을 매었고, 허리에는 은은한 비췻빛이 감도는 옥대(玉帶)를 차고 있어서 그야말로 전신이 온통 푸른색 일색이었다.

청포 중년인은 날카로운 눈으로 주막 안을 둘러보다 이내 한 곳으로 걸음을 옮겼다.

탁자와 탁자 사이의 바닥에 유난히 거무스름한 빛을 띤 부분이 있었다.

청포 중년인은 그쪽으로 다가가 바닥으로 몸을 굽혀 검은 부분의 흙을 손가락으로 만져 보았다. 그러다 이내 안색이 변해 황급히 손을 털었다.

그러고도 모자라 품속에서 작은 병을 꺼내 능숙한 솜씨로 그 안에 든 액체를 손에 발랐다.

흙을 만진 손가락 부분이 검게 물들어 있다가 액체가 닿는 순간

다시 조금씩 원래의 살색을 회복하고 있었다. 청포 중년인은 그제야 안도의 한숨을 내쉬었지만, 얼굴은 더욱 심각하게 굳어졌다.

"정말 무서운 열독(熱毒)이로구나. 살짝 만지기만 했는데도 현공(玄功)을 뚫고 체내로 들어오다니…… 천하에 이토록 지독한 열독이 있단 말인가?"

청포 중년인은 심각한 표정으로 잠시 생각에 잠겨 있더니 문득 고개를 돌려 주막 안을 샅샅이 뒤지기 시작했다.

주막은 몇 개의 대나무 위에 천막을 얹어 놓은 것이라서 네 개의 탁자와 십여 개의 의자 외에는 별다른 시설이 존재하지 않았다. 한쪽에 주방으로 사용한 듯한 공간이 있긴 했으나, 청포 중년인이 본 것은 닭을 삶은 듯한 커다란 솥과 몇 개의 접시, 그리고 물에 담가 놓은 두 개의 술병뿐이었다.

무더운 날씨를 감안하면 애초에는 차가운 물이었겠지만 이미 술병은 미지근해졌고, 솥단지에도 국물만이 조금 남아 있을 뿐이었다.

청포 중년인은 품속에서 하나의 물건을 꺼내 들었다. 그것은 얇은 장갑이었는데, 어찌나 얇고 투명했던지 반대편이 훤히 비쳐 보일 정도였다.

청포 중년인은 장갑을 손에 끼고는 조심스러운 동작으로 닭 국물이 담긴 솥과 술병을 살펴보았다. 조금 전에 큰 낭패를 볼 뻔했기 때문인지 그의 동작 하나하나는 신중하기 이를 데 없었다.

주방에 대한 조사를 마친 청포 중년인은 이번에는 주막 안의 검게 변색된 바닥 앞에 무릎을 대고 검은 흙을 조심스럽게 만지기 시작했다. 잠시 흙을 들어 손가락 사이에 비벼 본 청포 중년인은 냄새를 맡기 위해 눈앞으로 가까이 가져가려다 갑자기 안색이 급변했다.

아직 코에 대지도 않았는데 지독한 악취가 풍겨 나와 속이 메슥거렸다.

하나 청포 중년인이 놀란 것은 단순히 악취 때문이 아니었다. 그 악취 속에 은은한 피비린내가 느껴졌던 것이다.

'역시 이것은 시신이 독기에 잠식된 흔적이란 말인가?'

문득 한 가지 생각이 든 청포 중년인은 주막을 벗어나 근처를 뒤지기 시작했다. 곧 그의 눈에 버려진 닭의 잔해와 나물, 그리고 부서진 술병의 흔적이 들어왔다.

청포 중년인은 더욱 경직된 얼굴로 계속 주막 뒤편의 숲속을 수색했다.

그로부터 일각 후에 마침내 그는 목이 부러진 채 수풀 속에 숨겨져 있는 말의 시신을 발견할 수 있었다.

그 말은 그의 눈에 익은 것이었다. 바로 자신의 동료가 아끼던 애마였던 것이다.

청포 중년인은 막상 자신이 찾던 말의 시신을 발견하자 적지 않은 충격을 받은 모습이 역력했다. 최악의 상황으로 가정했던 것이 현실로 닥쳤음을 확인했기 때문이다.

'아! 혹시나 하여 불안한 생각에 따라왔건만 누구보다 호탕하고 거칠 것이 없던 염(閻) 형이 한낱 독에 당해 한 줌의 핏물로 변해 버렸다니…… 이건 정말 눈으로 보고도 믿을 수가 없구나.'

흑의인은 그의 오랜 친구이자, 한 사람을 가까이에서 함께 모셔 온 동반자이기도 했다.

별호는 뇌군(雷君).

이름은 염일도(閻一道).

청포 중년인과 함께 풍뢰쌍군(風雷雙君)이라 불렸으며, 수십 년 동안 같은 사람을 주인으로 모신 채 오랜 세월을 함께 활동해 왔다.

치밀한 성격의 청포 중년인과는 달리 성격이 담대하고 남자다워서 따르는 사람이 많았다.

이번 일도 주인이 직접 지시하지 않았다면 그의 신분으로 무더운 한여름 날에 온몸에 먼지를 뒤집어쓰며 먼 길을 달리는 일은 없었을 것이다.

그리고 만약 그랬다면 이름도 없는 황톳길 한편의 허름한 주막에서 시신조차 남기지 못하고 핏물로 녹아 버리는 일도 벌어지지 않았을 것이다.

청포 중년인은 한동안 말 못 할 기분에 젖어 그 자리에 우두커니 서 있었다.

그러다 문득 두 눈에 날카로운 신광을 번득였다.

'염 형을 해친 흉수는 필시 염 형이 소지한 밀서를 노렸을 것이다. 염 형이 주인의 부름을 받은 것이 어제였고 밀서를 가지고 움직인 것이 오늘 아침인데, 흉수가 이곳에서 염 형을 기다리고 있었다는 것은 흉수의 그림자가 본 궁의 깊숙한 곳까지 드리워져 있다는 것을 뜻한다.'

머릿속으로 수만 가지 생각을 거듭하는지 그의 눈빛은 수시로 다채롭게 변하고 있었다.

'밀서가 그들의 손에 들어갔다고 해도 당장 일이 깨어지는 것은 아니다. 다만 앞으로 일이 복잡하게 헝클어질 가능성은 충분히 있다. 그나저나 그들이 이토록 노골적으로 본 궁을 향해 손을 써 올 줄은 몰랐는데…… 역시 그 노괴물이 이제 본격적으로 움직이려는 게 확실하군.'

점차 생각의 흐름이 정리되기 시작하는지 청포 중년인의 눈빛이 차분하게 가라앉았다.

'그렇다면 결국 어쩔 수 없이 신목령과 힘을 합쳐야 하는가? 다행히 이곳에서 멀지 않은 곳에 경천신수가 있긴 한데, 천목지약이 사실상 유명무실해진 지금 그가 과연 선뜻 손을 빌려줄지 의문이구나.'

청포 중년인은 차갑게 굳어 있는 말의 시신을 내려다보고 있다가 나직하면서도 그 어느 때보다 단호한 음성을 내뱉었다.

"너와 네 주인의 복수는 반드시 갚아 주마. 어차피 이제는 피아 (彼我)의 구분이 확실해졌으니 더 거리낄 것이 없어졌다."

청포 중년인, 천봉궁의 사대신군 중 한 사람인 풍군(風君) 두일해(竇一解)는 다시 한 차례 주위를 둘러보고는 이내 쏜살같이 몸을 날려 장내를 벗어나기 시작했다.

풍군이라는 외호답게 이내 그의 몸은 한 줄기 바람처럼 눈부신 속도로 기울어 가는 석양 사이로 사라져 버렸다.

제370장

낙양회로(洛陽回路)

제370장 낙양회로(洛陽回路)

"장문 사형."

전흠이 자신을 부르는 소리에 진산월은 고개를 돌렸다.

"무슨 일이냐?"

전흠은 생각이 많은 얼굴로 진산월을 바라보다가 약간은 무거운 음성으로 물었다.

"정말 이대로 떠나도 괜찮은 겁니까?"

팽가장에서 벌어진 회갑연은 무사히 끝이 났다.

야율척과의 약속 때문인지 얼마 전까지만 해도 형수의 곳곳에서 암약하고 있던 흑갈방의 무리들은 눈을 씻고 보아도 찾을 수 없을 정도로 완벽하게 모습을 감추어 버렸고, 회갑연 또한 특별한 문제없이 성황리에 마칠 수 있었다.

노심초사하고 있던 팽철영이 안도의 한숨을 내쉰 것은 너무도 당연한 일이었다.

회갑연이 끝난 후 진산월은 바로 형수를 떠났다. 팽철영은 물론이고 회갑연의 주인인 팽도엽마저 팽가장에 좀 더 머물러 주기를 간곡히 청했으나, 진산월은 주저하지 않고 작별 인사를 건넨 후 팽가장을 나온 것이다. 그가 이끌던 선반의 고수들은 당분간 부반주인 이정문이 맡기로 했기에, 진산월은 좀 더 홀가분한 상태에서 사제인 전흠만을 대동한 채 길을 떠날 수 있게 되었다.

전흠은 따라오겠다는 선반의 고수들을 마다한 채 홀쩍 떠나는 것이 못내 마음에 걸린 모습이었다.

사실 성격이 투박해서 사교성이 별로 좋지 못했던 전흠은 선반의 고수들과 동행하면서 의외로 몇몇 사람과 서슴없이 이야기를 주고받을 수 있을 정도로 친한 사이가 되었다. 특히 그중에서도 청성파의 제일 기재라는 남해일과는 나름대로 각별한 우정을 느끼고 있었기에 그들을 두고 떠나는 것이 못내 아쉽게 느껴졌던 것이다.

더할 수 없이 드넓고 광활한 중원 무림에서 이렇게 헤어진다면 언제 다시 만나게 될지 기약할 수 없는 게 현실이었다. 특히 남해일이 몸담고 있는 청성파는 종남파가 있는 섬서성에서 수천 리나 떨어져 있기에 전흠은 더욱 짙은 아쉬움을 느낄 수밖에 없었다. 선반처럼 하나의 특수한 조직에 속한 상태로 다른 문파의 고수들과 활동을 해 본 적이 없는 전흠으로서는 선반의 고수들과 함께 강호를 좀 더 누벼 보고 싶다는 게 솔직한 심정이었다.

하나 엄밀히 말하면 선반의 역할은 여기까지였다.

무림맹에서 선반에 기대했던 것도 중원에 침투해 들어온 서장의 전초 세력에 대한 탐지와 제거였고, 그것은 너무도 완벽하게 이루어진 상태였다.

더구나 서장무림을 이끌고 있는 야율척이 스스로의 입으로 중추절까지 활동을 자제하겠다고 공언한 이상, 선반이 할 수 있는 일은 거의 없다고 해야 옳을 것이다.

진산월은 선반을 이용해 명성을 쌓거나 그들을 세력화하여 자신이 이끌어 나갈 의도는 전혀 없기에 이쯤에서 선반과 결별하는 것이 정상적이고 합리적인 수순이었다. 선반을 정식으로 해체하는 건 무림맹 본산에서 해야겠지만, 일단 진산월은 몇 가지 개인적으로 처리해야 할 일을 위해서 선반의 고수들과 먼저 작별을 할 수밖에 없었다.

전흠도 그런 사정을 모르는 것은 아니었으나, 그래도 생애 처음으로 친하게 지냈던 남해일과 갑작스럽게 헤어지게 되니 아쉬운 생각이 계속 머리에 남아 있는 모습이었다.

진산월은 미련과 아쉬움이 가득한 전흠의 얼굴을 보고 있다가 빙긋 웃었다.

"남 소협과 제법 친해진 모양이더구나."

전흠은 잠시 머뭇거리다 그답지 않게 조금은 가라앉은 음성으로 대답했다.

"남 소협과는 이야기가 제법 통하는 편입니다."

진산월은 살짝 고개를 끄덕였다.

"남의 말을 잘 들어 주는 사람과는 이야기하기가 편하지."

전흠이 생각해 보니 진산월의 말마따나 남해일은 자신의 말을 잘 들어 주는 편이었다. 사투리가 심하고 말주변도 별로 없는 전흠의 거칠고 투박한 말에도 남해일은 짜증 내거나 불편해하지 않고 항상 웃으면서 받아 주었다. 전흠이 남해일과 친해진 것도 그와 있으면 어떤 식으로든 대화가 되기 때문이었다.

　지금까지 전흠은 그저 남해일이 자신과 성격이 맞나 보다 하고 생각하고 있었는데, 진산월의 말을 듣고 나서야 비로소 그와 친해진 이유를 알게 되었다.

　그러고 보면 남해일은 자신뿐 아니라 선반의 대다수 고수들과 두루두루 친하게 지내는 편이었다. 누구와도 서슴없이 대화를 나누고 잘 웃는 그를 싫어하는 사람은 거의 없었다.

　생각이 그에 미치자 전흠은 왠지 들떴던 기분이 가라앉으며 약간의 서운함마저 들기 시작했다. 아직 사람을 사귀는 데 익숙하지 않은 전흠으로서는 자신이 유일하게 친구라고 생각한 남해일이 자신뿐 아니라 여러 명의 친구를 두고 있다는 것이 왠지 야속하게 느껴졌던 것이다.

　진산월은 여러 차례 변하는 전흠의 얼굴만 봐도 그의 생각을 짐작할 수 있었는지 담담하면서도 차분한 음성으로 그를 향해 말했다.

　"남 소협 같은 사람은 누구와도 쉽게 친해질 수 있지. 하지만 너는 다르다. 너 같은 사람은 정말 흔하지 않다."

　전흠은 무슨 말이냐는 듯 진산월을 힐끔 쳐다보았다. 기분 같아서는 퉁명스럽게 말을 내뱉고 싶은데, 차마 장문인에게 그럴

수는 없어서 불만을 속으로 삭이는 듯한 모습이었다.

진산월은 그의 그런 표정에 아랑곳하지 않고 조용히 말을 이었다.

"너는 쉽게 남에게 다가가지도 않고, 쉽게 마음을 열거나 믿지도 않는다. 자신의 감정을 잘 표현하지도 않고, 사람을 대하는 태도도 능숙하지 못하지."

"……."

"그래서 너는 친구 만들기가 쉽지 않은 성격이다. 그런 네가 우정을 느끼고 손을 내밀어 사귀는 사람이라면, 그도 또한 네가 얼마나 어려운 선택을 한 것인지 알고 있을 것이다."

무뚝뚝한 표정으로 진산월의 말을 듣고만 있던 전흠이 더 이상 참지 못하고 불쑥 물었다.

"그게 무슨 말입니까?"

"남 소협이 네가 처음으로 사귄 친구라서 너에게 소중하다면, 남 소협 또한 너를 다른 누구보다 특별하고 소중한 친구로 생각할 것이라는 말이다."

딱딱하게 굳어졌던 전흠의 얼굴이 갑자기 활짝 풀어졌다.

"장문 사형은 정말 그렇게 생각합니까?"

"그렇다."

진산월의 대답은 짤막했지만 그것만으로도 전흠을 만족시키기에는 충분한 것이었다.

전흠은 더 이상 아무 말도 하지 않았으나, 조금 전과는 전혀 다른 표정이 되어 있었다. 약간은 처졌던 어깨도 활짝 펴지고, 내딛는 걸음걸이도 한결 경쾌해졌다. 심지어는 걸으면서 나직하게 콧소리를 흥얼거리기도 했다.

진산월은 전흠의 그런 모습을 담담한 눈으로 지켜보았다.

전흠은 무공이나 강호에서의 경험에 비해서 대인 관계가 무척 서투른 편이었다. 그래서 그가 선반의 고수들과 쉽게 어울리지 못할 것을 걱정했던 진산월은 그가 남해일과 친해지게 되는 것이 무척 기꺼웠다.

남해일이 단순히 명문 정파인 청성파의 제자이며 전도양양한 후기지수이기 때문은 아니었다.

진산월이 본 남해일은 성격적으로 부드럽고 온화했고, 함부로 신의를 버리거나 남을 속이는 사람이 아니었다. 게다가 인물됨이 준수하고 사람 사귀는 것을 좋아했으니 교우 관계가 넓을 수밖에 없었다.

그런 남해일이라면 남과 사귀는 것이 서투른 전흠의 좋은 안내자가 되리라고 생각한 것이다.

그의 기대대로 남해일과 알게 되면서 전흠은 자연스레 남해일과 절친한 몇몇 고수들과도 안면을 익히게 되었고, 다양한 사람들과 사귀면서 마음속에 가지고 있던 어두운 그림자를 조금씩 지워 내고 있었다.

진산월은 전흠이 악산대전에 참가하지 못하고 스스로 물러났던 마음의 무거운 짐을 거두고 예전에 비해 표정이 한층 풍부해진 것을 이번 여정의 가장 큰 소득이라고 생각했다.

전흠의 나이는 아직 젊었고, 무공은 비슷한 연령층에서는 거의 최고 수준이라고 할 수 있었다. 그런 전흠이 자신이 감당할 수 없는 일 때문에 고뇌와 번민에 빠져 허우적거리는 일만은 반드시 피해야 했다. 그것은 전흠 본인을 위해서도, 그리고 종남파를 위해서도 절대로 필요한 일이었다.

그런 점에서 이번 여정에 전흠을 대동한 것은 정말 좋은 선택이었다고 할 수 있을 것이다.

앞에서 성큼성큼 걷던 전흠이 문득 고개를 돌려 진산월을 바라보았다.

"그런데 장문 사형, 우리는 어디로 가는 겁니까?"

전흠은 종남산으로 돌아갈 줄 알았는데, 아무리 봐도 지금 진산월과 자신이 걷고 있는 길은 방향이 조금 다른 것 같았다.

진산월은 짤막하게 대답했다.

"낙양."

전흠은 고개를 갸웃거렸다.

낙양은 형수로 오기 전에 들르지 않았는가? 거기를 왜 다시 거슬러 가는지 언뜻 이해가 되지 않았다.

전흠이 의아한 눈으로 계속 쳐다보았으나, 진산월은 더 이상 아무 말도 하지 않았다.

전흠은 어쩔 수 없이 고개를 돌리면서도 마음속으로는 짙은 의문이 떠올랐다.

입을 굳게 다문 진산월의 얼굴에 평상시에는 좀처럼 볼 수 없는 비장한 표정이 떠올라 있었기 때문이다.

진산월의 그런 표정을 전에도 한 번 본 적이 있었다.

무당산에서 벌어진 형산파와의 악산대전 당시 진산월은 절영검 비성흔과의 혈전 끝에 힘겨운 승리를 거둔 임영옥을 부축해 데리고 들어왔다. 그리고 고진과의 마지막 결투를 위해 다시 격전장으로 돌아갔다. 그때 진산월의 얼굴에는 감히 쳐다보기도 힘든 결연한 빛이 감돌았다.

전흠은 물론이고 종남파의 제자들 중 누구도 진산월의 그런 얼굴을 정면으로 마주 보지 못했다.

지금 진산월의 얼굴에는 그때와 비슷한 표정이 떠올라 있었다.

당시 진산월은 연인인 임영옥의 희생으로 형산파와 마지막 승부를 가를 수 있는 절호의 기회를 얻게 되었다. 목숨이 위험한 상태를 넘어 기식조차 엄엄한 그녀를 뒤에 두고 이십 년에 걸친 문파의 치욕을 씻기 위해 홀로 앞으로 나서야 했던 그의 심정이 어떠했을지 전흠으로서는 상상도 되지 않았다.

그래서 지금 전흠은 의아한 생각이 들지 않을 수 없었던 것이다.

누구보다 침착하고 심기가 깊으며, 이제는 형산파마저 극복하여 가히 당대 제일 고수로서의 위상을 드높이고 있는 진산월로 하여금 그런 표정을 짓게 할 일이 대체 무엇이란 말인가? 과연 낙양에는 어떤 일이 그들을 기다리고 있을 것인가?

흥분과 설렘 속에 한 가닥의 걱정스러운 마음을 감추고 전흠은 진산월을 따라 낙양을 향해 걸음을 내딛고 있었다.

그 시체를 발견한 것은 해가 조금씩 서산으로 기울어 가고 있을 늦은 오후 무렵이었다.

처음 전흠은 그것이 시신인 줄 모르고 무심히 지나가려 했다. 어서 빨리 낙양으로 갈 욕심에 미처 주위 상황을 제대로 신경을 쓰지 못했던 것이다.

하나 등 뒤에서 들려오는 진산월의 음성에 걸음을 멈추어야 했다.

"저쪽에 시신이 있구나."

전흠은 진산월이 가리킨 곳을 향해 신형을 날렸다.

과연 길 옆, 숲이 막 시작되는 지점의 나무 아래에 한 구의 시신이 누워 있었다. 앞으로는 수풀이 제법 길게 자라 있고 뒤편은 나무가 우거져 있어서 진산월이 알려 주지 않았다면 못 보고 그냥 지나쳤을 가능성이 농후했다.

시신은 하늘색 유삼을 입은 젊은이였다. 이목구비가 제법 수려하고 피부도 깨끗한 것으로 보아, 이렇게 이름 모를 숲속에서 시체로 나뒹굴고 있을 사람으로는 여겨지지 않았다.

시신은 언뜻 보기에 아무런 상처도 없이 외관이 깨끗했기에 처음에 전흠은 독살을 당한 게 아닐까 생각했다. 하나 좀 더 가까이에서 살펴본 다음에야 시신의 가슴팍 부근 옷자락이 살짝 베여 있음을 알 수 있었다.

한 치가 겨우 될까 말까 한 그 흔적은 혈흔(血痕)도 거의 없어서 한 사람을 죽인 상처라고 보기에는 선뜻 믿어지지 않았다. 하나 전흠은 날카로운 눈으로 그 흔적이 예리한 검기에 의한 것임을 알아보았다.

시신의 가슴팍을 조심스레 열어 보니 과연 시신의 왼쪽 가슴에 실처럼 가느다란 혈선(血線)이 그어져 있었다.

혈선은 시신의 심장 바로 위를 정확히 가르고 지나가 있었다. 그 길이는 한 치에 불과했고, 실처럼 희미해서 제대로 보지 않았다면 도저히 한 사람의 목숨을 끊어 놓은 치명적인 사인(死因)이라고 믿을 수 없었을 것이다.

전흠은 그 혈선을 손가락으로 만져 보았으나 핏기가 조금도 묻어 나오지 않는 것을 보고는 고개를 갸웃거렸다.

"이렇게 가느다란 검기도 있단 말인가? 이게 대체 무슨 무공의 흔적일까?"

그때 그의 뒤에서 진산월의 음성이 들려왔다.

"그건 아마도 마도제일의 살인 수법인 탈혼검에 당한 것 같구나."

전흠은 흠칫 놀라 눈을 크게 떴다.

"탈혼검이라면……."

시신의 가슴에 나 있는 혈선을 응시하는 진산월의 눈빛은 여느 때보다 무겁게 가라앉아 있었다.

"탈혼검에는 모두 세 가지 초식이 있는데, 그중 두 번째인 교탈혼(巧奪魂)은 전문적으로 상대의 심장을 노리는 수법이다. 그래서 교탈혼에 당하면 이런 흔적이 나게 되는 것이다."

전흠은 정체 모를 시신의 상처에 난 흔적이 전설적인 무공인 탈혼검에 의한 것이라는 말에 그저 놀랍고 신기한 표정이었으나, 진산월의 마음은 겉으로 드러난 표정과는 달리 몹시 복잡하게 형클어져 있었다.

교탈혼은 과거 쾌의당의 살수인 풍도가 사용한 수법으로, 진산월도 하마터면 미처 피하지 못하고 당할 뻔했던 정말 무시무시한 초식이었다. 그때 진산월은 풍도와 쾌검의 승부를 벌였는데, 치밀한 심기 싸움까지 벌여서야 간신히 풍도를 물리칠 수 있었다.

자신도 자칫했으면 눈앞에 있는 시신의 꼴이 되었을 거라고 생각하니 가슴팍이 풀어헤쳐진 채 풀숲에 누워 있는 시신의 모습이 남처럼 생각되지 않았다.

풍도는 신비로 점철된 쾌의당주의 셋째 제자였고, 탈혼검은 쾌의당주만이 익히고 있는 무공이었다. 그렇다면 눈앞의 시신을 쓰러뜨린 교탈혼의 주인은 쾌의당주이거나 그의 또 다른 제자들 중 하나일 것이다.

쾌의당주와 그의 제자들만이 익히고 있는 탈혼검에 당해 쓰러져 있는 시신의 정체는 과연 누구일까? 그리고 그를 쓰러뜨린 흉수는 쾌의당주 본인일까, 그의 제자일까?

흉수가 강호의 전설적인 수법인 탈혼검까지 써 가며 시신을 제거한 이유는 과연 무엇일까?

그리고 자신이 가는 길옆에 시신이 놓여 있는 것은 단순한 우연일까? 아니면……?

수많은 상념들이 꼬리에 꼬리를 물고 일어나 머릿속을 휘감고 돌아다녔다.

그때 시신의 정체를 알아내기 위해 이리저리 품속을 뒤지던 전흠이 무언가를 발견했는지 짤막한 경호성을 발했다.

“엇?”

그의 손에 쥐인 물건을 본 진산월의 표정이 무겁게 굳어졌다.

전흠이 시신의 품속에서 찾아낸 것은 손바닥만 한 크기의 작은 목검(木劍)이었다. 거무스름한 빛을 띤 그 목검의 하단에는 백발 노인의 좌상이 새겨져 있고, 손잡이에 〈사(四)〉라고 조그맣게 글자가 쓰여 있었다.

"이건 신목령이 아닙니까?"

전흠의 놀란 음성에 진산월은 묵묵히 고개를 끄덕였다.

놀랍게도 시신은 신목령의 사호 사자였던 것이다.

강호에 알려진 신목사호(神木四號)의 이름은 절검수사(絶劍秀士) 천세기(千世琦)였다.

신목령의 명성은 최근에 와서 연이은 사자들의 실종과 사망으로 인해 예전에 비해 조금은 퇴색된 감이 있으나, 그들이 마도의 제일 세력이라는 것에는 이견의 여지가 없었다.

그런 신목령의 핵심 인물인 신목사호가 탈혼검에 당한 시신으로 발견되었다는 것은 의미하는 바가 적지 않았다.

진산월은 신목령과 쾌의당의 고수들이 연수(聯手)하거나 행동을 같이하는 장면을 몇 번이나 직접 목격했기에 지금의 상황이 다소 의외라고 생각했다.

'그들 중 누군가가 방침을 바꾼 것일까? 만약 그렇다면 그것은 신목령일까, 쾌의당일까?'

이번 일이 우연한 충돌일 가능성은 처음부터 배제했다. 신목령에서 몇 명 남지 않은 사자가 쾌의당에서도 당주와 제자들만이 익히고 있는 무공에 당해 차가운 시신이 되었다는 것은 절대 우연히 벌어질 만한 일이 아니었다.

신목령과 쾌의당 중 한 곳에서 의도적으로 사건을 벌인 게 분명했다.

그 가능성은 쾌의당이 훨씬 더 높지만, 신목령에서 먼저 도발했고 쾌의당은 그저 그에 반응만 했을 가능성도 무시할 수 없었다.

만약 쾌의당이 고의적으로 저지른 것이라면 그 이유는 대체 무엇일까? 이것은 혹시 이북해가 예측한 대로 쾌의당이 본격적으로 지금까지와는 다른 노선을 걷는다는 신호탄인 것은 아닐까?

신목령의 변화는 예측하기 어려웠다. 하지만 쾌의당이 앞으로 어떻게 움직일지는 충분히 예상할 수 있었다.

지금까지 모습을 드러내지 않은 채 뒤에 있었던 쾌의당주가 본격적으로 전면으로 나서서 움직이기 시작할 것이다. 그리고 그의 배후에는 지금까지 암중에서 무림을 좌지우지해 왔던 조익현이 있을 것이다.

진산월은 왠지 가까운 장래에 그들을 만나게 될 것 같은 기이한 예감이 들었다.

그리고 그때 자신은 또 하나의 벽을 넘게 될 것이다.

만약 넘지 못한다면?

야율척과의 중추절 약속은 무의미한 일이 되어 버릴 것이다. 그리고 군림천하를 이루라는 사부의 명도 지킬 수 없게 되겠지.

진산월은 더 이상의 생각은 하지 않았다.

쾌의당주든 조익현이든 지금의 그에게는 단지 하나의 과정일 뿐이었다.

군림천하를 향한 여정 중에 거쳐야 할 과정!

그 기나긴 여정의 끝에 무엇이 기다리고 있을지는 진산월도 알 수 없었다. 하나 그 여정의 끝이 그리 멀지 않았다는 것만은 분명하게 알고 있었다.

두 번째 시신을 발견한 것은 그로부터 한 시진이 흐른 후였다.

그들이 걷고 있는 관도는 제법 넓어서 평상시에는 지나가는 사람들이 적지 않았으나, 지금은 거의 인적이 끊겨 사람의 모습을 볼 수가 없었다.

해는 이미 서산으로 완전히 기울어서 주위에 땅 그림자가 짙게 드리워져 있었고, 그토록 더웠던 날씨도 서쪽 하늘 한편에서 바람이 불어오면서 제법 선선함을 느끼게 했다.

저 앞에 보이는 꽤 커다란 고개만 넘으면 작은 마을이 멀지 않았기에 걸음을 서두르고 있었는데, 또 다른 시신이 눈에 들어온 것이다.

이번에는 전흠도 놓치지 않고 시신을 발견하고 그곳으로 몸을 날렸다.

두 번째 시신은 체구가 건장한 중년인이었다.

전흠은 제일 먼저 중년인의 가슴부터 살폈다. 하나 가슴에는 아무런 상처도 나 있지 않았다.

전흠이 고개를 갸웃거리며 다시 중년인의 몸을 뒤적거리려 할 때, 진산월의 음성이 들려왔다.

"인후혈이다."

전흠이 그 말에 자세히 보니 과연 중년인의 인후혈에 희미한 혈선이 그어져 있었다. 정말 작은 흔적이어서 얼핏 보기에는 목에 자연적으로 발생한 주름과 구분하기 힘들 정도였다.

"이것도 탈혼검의 흔적입니까?"

"그렇다. 측탈혼(側奪魂)이라는 수법이지. 전문적으로 사람의 목젖만을 노린다고 하더군."

전흠은 눈에 보이지도 않는 무형의 칼날이 자신의 목덜미를 노리고 날아든다고 생각하자 왠지 섬뜩한 생각이 들어 절로 등골이 서늘해졌다.

그는 좀처럼 두려움을 모르는 성격이었으나, 두 번씩이나 보게 된 탈혼검의 흔적은 그런 그에게도 공포스럽게 느껴졌던 것이다.

전흠은 시신의 정체를 파악하기 위해 시신의 품을 뒤지려 했다. 하나 진산월이 그를 제지했다.

"그럴 필요 없다. 전에 한 번 본 적이 있는 사람이다."

"누굽니까?"

"천봉궁의 팔대신장 중 한 사람이다. 갈휘라고 했던가?"

진산월이 잠시 기억을 더듬으며 말하자 전흠이 몸을 움찔거렸다.

"천봉궁의 고수라고요?"

전흠은 시신의 얼굴을 자세히 살펴보더니 한참 후에야 고개를 끄덕였다.

"그리고 보니 예전 노군묘 앞에서 보았던 인물 같군요. 그때 정식으로 인사를 나누지 않아서 미처 알아보지 못했습니다."

갈휘는 형인 추혼무상 갈혁과 함께 팔대신장에서도 핵심적인 인물로, 특히 총관인 차복승의 신임이 두터운 것으로 알려져 있었다.

예전 노군묘에서 단봉 공주 일행과 만났을 때 종남파의 고수들을 상대로 주로 이야기를 했던 사람은 옥봉 누산산과 갈혁이었기에 전흠도 갈휘를 단번에 알아보지 못했던 것이다.

신목령의 고수에 이어 이번에는 천봉궁의 인물마저 탈혼검에 당한 시신으로 발견되자 진산월도 더 이상 이번 일을 수수방관하고 있을 수만은 없게 되었다.

무엇보다 그들의 시신이 진산월이 움직이는 행로에서 멀지 않은 곳에서 연거푸 발견되었다는 것이 못내 마음에 걸렸다.

이건 마치 누군가가 진산월을 향해 다가오는 고수들을 막고 있는 형국이지 않은가?

천봉궁뿐 아니라 신목령의 고수들이 자신의 주변에 서성인다는 것도 이상하지만, 그들을 쓰러뜨린 누군가가 탈혼검의 고수라는 것은 아무리 생각해도 꺼림칙한 일이 아닐 수 없었다.

시신을 계속 살펴보고 있던 전흠이 문득 생각난 듯 물었다.

"이 시신이 갈휘라면 그의 형인 갈혁은 어디에 있는 걸까요? 그때 보니 두 사람은 항상 같이 붙어 다녔던 것 같은데…….''

진산월도 그 점이 의심스럽기는 했다.

갈혁과 갈휘는 천봉궁에서 쌍무상이라고 불릴 정도로 함께 움직이던 사이였다. 갈휘가 이곳에 있다면 갈혁 또한 근처에 있었을 가능성이 농후했다.

그렇다면 갈혁은 동생의 시신마저 내버려둔 채 어디로 사라진 것일까?

전흠이 혹시나 하여 주변을 샅샅이 뒤져 보았으나, 다른 시신이나 흔적은 보이지 않았다.

생각할 수 있는 방향은 두 가지였다.

하나는 처음부터 갈혁과 갈휘가 동행하지 않았다는 것이다.

두 사람 모두 차복승의 수족과 같은 인물이므로, 그들이 차복승의 지시를 받고 각기 따로 움직였을 가능성은 충분히 있었다. 만약 그렇다면 차복승이 갈휘를 이쪽으로 보낸 것은 무슨 이유에서일까?

다른 하나는 두 사람이 동행했는데, 피치 못할 사정으로 서로 갈라지게 되었을 경우였다.

동생인 갈휘가 비참한 시신으로 야산에 나뒹굴고 있는 것을 갈혁이 순순히 두고 보았을 리가 없었다. 그렇다면 갈혁은 갈휘의 사정을 돌보지 못할 정도로 위급한 상황에 빠져 있을 가능성이 다분했다.

신목사호 천세기와 천봉궁의 갈휘가 하필이면 진산월이 이동하고 있는 길에서 멀지 않은 곳에 시신으로 발견되었다는 것은 단순한 우연이라고 하기에는 석연치 않은 구석이 너무 많았다. 만약 이번 일이 진산월과 어떤 식으로든 관련된 것이라면 앞으로도 이와 유사한 일이 벌어지지 말라는 법이 없었다.

진산월이 잠시 이런저런 생각에 잠겨 있을 때였다.

"크아악!"

어디선가 어두워지는 하늘을 갈가리 찢어 놓을 듯한 처절한 비명 소리가 들려왔다.

전흠은 흠칫하여 진산월을 돌아보다 진산월이 고개를 끄덕이자 이내 소리가 들려온 곳으로 신형을 날렸다.

비명은 고개 너머에서 들려왔기에 전흠은 가파른 고개를 정신없이 올라갔다.

해가 완전히 떨어진 산마루는 순식간에 어두워져서 정상에 올라가도 시야가 상당히 제한되어 있었다. 하나 전흠은 정상에서 멀지 않은 숲속의 어두운 그늘 아래 하나의 인영이 길게 누워 있는 것을 발견했다.

전흠은 신중한 동작으로 그 인영이 있는 곳을 향해 다가갔다.

조금 전의 비명 소리가 무색하게 주위는 고요하기 이를 데 없었고, 숲 안은 짙은 어둠에 잠겨 있었다.

어둠 속에 살짝 드러난 인영은 남색 무복을 입은 무인이었다. 고개를 땅으로 처박고 있기에 얼굴을 알아볼 수 없었으나, 드러난 뒷모습은 건장해 보였다.

전흠은 날카로운 눈으로 주위를 둘러보았으나, 특별히 이상한 점을 찾을 수 없었다. 비명 소리가 들리고 그가 이쪽으로 오기까지는 숨 몇 번 내쉴 정도의 짧은 시간밖에 되지 않았는데, 누군가가 쓰러져 있고 흉수의 모습은 전혀 보이지 않는 상태였다.

전흠은 조심스럽게 쓰러져 있는 남의인의 몸을 뒤집었다.

남자답게 생긴 중년인의 얼굴이 시야에 들어왔다. 그 모습이 왠지 낯이 익어 잠시 생각에 잠겨 있던 전흠이 이내 무언가를 알아차린 듯 짤막한 탄성을 토해 냈다.

"아! 이자는 갈혁이로구나!"

남의인은 다름 아닌 갈휘의 형이자 쌍무상의 일인인 추혼무상 갈혁이었던 것이다.

갈혁의 사인은 너무도 분명했다.

그의 왼쪽 가슴에 작은 구멍이 선명하게 뚫려 있었다. 새끼손가락 절반 크기의 그 구멍은 정확히 심장을 관통하고 있어서 상처에서 뿜어져 나온 선혈이 갈혁의 상반신을 온통 붉게 적시고 있었다. 그 때문인지 갈혁은 핏기 하나 없는 창백한 얼굴에 눈도 감지 못한 채 숨이 끊어져 있었다.

전흠은 갈혁의 가슴에 난 상처를 살펴보고 있다가 고개를 갸웃거렸다. 구멍이 뚫린 형태로 보아 검이나 도에 의한 것 같지는 않았고, 그렇다고 창에 의한 것이라고 하기에는 너무 작았던 것이다.

"이게 대체 무슨 병기에 의한 상처일까?"

전흠이 중얼거리고 있을 때, 어느새 가까이 다가온 진산월이 갈혁의 시신을 내려다보고는 짤막하게 입을 열었다.

"창에 의한 것이로군."

"예? 창으로 이런 상처를 낼 수 있단 말입니까?"

"창날의 끝에 강기를 덧씌워서 찌르면 이런 흔적이 남게 된다."

전흠은 진산월의 말을 듣고도 선뜻 이해가 되지 않았다.

"그 정도라면 창날이 몸을 완전히 뚫고 나갔을 텐데……."

"흉수는 쓸데없이 힘을 모두 쏟지 않고 정교한 솜씨로 심장만을 뚫어 버린 것이다."

전흠은 혹시나 하여 갈혁의 몸을 뒤집어 보았다. 갈혁의 등에는 아무런 흔적도 나 있지 않았다. 진산월의 말대로 흉수는 정확히 갈혁의 심장을 관통할 정도로만 창날을 찔러 넣은 게 분명했다.

갈혁은 천봉궁의 총관인 차복승의 두터운 신임을 얻을 정도로 뛰어난 실력을 지닌 고수였다. 흉수는 그런 갈혁을 마치 허수아비처럼 창끝으로 정확히 자신이 노리고 있는 부위만을 공격해 쓰러뜨린 것이다.

강기를 창에 덧씌울 정도의 고수가 창을 사용하는 경지 또한 이 정도에 이르러 있다고 생각하니 아무리 전흠이라도 가슴 한구석이 서늘해지지 않을 수 없었다. 그것은 탈혼검과는 또 다른 의미에서 무림인들을 두렵게 하기에 충분한 무시무시한 수법이었다.

탈혼검이 수법의 기괴함과 예측 불가능한 신비스러움으로 상대를 두렵게 한 것이라면, 방금 본 갈혁의 상처는 최상승의 내공과 완벽에 가까운 무예 실력을 함께 겸비한 절정 고수만이 보여 줄 수 있는 흔적이기에 놀라움과 두려움을 함께 느끼게 한 것이다.

"강호에 이 정도의 창술을 지닌 고수가 있습니까?"

"두 사람 정도 생각이 나는군."

진산월의 말에 전흠은 눈을 크게 치켜떴다.

"예? 두 사람이나 있단 말입니까?"

"그렇다. 한 사람은 환상제일창 유중악 대협이다. 유 대협의 여의조화창이라면 충분히 이런 조화를 부릴 수가 있지."

유중악의 이름이 나오자 전흠의 표정이 무거워졌다.

전흠은 비록 유중악과 직접 대화를 나누어 본 적은 없지만, 몇 번이나 멀지 않은 곳에서 지켜본 그의 모습에 나름대로 적지 않은 흠모를 느끼고 있었다.

강호의 무림인이라면 누구나가 '신창조화 의기천추'라 불리는 유중악을 좋아하지 않을 수 없었을 것이다.

하나 그토록 찬란하게 빛났던 위명은 구궁보에서의 일로 더럽혀졌고, 유중악은 생사조차 불명인 채 홀연히 모습을 감추어 버리고 말았다.

무당산에서 그의 모습이 마지막으로 목격된 후 강호에서 누구도 그를 보았다는 사람이 없었다. 강호제일의 호한(好漢)이며 풍류남아였던 환상제일창 유중악의 시대가 너무도 허무하게 종말을 고했다는 생각에 전흠은 진한 아쉬움을 느끼고 있었다.

그런데 장문인인 진산월의 입에서 모처럼 그의 이름이 거론되니 전흠은 말로 못 할 감흥이 불쑥 치밀어 올라 순간적으로 감정이 격해졌다.

"유 대협은…… 다시 일어설 수 있을까요?"

전흠의 말속에는 유중악에 대한 복잡한 감정들이 고스란히 담겨 있었다.

그의 결백을 믿으면서도 그가 과연 자신에게 드리워진 무거운 짐을 벗고 재기할 수 있을지, 그리고 종적조차 묘연해진 그가 과연 과거의 모습으로 다시 돌아올 수 있을지 그에 대한 불안함과 아쉬움, 그리고 한 가닥의 기대감이 그대로 느껴지는 물음이었다.

진산월은 잠시 침음하다가 여느 때보다 조용한, 그러면서도 분명한 음성으로 말했다.

"그는 누구보다도 의지견정한 사람이다. 인간의 의지는 때로는 누구도 예상치 못한 일을 이룰 수 있게 해 주지.”

전흠은 묵묵히 그의 말을 음미하고 있다가 한 차례 어깨를 떨고는 평소의 그답지 않게 담담하게 웃었다.

“의기는 천추를 간다고 하더군요. 제가 본 그는 누구보다도 의기 있는 사람이었습니다. 그는 결코 이대로 주저앉고 있지만은 않을 겁니다.”

“나도 그렇게 생각한다.”

전흠은 다시 갈혁의 시신으로 시선을 돌렸다.

“유 대협 말고 이런 솜씨를 부릴 수 있는 사람이 또 누구입니까?”

“혈창 봉구령이란 자다.”

“혈창 봉구령?”

전흠은 나직하게 그 이름을 뇌까려 보고는 약간 의아한 표정을 지었다.

“제가 과문해서인지 처음 들어 보는 이름입니다. 별호만 봐서는 마도의 인물인 듯 하군요.”

“모를 법도 하지. 나도 그의 이름을 알게 된 건 그리 오래되지 않았다. 강호에 모습을 드러낸 적이 별로 없어서 아는 자가 그리 많지 않다고 들었다.”

“그런데 그자가 유 대협에 비할 만한 고수란 말입니까?”

유중악에 대한 인상이 워낙 강렬해서인지 전흠은 이름도 모르는 인물이 그와 비견될 만한 창술의 고수라는 말이 잘 믿기지 않는 모습이었다.

진산월은 자신이 알고 있는 사실들을 말해 주었다.

"봉구령은 조화신창 감화의 첫 번째 제자였다. 다시 말해서 유대협에게는 사형뻘이 되는 인물이지."

진산월에게 처음 봉구령에 대해 말해 준 사람은 다름 아닌 유중악이었다.

무당파에서 진산월의 숙소로 찾아온 유중악은 구궁보에서 벌어진 살인 사건에 얽힌 미혹을 풀기를 원했으며, 진산월에게 도움을 요청했었다. 그때 그는 진산월과 제법 많은 이야기를 나누었는데, 그때 자신에게는 사형이 되는 어떤 한 인물에 대해 말해 주었다.

"내가 사부님의 제자로 들어갔을 때, 사부님에게는 나보다 다섯 살이 많은 제자가 따로 있었소. 그는 나를 무척 경계하고 시기했는데, 그로부터 오 년 후의 비무에서 처음으로 나에게 패하게 되었소. 그리고 그날 밤에 나를 습격하다가 발각되어 결국 사부님께 파문당하고 말았소."

당시 진산월은 그가 왜 파문당한 과거의 사형에 대한 이야기를 꺼내는지 이유를 정확히 알지 못했었다.

"그는 파문에 앙심을 품고 마도로 뛰어들어 고수들을 찾아다니며 닥치는 대로 그들의 무공을 익히기 시작했소. 파문당한 지 칠 년 후에 다시 나를 찾아와 도전했는데, 상당히 실전적이면서도 사나운 창법을 구사했었소. 하지만 다소 난잡한 구석이 있어서 나는 치열한 싸움 끝에 승리할 수 있었소. 그때 그는 기필코 복수하겠다며 떠났는데, 그 후로 중원에서 그의 모습을 볼 수가 없었소.”

“그가 다시 내 앞에 나타난 것은 거의 이십 년 가까운 세월이 흐른 후였소. 그는 과거와는 달리 절제된 기운을 풍겼는데, 한눈에 보기에도 결코 내 아래가 아니었소. 나는 그와 두 시진 넘게 싸웠음에도 우세를 점하지 못했고, 그도 또한 나를 꺾지 못했소. 결국 우리는 승부를 가리지 못하고 헤어졌는데, 떠날 때 그는 더 이상은 나를 찾아오지 않겠다며 앞으로의 승부는 무의미하다고 말하며 웃었소.”

“그 웃음의 의미를 알게 된 건 이번 일이 벌어진 후였소. 구궁보에서 누명을 쓰고 그곳을 벗어난 후 그의 편지를 받았소. 〈이제 어떤 기분인지 알겠나? 자신이 쌓아 온 모든 걸 한순간에 빼앗긴 기분이 어떤가?〉라는 글이 쓰여 있더군.”

그 말을 할 때의 유중악의 얼굴에는 무어라 형용하기 어려운 씁쓸한 빛이 떠올라 있었다.

“그래서 나는 내가 그런 일을 당하게 된 배후에 그가 어떤 식으로든 연관이 되어 있다는 의심을 갖지 않을 수 없었소. 혹시라도 진 장문인이 그를 만나게 된다면 그 사실을 잊지 말아 주기 바라오.”

진산월은 유중악에게 그의 이름을 물었고, 유중악은 그 어느 때보다 무겁고 침중한 음성으로 입을 열었다.

"그의 이름은 봉구령이라 하오. 스스로 혈창이라는 별호를 붙이고 있었소. '신창을 피로 물들게 할 창'이라는 의미라고 하더군."

진산월의 말이 끝나자 전흠은 이내 고개를 끄덕였다.

"유 대협의 사형뻘이며 그분과 동수(同手)를 이루었다면 충분히 비견될 만한 고수라고 할 수 있겠군요."

"유 대협의 말이 사실이라면 봉구령은 구궁보를 암중에 장악하고 있는 조익현과 어떤 식으로든 관련이 있다고 봐야 한다. 그리고 조익현은 쾌의당의 실질적인 주인이지."

"그렇다면 봉구령도 쾌의당의 인물일 가능성이 높군요."

무심코 중얼거리듯 말하던 전흠이 무언가를 떠올린 듯 갑자기 손뼉을 탁 쳤다.

"탈혼검의 주인도 쾌의당이고 봉구령도 쾌의당 소속이라면, 갈혁을 해친 흉수는 역시 봉구령이 맞는 것 같습니다. 그렇다면 결국 오늘 우리가 목격한 세 건의 살인 사건의 흉수도 모두 쾌의당의 인물들이란 말이군요."

진산월은 별다른 말 없이 고개를 끄덕였다.

제371장

심야격전(深夜激戰)

제371장 심야격전 (深夜激戰)

 그의 사제들 간은 주위에서 고개를 갸우뚱거릴 정도로 지나치게 격의가 없고 자유스러운 분위기였다. 하나 종남파가 점점 예전의 위세를 되찾고 사숙인 성락중과 육천기 등 선배 고수들이 합류하면서 조금씩 문파의 틀이 갖춰지고 있었다.

 결정적으로, 악산대전이 끝난 후 제자들 사이에서 이제는 종남파가 명문 정파로 강호에 우뚝 서게 되었으니 다른 문파에 흠을 잡힐 만한 일은 없어야 한다는 무언의 합의가 이루어지게 되었다. 그래서 그 후로 종남파의 제자들은 장문인인 진산월을 대할 때 예전과는 달리 깍듯한 모습을 잃지 않았다.

 전흠은 중원과는 멀리 떨어진 해남의 바닷가에서 워낙 자유분방하게 자라온 터라 그동안 명문 정파의 딱딱한 예절에 익숙하지 않아서 많은 지적을 받기도 했다. 하나 동중산의 조언과 그 자신의 노력으로 조금씩 나아진 모습을 보여 주고 있었다. 특히 유소응과 손풍 등의 나이 어린 제자들과 함께 강호행을 나선 후로는 한 문파를 이끄는 장문인의 사제라는 자신의 위치를 자각하고 한결 성숙된 면모를 선보여 주위를 놀라게 하기도 했다.

이번에 장문인인 진산월과 단둘이 동행하면서 전흠의 그러한 행태는 더욱 능숙해져서 이제는 다른 문파의 누가 보아도 흠을 잡기 어려울 정도로 완벽하게 바뀌어 있었다.

진산월은 전흠의 어깨를 가볍게 두드려 주었다.

"이제는 제법 생각이란 걸 할 줄 아는구나."

확실히 뒷일을 생각하지 않고 일부터 저질러 왔던 예전의 성질 급한 전흠을 떠올려 본다면 지금은 한 명의 무림인으로 손색이 없는 모습이라고 하지 않을 수 없었다.

전흠은 멋쩍은 표정으로 어깨를 으쓱거렸다.

"저도 이제는 강호 초출(江湖初出)의 풋내기가 아닙니다."

예전 같으면 자신을 무시한다고 투덜거렸을 전흠이 의외로 의젓한 모습을 보이자 진산월은 가볍게 웃고 말았다.

"그렇지. 그나저나 네 말대로 흉수가 아직 이 근처에 머물러 있을 확률은 충분히 있다. 그래서 처음에는 그를 유인해 볼까 하는 마음도 없지 않았지."

"어떤 식으로 말입니까?"

"네가 비명이라도 지른다면 흉수가 궁금해서라도 와 보지 않겠느냐?"

진산월이 다소 짓궂은 눈으로 전흠을 바라보며 웃자 전흠도 싱겁게 따라 웃었다.

"그런 일이라면 저보다는 장문 사형의 목소리가 더 어울릴 듯합니다."

"그런 일에는 내가 재능이 없는 편이다. 아무튼 잠시 고민하고 있었는데, 불현듯 한 가지 다른 생각이 떠오르더구나."

전흠의 얼굴에 호기심 어린 빛이 떠올랐다.

"그게 무엇입니까?"

"갈혁은 심장을 관통당해 죽었다. 그런 상처라면 거의 즉사에 가깝지. 그런데 갈혁의 비명은 지나치게 크고 길었다. 마치 누군가가 일부러 내지른 것처럼 말이지."

전흠은 전혀 생각도 못 했던 일인지라 눈을 크게 치켜떴다.

"장문 사형은 비명의 주인이 갈혁이 아니라고 생각하십니까?"

진산월은 고개를 떨구어 갈혁의 가슴에 나 있는 상처를 바라보았다.

"나는 다만 이 정도 상처를 입은 자가 그런 커다란 비명을 지를 수 있을까 의아한 생각이 들었을 뿐이다."

전흠이 듣고 보니 확실히 진산월의 말에 일리가 있었다.

조금 전에 들려온 비명 소리는 고개 너머에서도 선명하게 들을 수 있을 정도였다. 더구나 처절하기 이를 데 없어서 듣는 이로 하여금 달려오지 않을 수 없게 만드는 묘한 힘이 담겨 있었다.

강호의 고수들은 어지간한 고통에는 비명을 내지르지 않는다. 비명을 지르는 자체가 상대에게 약세를 보이는 것이라고 생각하기 때문이다.

스스로의 무공에 자신감을 가지고 있는 뛰어난 고수일수록 그런 경향이 더 심했다. 개중에는 팔다리가 잘리는 부상에도 비명을 억누르며 참는 경우가 적지 않았다.

갈혁같이 강호에서 오랫동안 활동해 온 경험이 풍부한 절정 고수라면 더욱 그러할 것이다.

더구나 심장은 제대로 가격당하면 제대로 목소리도 내지 못할 정도로 인체의 치명적인 급소였다. 심장을 관통당한 사람이 숨이 끊어지기 전에 주위가 떠나갈 듯한 비명을 지른다는 것은 아무리 생각해도 어색한 일이 아닐 수 없었다.

"그렇다면 갈혁을 죽인 흉수가 일부러 그런 비명을 지른 걸까요?"

"아니라면 갈혁 본인이 마지막 힘을 쥐어짜서 내지른 걸 수도 있지."

갈혁은 어처구니가 없는 얼굴로 진산월을 쳐다보았다.

"예? 그가 왜……?"

진산월의 표정은 여전히 담담하기 이를 데 없었다.

"비명을 내지른 자가 흉수든 갈혁이든 중요한 건 그 소리를 듣고 우리가 이곳까지 왔다는 점이다. 다시 말해서 소리를 지른 자가 누구든 그는 우리가 이곳으로 오기를 원했다는 것이지."

"일부러 비명을 질러 우리를 유인했단 말입니까?"

"그렇다."

"대체 왜 그런……?"

전흠이 여전히 영문을 모르겠다는 얼굴로 어리둥절한 표정을 짓고 있자, 진산월은 침착한 음성으로 입을 열었다.

"흉수가 일부러 비명을 질러 우리를 유인한 것이라면, 지금까지 흉수에게서 더 이상 아무런 움직임이 없는 것이 설명이 되지 않는다."

전흠은 그 말에 문득 떠오르는 생각이 있어 황급히 주위를 둘러보았다. 이미 컴컴해진 숲속은 칠흑같이 어두워서 일 장 앞도 제대로 보이지 않았고, 새 소리조차 들려오지 않아 깊은 적막감이 감돌고 있었다.

전흠은 바짝 긴장한 표정으로 귀에 공력을 잔뜩 기울였다가 풀벌레 울음소리가 정상적으로 들려오는 것을 확인하고서야 비로소 주위에 자신들 외에는 아무도 없음을 알고 긴장을 풀었다.

전흠이 좀 더 침착하고 냉정했다면 진산월의 반응만으로도 주위에는 아무도 없다는 것을 어렵지 않게 알아차렸을 것이다. 당금 무림에서 진산월의 이목을 속이고 지척에 숨어 있을 자는 거의 없을 테니 말이다.

"비명을 지른 자가 갈혁이라면 자신이 죽을 위험에 처해 있다는 것을 알리고 도움이나 지원을 요청하는 의미일 수도 있다. 아니면……."

진산월의 시선은 아직도 감기지 않은 갈혁의 두 눈에 잠시 고정되었다.

"자신의 죽음을 알리고 복수를 부탁하는 걸 수도 있겠지."

전흠은 진산월의 말을 나직하게 곱씹어 보고 있다가 혼잣말처럼 나직한 목소리로 말했다.

"장문 사형의 말씀은 갈혁이 우리가 근처에 있다는 걸 알고 있었다는 뜻이로군요."

"그렇다. 갈혁과 갈휘는 총관인 차복승의 수족과 같은 존재들이니, 아마도 나를 만나라는 차복승의 지시를 받고 움직였을 가능성이 높다. 그렇지 않다면 인적도 드문 이곳에서 그들의 시신이 발견된 것이 설명되지 않으니 말이다."

"그렇다면 갈혁은 자신이 봉구령의 혈창에 죽을 것을 알고 장문 사형께 뒷일을 부탁한 것이로군요."

전흠은 무심코 내뱉은 말이었으나, 진산월은 눈을 빛내며 고개를 끄덕였다.

"뒷일을 부탁한다라…… 확실히 그런 의미일 것이다. 어떤 식으로든 말이지."

"하지만 지금 상태라면 갈혁의 복수를 해 주고 싶어도 해 줄 수 없지 않습니까? 당장 봉구령이 어디에 있는지도 모르는데……."

진산월은 턱으로 한 곳을 가리켰다.

"갈혁의 왼손을 보거라."

전흠은 흠칫 놀라 갈혁의 왼손으로 시선을 고정시켰다.

갈혁의 오른손에는 장검이 들려 있었지만, 왼손에는 아무것도 쥐여 있지 않았다. 대신에 손가락이 다소 특이한 모양을 취하고 있었다.

엄지와 검지, 중지가 세워져 있고 약지와 소지가 오므라져 있었던 것이다.

"이건 세 개를 가리키는 건가요?"

"그렇다."

"하지만 모양이 다소 이상하군요."

일반적으로 삼(三)을 나타내려면 대부분의 사람은 엄지와 소지를 접고 나머지 세 개의 손가락을 세우게 된다. 그런데 갈혁의 손은 약지와 소지를 접고 있어서 마치 무언가를 겨누는 듯한 모양을 취하고 있었다.

진산월은 그 점에 대해 나름대로의 생각이 있었다.

"그건 아마도 방위를 나타내려 했던 것일 게다."

전흠은 고개를 갸웃거렸다.

"방위라고요?"

"갈혁의 시신이 처음 발견되었을 때의 자세를 취해 보거라."

전흠은 자신이 기억하는 대로 갈혁의 시신을 다시 뒤집어 눕혔다. 그러자 세 개의 손가락이 가리키는 방향이 너무도 분명하게 드러났다.

"서쪽이로군요."

공교롭게도 서쪽은 그들이 향하고 있는 방향이었다.

진산월은 갈혁의 시신과 손가락을 내려보고 있다가 조용한 음성을 내뱉었다.

"그리고 그쪽으로 삼 리를 가면 마을이 나오지."

전흠은 알겠다는 듯 힘차게 고개를 끄덕였다.

"그 마을에 갈혁이 우리에게 바라는 무언가가 기다리고 있겠군요."

"바로 그렇다."

마을은 괴괴한 어둠에 잠겨 있었다.

인가(人家) 백여 호의 그리 크지 않은 작은 마을이었다. 고갯마루를 넘어 삼 리쯤에 위치한 그 마을은 복성(復姓)인 동방(東方)씨들의 집성촌이기에 동방촌(東方村)이라는 평범한 이름으로 불리고 있었다.

주위가 외진 데다 마을이 워낙 작아서인지 해만 떨어지면 돌아다니는 사람도 거의 없고 인기척도 들리지 않아 폐촌(廢村)을 연상하게 할 정도였다.

오늘은 달도 뜨지 않은 그믐에 구름이 많이 낀 날이어서 마을 전체에 그러한 분위기가 평소보다 한층 더 짙게 드리워져 있었다.

이경(二更: 밤 9시~11시 사이)이 가까워 올 무렵, 마을의 중앙에 나 있는 별로 넓지 않은 길에 두 명의 인물이 모습을 드러냈다. 백의를 입은 훤칠한 키의 청년과 그보다 한 뼘쯤 작은 키의 흑의 청년이었다.

두 사람은 마을의 입구에서 잠시 걸음을 멈추고 마을을 둘러보았다. 칠흑같이 어두운 밤에 인적이 완전히 끊긴 길의 한복판에서 정적에 잠긴 마을을 보고 있자니 사람 하나 없는 텅 빈 공간에 서 있는 것처럼 을씨년스러움이 느껴졌다.

다부진 체구에 날카로운 인상의 흑의 청년이 나직한 목소리로 투덜거렸다.

"귀신이라도 튀어나올 것 같은 분위기로군요. 밤이 제법 깊기는 했지만, 어떻게 불 켜진 집이 하나도 없는지 모르겠습니다."

그의 말을 듣기라도 한 것처럼 때마침 길에서 멀리 떨어진 인가에 갑자기 불이 켜졌다.

"엇?"

흑의 청년은 짤막한 경호성을 토하며 안력을 돋구어 불이 켜진 집을 유심히 살펴보았다.

그 집은 마을에서도 가장 외곽에 위치해 있는데, 외관상으로는 여느 집과 다른 점을 찾아보기 힘들 만큼 평범해 보였다. 얕은 담벼락 너머로 보이는 집의 창문 중 하나에서 희미한 불빛이 흘러 나오고 있었다.

흑의 청년이 백의 청년을 돌아보며 물었다.

"우리를 유인하려는 걸까요?"

백의 청년은 냉정하게 가라앉은 눈으로 불이 켜진 집을 잠시 바라보다가 차분한 음성으로 말했다.

"저쪽 일대의 공기가 확실히 심상치 않구나. 유인하는 것이라고 하기에는 너무 뻔하고, 아무래도 무언가 석연치 않은 일이 벌어지려고 하는 건 분명한 것 같다."

두 사람은 다름 아닌 진산월과 전흠이었다. 고갯마루에서 갈혁의 시신을 뒤로하고 산 아래를 내려온 그들은 곧바로 갈혁의 시신이 암시하는 삼 리 밖의 마을을 찾아온 것이다.

그들은 빠르지도 느리지도 않은 걸음으로 그 집을 향해 움직였다.

일대의 집들이 모두 낮은 담벼락이나 대나무로 주위를 두르고 있어서 길에서도 안이 훤히 들여다보일 정도였다. 개중에는 아예 대문이나 담이 없는 집들도 적지 않아서 과연 같은 성을 가진 사람들이 모여 사는 마을다웠다.

전흠은 길을 따라 걸으며 몇몇 집들을 기웃거리다가 진산월을 향해 은밀하게 전음을 보냈다.

-사람들이 안 자고 있는 것 같습니다.

그의 말마따나 집 안에 있는 사람들은 하나같이 잠들지 않고 깨어 있는 상태였다. 다만 숨을 죽인 채 쥐 죽은 듯 조용히 방 안에만 머물러 있기에 마을 전체가 깊은 잠에 빠져 있는 듯한 무거운 침묵에 휩싸여 있었던 것이다.

조금만 공력을 돋우어 귀를 기울여 보아도 그들의 숨소리를 생생하게 들을 수 있었다. 그것은 결코 잠들어 있는 사람의 숨소리가 아니었다.

심지어는 아주 낮게 속삭이는 소리마저 들려오고 있었다.

"여보, 큰 당숙께서 무사하실까요?"

"아무렴. 당숙은 신선 같은 분이니 별일이야 있으려고? 다만 우리에게 피해가 오지 않을까 우려되어 하신 말씀이니 너무 걱정하지 마시오."

"그래도 오늘 밤은 절대로 집 밖에 나오지 말고 방 안에 꼼짝도 말고 있으라고 하실 때의 그분 표정이 너무 무거워서 자꾸 불길한 생각이 드네요."

"어허. 부정 타게 무슨 그런 말을 하는 거요? 어서 눈 감고 잠이나 잡시다."

"잠이 와야 자죠."

"글쎄 눈이나 감으라니까."

두 부부의 옥신각신하는 소리가 조그맣게 들리더니 이내 조용한 침묵이 감돌았다.

하나 진산월과 전흠은 그들의 불안하게 뛰는 심장 소리를 너무도 선명하게 들을 수 있었다.

그들 부부뿐만이 아니었다. 불이 꺼진 대부분의 집에는 낮게 소곤거리는 속삭임과 불안한 마음에 거칠게 내뱉는 호흡 소리가 계속해서 흘러나오고 있었다.

전흠은 혹시라도 그들이 알아차릴까 봐 기척을 죽여 최대한 소리를 내지 않고 걸으려고 노력했다. 왠지 그렇게 하지 않으면 가뜩이나 불안에 떨고 있는 그들에게 못 할 짓을 하게 될 것 같은 생각이 들었던 것이다.

불이 켜진 집은 마을의 외곽에서도 가장 구석진 곳에 위치해 있기에 다른 집들과는 적지 않은 거리가 떨어져 있었다.

진산월과 전흠이 막 마을의 마지막 집을 지나 불이 켜진 집으로 향하고 있을 때였다. 갑자기 그쪽 방향에서 커다란 굉음이 터져 나왔다.

콰앙!

그 소리가 어찌나 컸던지 고요한 정적에 잠겨 있던 마을 일대가 온통 뒤흔들리는 것 같았다.

하나 마을 어디에도 사람들이 일어나거나 방 밖으로 나와 보는 집은 없었다. 오히려 다들 더욱 숨을 죽이고 방 안에만 꼭꼭 틀어

박혀 있었다.

　진산월과 전흠은 서로 시선을 마주 보고는 이내 몸을 날려 소리가 들려온 곳으로 달려갔다.

　예상대로 불 켜진 집은 텅 비어 있었다.

　"저쪽이다."

　주위를 둘러보던 진산월은 이내 집 뒤편의 야산 쪽을 가리켰다. 조금 전의 굉음이 그 야산 너머에서 들려온 것임을 알아차린 것이다.

　야산은 나지막해서 웬만한 구릉보다 조금 높은 정도였는데, 야산을 넘자 제법 넓은 공터가 시야에 가득 들어왔다.

　그 공터의 한복판에서 한눈에 보기에도 살벌하기 이를 데 없는 치열한 싸움이 벌어지고 있었다.

　싸우고 있는 사람은 하늘색 유삼을 입은 청년과 갈색 마의를 걸친 청년이었다. 두 청년의 나이는 얼핏 보기에 비슷한 듯했으나, 용모는 물론이고 사용하는 무공이나 병기가 판이하게 달랐다.

　하늘색 유삼의 청년은 이목이 수려하고 눈빛이 맑아서 한눈에 보기에도 헌앙한 기상을 느낄 수 있었다. 그는 비췻빛이 감도는 옥(玉)으로 된 부채를 들고 있었는데, 그 부채가 움직이는 속도가 어찌나 빠르고 현란했던지 눈으로는 제대로 좇을 수 없을 정도였다.

　반면에 갈의 청년은 아무렇게나 풀어헤친 머리카락이 어깨 위를 수북하게 덮고 있는 데다 이따금씩 산발한 머리카락 사이로 보이는 눈빛이 어찌나 차갑고 서늘하던지 흡사 한 마리 야수를 보는 듯 섬뜩한 느낌을 불러일으키고 있었다.

그는 꼬챙이처럼 날카롭게 생긴 기형검을 사용하고 있었는데, 마치 쇠꼬챙이를 연상하게 하는 그 기형검이 움직이는 방식이 너무도 변칙적이고 날카로워서 검광이 번뜩일 때마다 금시라도 하늘색 유삼 청년의 몸통이 기형검에 꿰이는 듯한 착각이 들 정도였다.

용모부터 무공까지 너무도 다른 두 사람이 자신의 안위도 돌보지 않고 상대를 쓰러뜨리기 위해 맹렬하게 싸우는 모습은 그야말로 보는 이의 시선을 앗을 만큼 강렬한 인상을 주는 것이었다.

그들에게서 조금 떨어진 곳에는 한 명의 중년인과 한 명의 노인이 눈앞에서 벌어지는 두 청년의 화려하면서도 치열한 싸움을 묵묵히 지켜보고 있었다.

하늘색 유삼을 입은 청년의 뒤편에 있는 사람은 검은 수염을 탐스럽게 기르고 청삼을 입은 준수한 용모의 중년인이었다. 헌칠한 키에 두 팔이 유난히 긴 편이었으나, 서 있는 자세나 전신에서 흘러나오는 은은한 기도가 범상치 않아서 마치 고고하게 서 있는 한 마리 학(鶴)을 보는 듯했다.

청삼 중년인은 담담한 눈길로 장내의 격전을 주시하고 있었는데, 간혹 하늘색 유삼의 청년이 수세에 몰릴 때마다 짙은 검미(劍眉)가 거의 알아차리기 힘들 정도로 살짝 꿈틀거리고는 했다.

반대편의 인물은 화려한 비단 장포를 입고 얼굴이 대춧빛으로 붉은 건장한 체구의 노인이었다. 검은 터럭 하나 섞이지 않은 눈부신 백발을 뒤로 묶은 노인은 당당한 몸집에 눈빛도 강렬하기 그지없어서 그의 고리눈이 움직일 때마다 주위를 질식시킬 듯한 강렬한 광망이 이글거리듯 피어올랐다가 사라지고 있었다. 게다가 뒷짐을 지고 턱을 살짝 앞으로 내민 자세는 광오한 느낌을 불러일으킬 정도였는데, 그 모든 것이 노인에게는 너무도 자연스럽게 어울려 보였다.

백발 노인은 격전을 지켜보면서도 가끔씩 청삼 중년인을 힐끔거렸는데, 그때마다 그의 두 눈에서는 의미를 알기 힘든 괴이한 빛이 번뜩이고 지나갔다.

장내의 격전은 점점 더 치열해져서 나중에는 누가 누구인지 제대로 알아보기 힘들 정도로 두 사람의 신형이 복잡하게 뒤엉켜들었다.

쾅!

때마침 하늘색 유삼 청년의 섭선과 갈의 청년의 기형검이 정면으로 격돌하며 무시무시한 굉음이 터져 나와 주위를 송두리째 뒤흔들었다.

방금 전의 격돌은 먼젓번보다 한층 더 격렬해서 그 여파로 바짝 붙어서 격투를 벌이던 두 사람의 신형이 서로 갈라져 삼 장 밖으로 튕기듯 떨어져 나갔다.

두 사람은 한 차례 몸을 휘청거리다가 결국 참지 못하고 각기 한 걸음씩 뒤로 물러섰다.

하늘색 유삼 청년의 낯빛은 백지장처럼 창백해서 금시라도 피를 토할 것 같았으나, 이를 악물고 속에서 치미는 선혈을 억누르는 모습이었다.

갈의 청년은 산발한 머리가 얼굴을 덮고 있어서 표정을 알 수 없었으나, 맹수처럼 무섭게 번뜩이던 안광이 순간적으로 흐려진 것으로 보아 그 또한 적지 않은 충격을 받았음을 어렵지 않게 짐작할 수 있었다.

두 사람은 서로를 무섭게 쏘아보면서도 선뜻 달려들지 않고 숨을 가다듬은 채 느릿느릿 다가서고 있었다. 상대가 결코 자신의 아래가 아님을 알고 한결 신중해진 모습이었다.

그때 청삼 중년인이 조용히 입을 열었다.

"몽아(夢兒)야, 이제 됐다. 물러서거라."

듣는 이의 마음까지 씻어 주는 듯 청수하고 깨끗한 음성이었다.

막 앞으로 몸을 움직이려던 하늘색 유삼 청년이 그 말에 움찔하여 그를 돌아보았다.

"대숙(大叔), 저는 아직 지지 않았습니다."

청삼 중년인은 담담한 표정으로 고개를 끄덕였다.

"그래. 그동안 네가 얼마나 열심히 수련해 왔는지 알 수 있겠더구나. 하지만 너는 오늘 네가 할 일을 모두 다 했다. 이제는 나에게 맡기도록 해라."

하늘색 유삼 청년은 망설이다가 이내 한숨을 내쉬며 전신에 가득 끌어올렸던 공력을 거두어들였다.

"알겠습니다."

청삼 중년인은 그에게 다가가 그의 어깨를 가볍게 두드려 주고는 앞으로 시선을 돌렸다.

갈의 청년 또한 어느새 뒤로 물러나 있었다. 그리고 한편에 서 있던 백발 노인이 당당한 걸음으로 청삼 중년인을 향해 걸어오고 있었다.

그리 빠르지도 느리지도 않은 걸음이었으나, 그가 한 걸음씩 앞으로 내디딜 때마다 주위의 공기가 요동을 쳤다. 그것만 보아도 지금 그의 몸에서 얼마나 가공스러운 기운이 흘러나오고 있는지 미루어 짐작할 수 있었다.

여느 사람이었다면 백발 노인의 그러한 모습에 기가 질릴 법도 한데, 청삼 중년인은 한 치의 흔들림도 없는 눈으로 그를 보고 있었다.

백발 노인의 기세가 더욱 강해지자 청삼 중년인은 오히려 나직하게 혀를 찼다.

"쯧. 쓸데없이 허세를 부려 사람의 기를 죽이려는 버릇은 여전하구려. 그렇게 바깥으로 흘려 버리는 기운이 아깝지도 않소?"

백발 노인은 여전히 막강한 기운을 뿜어내면서 호탕한 웃음을 터뜨렸다.

"크하하! 오랜만에 보았음에도 조카의 설검(舌劍)은 여전히 날카롭구나. 하지만 말버릇 나쁜 건 조카도 예전과 별로 달라지지 않았는걸?"

백발 노인의 웃음소리는 굉량(宏量)하기 그지없어 주위 일대가 온통 뒤흔들리는 것 같았다. 한낱 웃음소리에 이 정도 기운을 담을 수 있다는 것만으로도 백발 노인이 얼마나 심후한 공력의 소유자인지를 어렵지 않게 알 수 있었다.

청삼 중년인은 냉정한 눈으로 그런 백발 노인을 보고 있다가 눈빛만큼이나 차갑고 무심한 음성으로 입을 열었다.

"아직도 내게 웃어른으로 대우받고 싶어 하는 줄은 몰랐군. 우리 사이는 그 날 이후로 철저한 남이 된 것이 아니었던가?"

"피로 이어진 인연을 어찌 몇 마디 말로 끊을 수 있겠는가? 나도 나이를 먹다 보니 요새 들어서는 핏줄이 더욱 그리워지더군."

"피로 이어진 인연이라…… 확실히 그날 아버님이 많은 피를 흘리기는 했었지. 당신 눈에는 그런 것도 인연으로 보이는가 보구려."

청삼 중년인이 냉소를 날리자 백발 노인의 표정이 처음으로 살짝 굳어졌다.

백발 노인은 한동안 말없이 청삼 중년인을 바라보았다. 가뜩이나 신광이 이글거리는 듯한 날카로운 눈빛이 지금은 아예 사람의 몸을 그대로 꿰뚫어 버릴 듯 섬뜩한 광망으로 번뜩이고 있어서 간이 약한 사람은 보기만 해도 몸이 굳어 버릴 정도로 무시무시했다.

그럼에도 청삼 중년인은 전혀 표정의 변화가 없었고, 꼿꼿한 자세에 한 점의 흐트러짐도 보이지 않았다.

백발 노인은 한참이나 청삼 중년인을 예의 무서운 눈으로 쏘아보고 있다가 문득 이를 드러내며 웃었다. 먹이를 앞에 둔 맹수의 웃음처럼 살벌한 웃음이었다.

"흐흐. 역시 말 몇 마디로 해결될 일은 아니로군. 네가 핏줄을 부정하니 나도 더 이상은 너를 조카로 대우하지 않겠다."

그의 전신에서 흘러나오는 기운이 한층 강력해지며 주위를 질식시킬 듯한 압박감을 느끼게 했다.

청삼 중년인의 입가에도 어느새 희미한 미소가 떠올라 있었다. 백발 노인의 웃음과는 다른 의미를 담고 있는 차갑고 서늘한 미소였다.

"진작부터 그렇게 했어야 할 일이었지. 늦게라도 제정신을 차린 걸 축하해 주겠소."

"못된 말버릇만 더욱 나빠졌구나. 강호의 선배로서 너에게 강호의 도리를 일깨워 주마."

"자기가 원하는 걸 얻기 위해서는 친족의 피라도 기꺼이 묻혀야 한다는 도리 말이오?"

청삼 중년인의 비아냥거리는 말에 백발 노인의 눈에서 이글거리는 듯한 광망이 피어올랐다.

"어른을 몰라보고 함부로 날뛰는 망나니는 오직 매로 다스려야 한다는 도리 말이다."

말이 끝나기도 전에 백발 노인의 신형이 무서운 속도로 청삼 중년인을 향해 날아갔다. 그 기세가 어찌나 강력하던지 흡사 거대한 폭풍이 휘몰아쳐 오는 듯한 착각이 들 정도였다.

고오오!

주위의 공기가 마구 요동을 치며 먼지바람이 눈을 뜰 수 없을 정도로 세차게 일어났다.

하나 그 소용돌이의 한복판에 서 있는 청삼 중년인의 얼굴은 평화로울 정도로 담담하기만 했다.

소용돌이의 기세가 더욱 거세어지며 마치 거대한 회오리바람에 그의 전신이 갈가리 찢겨 버릴 듯한 순간, 청삼 중년인은 오른 주먹을 빠르게 내뻗어 회오리의 한가운데로 집어넣었다가 뺐다.

펑!

공기가 가득 들어찬 풍선이 터지는 듯한 음향과 함께 그토록 거세게 몰아쳐 오던 회오리바람이 순식간에 사라져 버렸다. 그리고 백발 노인의 딱딱하게 굳은 얼굴이 모습을 드러냈다.

백발 노인은 휘청거리며 두 걸음 물러서더니 왼손으로 오른쪽 팔목 부위를 몇 번 어루만지다가 이내 소맷자락을 떨쳐 냈다.

파아아…….

그의 오른 소매 부위가 먼지로 화해 부스러지며 팔뚝까지 맨살이 그대로 드러났다. 그의 팔목 부위에는 거무스름한 멍이 들어 있었는데, 백발 노인의 왼손이 그 부위를 주무를 때마다 눈에 띄게 멍이 사라지고 있었다.

"이건 무슨 무공인데 단 일권에 내 태풍수(泰風袖)를 무너뜨린 것이냐?"

백발 노인이 거친 음성으로 묻자, 청삼 중년인은 처음의 자세를 그대로 유지하며 담담한 음성으로 대꾸했다.

"일성권(一城拳)이라는 것이오."

"일성권? 주먹 하나에 성 하나를 무너뜨릴 만한 힘이 담겨 있다고 알려진 그 일성권 말이냐?"

"그렇소."

백발 노인은 무서운 눈으로 청삼 중년인을 쏘아보더니 돌연 어깨를 들썩이며 웃었다.

"크하하! 과연 경천신수의 구대 절학은 하나하나가 강호무림을 놀라게 할 만하다고 하더니 소문이 거짓이 아니었구나. 이런 무공을 지니고 있으니 핏줄을 무시하고 백부인 나를 함부로 대하는 것이겠지.”

“쓸데없는 격장지계는 쓰지 마시오. 그 때문이 아니라는 건 당신이 더 잘 알 거요.”

“흐흐. 어찌 되었건 조카인 네가 백부인 나를 향해 살수를 쓴 건 사실이 아니냐? 나는 가문의 어른으로서 너를 훈계하려 했는데, 너는 그런 나를 못마땅하게 여겨 오히려 나를 제거하려 했으니 이는 사람으로서 해서는 안 되는 일을 저지른 것이다.”

백발 노인이 어처구니없는 논리로 계속 청삼 중년인을 윽박지르자 한쪽에서 듣고 있던 하늘색 유삼 청년이 어이가 없는지 얼굴이 붉어져서 무어라고 소리치려 했다.

하나 청삼 중년인은 한쪽 손을 들어 그를 제지하고는 여전히 냉정을 잃지 않은 눈으로 백발 노인을 바라보았다.

“자꾸 이상한 명분을 고집하는 것을 보니 나를 상대할 나름의 계책을 세워 온 모양이구려.”

“너는 가문의 법도를 어기고 웃어른에게 살수를 썼으니 강호인이라면 해서는 안 될 짓을 저지른 것이다. 이런 너를 제거하는 것이야말로 강호의 도리를 올바로 세우는 첩경이 될 것이다.”

“나를 제거하는 게 강호의 도리란 말이오?”

백발 노인은 오연한 자세로 그를 쳐다본 채 자신 있는 표정으로 고개를 끄덕였다.

“그렇다.”

"나를 쓰러뜨릴 자신이 있소?"

청삼 중년인의 물음에도 백발 노인은 여전히 패기에 가득 찬 음성으로 말했다.

"네가 스스로의 무공에 대단한 자신감을 가지고 있다는 건 알고 있다. 하지만 강호의 일이란 게 혼자의 힘만으로 이루어지는 건 아니다. 강호의 도리를 세우는 일 또한 굳이 혼자 할 필요는 없지."

무언가 말을 내뱉으려던 청삼 중년인이 갑자기 입을 다물었다. 그는 묘한 눈으로 백발 노인을 응시하더니 이내 입가에 미소를 매달았다.

"이제 알겠군. 지난 세월 동안 나를 만나기를 그토록 피해 왔던 당신이 왜 제 발로 내 앞에 나타났는지 의아했는데, 믿는 구석이 따로 있었구려."

백발 노인은 여전히 당당한 자세로 큰 소리를 쳤다.

"나는 나 자신을 믿을 뿐이다."

"동방광일(東方光日). 남들은 당신을 패존(覇尊)이라 부르며 떠받들지 몰라도, 내 눈에 당신은 자신의 지위가 흔들릴까 두려워 형제를 배반하고, 조카가 무서워서 쥐새끼처럼 꽁꽁 숨어 있던 겁쟁이일 뿐이오."

백발 노인의 짙은 눈썹이 세차게 꿈틀거렸으나, 이번에는 입을 굳게 다문 채 아무 대꾸도 하지 않았다.

청삼 중년인도 더 이상은 백발 노인을 쳐다보지 않았다. 대신에 그는 한 차례 주위를 둘러보더니 이내 우측의 짙은 어둠 속을 뚫어지게 바라보았다.

"여기까지 왔는데 무엇이 두려워 모습을 드러내지 않고 있는 거요?"

청삼 중년인의 침착하면서도 낭랑한 울림이 담긴 음성이 주위에 퍼져 나갔다. 그러자 어둠 속에서 무언가 꿈틀거리더니 이윽고 하나의 인영이 천천히 걸어 나왔다.

짙은 어둠만큼이나 검은 옷을 입은 장신의 중년인이었다. 날렵한 몸매에 자세가 곧았고, 걸음걸이가 무척이나 경쾌해서 언뜻 보기에도 무척이나 뛰어난 신법의 소유자임을 알 수 있었다.

흑의 중년인의 등 뒤에는 손바닥 길이의 날이 삐져나와 있었는데, 청삼 중년인은 한눈에 그것이 날카로운 창날임을 알아보았다.

흑의 중년인은 표홀하기 그지없는 동작으로 청삼 중년인의 삼장 앞으로 다가와서 걸음을 멈추었다. 시선이 마주치자 흑의 중년인은 희미하게 웃으며 먼저 인사를 했다.

"안녕하신가?"

가면을 쓴 듯 무심한 얼굴에 떠올라 있는 웃음은 얼음장처럼 차가웠고, 그마저도 이내 사라져 흔적조차 보이지 않았다.

청삼 중년인은 흑의 중년인의 무섭도록 냉정한 두 눈을 보고 있다가 조용한 음성으로 물었다.

"당신도 강호의 도리를 세우기 위해 나를 찾아온 거요?"

흑의 중년인의 대답은 눈빛만큼이나 서늘했다.

"도리? 강호에 그런 게 남아 있었던가?"

청삼 중년인은 다시 물었다.

"그럼 무엇 때문에 나를 찾아온 거요?"

"가져가고 싶은 게 있어서."

"그게 뭐요?"

흑의 중년인의 얼굴에 예의 비정하리만치 차가운 미소가 다시 떠올랐다.

"당신 목 위에 올려져 있는 것."

청삼 중년인은 조금도 놀라거나 당황하지 않고 되물었다.

"떼어 갈 자신은 있소?"

"나 혼자라면 조금 벅찬 일일지도 모르지. 다행히 이쪽은 혼자가 아니라서 말이야."

청삼 중년인은 가만히 그를 쳐다보다 백발 노인을 힐끔 돌아보고는 고개를 저었다.

"당신들 두 사람뿐이라면 조금 힘들지 않겠소?"

흑의 중년인의 얼굴에 떠올라 있는 미소가 조금 더 짙어졌다.

"누가 우리 둘뿐이라고 했나?"

청삼 중년인은 흠칫했다가 이내 다른 쪽으로 시선을 돌렸다.

왼쪽의 어둠 속에서 다시 한 사람이 미적거리며 느릿느릿 걸어나왔다.

갈의를 입은 평범한 인상의 장한이었다. 그 장한은 머리를 벅벅 긁으며 투덜거렸다.

"제길. 가급적이면 조용히 숨어서 지켜보려고만 했는데, 봉 형 때문에 다 틀려 버렸군. 왜 나까지 끄집어들이려는 거요?"

흑의 중년인은 그를 돌아보지도 않고 짤막하게 말했다.

"놀고 있는 꼴은 보기 싫어서."

갈의 장한의 얼굴이 잔뜩 구겨졌다.

"정말 그것뿐이오?"

"일을 좀 더 확실히 하고 싶어서 말이지."

흑의 중년인의 말에 비로소 갈의 장한의 얼굴에도 한 줄기 진지한 빛이 떠올랐다.

"봉 형과 동방 가주, 두 사람만으로는 장담할 수 없단 말이지? 확실히 경천신수 동방욱이라면 그럴지도 모르겠군."

넋두리처럼 혼잣말을 중얼거리던 갈의 장한은 이내 청삼 중년인을 향해 포권을 해 보였다.

"반갑소. 말로만 듣던 경천신수를 마침내 눈으로 직접 보게 되었구려. 나는 고준이란 사람이오."

청삼 중년인은 잠시 생각에 잠겨 있다가 불쑥 입을 열었다.

"독선 고준?"

갈의 장한은 하얀 이를 드러내며 활짝 웃었다.

"나같이 서장의 외진 구석에 처박혀 있는 사람까지 알고 있을 줄은 몰랐구려. 내가 바로 만독곡의 곡주인 고준이오."

독선 고준은 서장 만독곡의 주인이며 서장십이기 중의 일인이었다.

청삼 중년인은 잠시 고준의 전신을 찬찬히 훑어보다 이내 흑의 중년인에게로 시선을 돌렸다.

"한 사람은 운남의 명망 있는 세가의 가주이고, 다른 한 사람은 멀리 서장의 기인이라. 그렇다면 당신의 정체도 심상치는 않겠구려."

흑의 중년인은 망설이는 기색도 없이 즉시 입을 열었다.

"나를 상대로 잔머리 굴릴 필요는 없네. 난 봉구령이란 사람일 세. 들어 본 적이 있나?"

청삼 중년인은 생각할 것도 없다는 듯 이내 고개를 끄덕였다.

"신창만큼이나 날카로우면서도 살벌하기는 몇 배나 더한 무시무시한 창법을 쓰는 봉씨 성의 고수가 있다는 말을 들은 적이 있소. 당신이 혈창이오?"

"맞아. 용케도 내 이름을 알고 있었군."

청삼 중년인은 다시 침착한 눈길로 세 사람을 차례로 바라보더니 이윽고 혼잣말처럼 나직하게 중얼거렸다.

"물론 알고 있지. 쾌의당주가 야율척의 사패천을 흉내 내어 자기의 최측근에 사방신(四方神)이란 이름을 붙였는데, 그중 한 명이 바로 그 봉씨 성을 쓰는 창의 고수라고 하더군. 이제 보니 당신들은 쾌의당에서 온 것이로군."

그 말에는 흑의 중년인을 비롯한 아무도 대답하지 않았다.

청삼 중년인의 시선은 패존 동방광일에게로 향했다.

"당당한 운남제일세가의 가주가 한낱 청부 조직의 주구(走狗)가 되어 있을 줄이야 누가 상상이나 할 수 있겠는가? 강호의 도리가 참으로 오묘하군."

동방광일의 광오한 얼굴에 순간적으로 붉은빛이 어른거렸다. 청삼 중년인의 말에 수치심을 느낀 것이다. 하나 그것은 이내 사라져 버렸고, 그 뒤에는 격한 분노와 살심이 끓어오르고 있었다.

'아무리 발버둥 쳐 보았자 명년 오늘이 네놈의 제삿날이 되는

건 변함이 없다. 네놈과의 질긴 악연도 오늘로 마지막이 될 것이
다.'

동방광일은 운남에 있는 동방세가의 가주였다.

동방세가는 운남성 제일의 명문 세가로 누구나가 손에 꼽고 있
지만, 강호무림 전체에는 그리 널리 알려지지 않았다. 그것은 그
들이 운남성에만 머물러 있을 뿐, 세력을 외부로 확장하지 않았
기 때문이다.

하나 그것은 가주인 동방광일이 야망이 없기 때문이 아니었다.
오히려 동방광일은 동방세가를 운남을 넘어 강호제일의 가문으
로 만들 욕심을 가지고 있으며, 스스로의 무공에 대한 자부심이
누구보다도 대단한 인물이었다.

그런 그가 운남에만 칩거해 온 것은 십여 년 전에 벌어진 가문
의 혈사(血事) 때문이었다.

당시 동방광일은 광오하리만치 유아독존인 성격과 가문의 세력
을 확장한다는 명분 아래 주위의 반대에도 강압적인 행태를 일삼
았기에, 가문의 일족들에게 신망을 잃고 있었다.

동방세가는 대대로 은인자중하여 내실을 다지는 가풍이 있기에
가문의 혈족들 상당수는 무리한 확장을 반대하고 있었다. 자연히
그들은 독선적이고 야망이 큰 동방광일에 반감을 가지고 있었고,
그것은 그의 동생인 동방수일(東方守日)에 대한 지지로 이어졌다.

동방수일은 침착한 성격에 배려심이 많고 솔선수범을 몸소 실
천하는 인물이어서 적지 않은 사람들이 그를 따르고 있었다.

동방광일은 점점 커지는 동방수일의 지지 세력에 불안감을 느끼

고 끝내 해서는 안 될 선택을 하고야 말았다. 자신의 회갑연을 축하해 주러 온 동방수일과 그의 측근들을 향해 살수를 쓴 것이다.

동방수일은 지지자들의 희생으로 간신히 목숨을 부지하여 탈출할 수 있었다.

그 혈사의 충격은 동방세가를 거의 갈가리 찢어 놓다시피 했고, 동방광일이 그 여파를 수습하기까지는 적지 않은 시일이 소요되었다.

동방수일의 아들이 바로 동방욱이었다. 동방욱은 어려서부터 동방세가 사상 최고의 기재로 이름이 높았고, 이십 대의 젊은 나이에 절정의 무공을 완성하여 경천신수라는 별호로 천하무림을 경동시키고 있었다.

동방욱이 자신의 부친에게 일어난 참변을 전해 들은 것은 일이 벌어진 지 한 달이 지날 무렵이었다. 분기탱천한 동방욱은 당장 동방세가로 돌아가 부친의 원수를 갚고 싶었으나, 때마침 부상을 당한 몸으로 자신을 찾아온 동방수일 때문에 마음을 바꾸어야 했다.

동방수일은 더 이상 가문에 혈족의 피가 흐르게 해서는 안 된다며 동방욱을 설득했고, 결국 자신을 따르는 소수의 사람들만을 데리고 운남을 떠나 멀리 장강 이북으로 이동을 했다. 그 일행들이 머물러 정착한 곳이 바로 이곳, 동방촌이었다.

동방수일은 당시에 당한 부상의 후유증을 이기지 못하고 결국 동방촌에 정착한 지 이 년 만에 세상을 떠났다. 동방욱은 삼 년 동안 부친의 무덤을 충실히 지켰고, 그의 유지(遺志)를 받아들여 동방광일에 대한 복수를 단념하기로 마음먹은 상태였다.

그런데 자신을 피해 다녀야 할 동방광일이 오히려 야밤에 제 발로 자신을 찾아온 것이다.

동방욱은 동방광일의 무공이 자신에 미치지 못한다는 것을 알고 있기에 그의 도발에 내심 적지 않은 의구심을 가지고 있었다.

언뜻 보기에는 한없이 당당하고 오만한 것 같아도 동방광일은 의외로 소심하고 치밀한 구석이 있었다. 그렇지 않았다면 과거와 같은 혈사도 일으키지 않았을 것이다.

예상대로 동방광일은 혼자 오지 않고 몇 명의 방수(幇手)를 대동하고 있었다.

문제는 그 방수들이 쾌의당 당주의 최측근으로 알려진 인물들이라는 것이었다.

세가의 정통을 지킨다는 명목으로 친동생에게도 살수를 쓴 동방광일이 막상 강호에서 청부 조직으로 알려진 쾌의당에 몸을 의탁하고 있음을 알게 되자 동방욱은 허탈한 마음을 감출 수 없었다.

그 자신도 신목령에 속해 있기는 하지만, 그것은 젊은 시절 신목령주에게 목숨의 구원을 받은 은혜를 갚기 위한 것일 뿐이었다.

더구나 그는 신목령의 오천왕 중 일인으로 불리고 있으면서도 막상 신목령을 위한 활동은 거의 한 적이 없었다. 간혹 아끼는 사자들에게 몇 수의 무공을 알려 주기는 했지만, 사실 그는 동방촌에 칩거한 채 강호를 반쯤 떠나 있는 상태였다. 그만큼 자신의 권력을 지키기 위해 형제의 피까지 손에 묻혀야 하는 강호의 생태에 염증을 느끼고 있었던 것이다.

은거하다시피 하고 있는 그에게로 동방광일이 찾아온 것도 뜻밖이었지만, 동방광일과 두 명의 고수들이 쾌의당 소속이라는 것은 더욱 당혹스러운 일이 아닐 수 없었다.

쾌의당은 그동안 여러 차례 신목령의 수하들을 빼내려 했고, 심지어는 고수들을 보내 암습하는 짓도 마다하지 않았다. 그럼에도 신목령에서 쾌의당에 본격적으로 반격을 가하지 않은 것은 신목령의 수뇌부에서 쾌의당을 적대시하지 말라는 지시가 내려왔기 때문이었다.

그 때문인지 쾌의당도 일정 수준 이상의 도발은 벌이지 않고 있었다.

그런데 이제 그 무언의 약속이 깨어진 것이다.

동방욱이 전해 듣기로는 사방신은 쾌의당주의 직속 세력으로 좀처럼 강호에는 모습을 드러내지 않은 존재들이라고 했다. 그래서 그들의 존재조차 모르는 사람이 대부분이었다.

그들은 쾌의당주의 직접 지시만을 듣기 때문에 그들이 이곳에 나타났다는 것은 그들의 배후에 쾌의당주가 있다는 뜻이었다.

쾌의당주가 신목령의 오천왕 중 하나인 자신을 제거하기 위해 사방신을 보냈다는 것이 무엇을 의미하겠는가? 그동안 몇 번의 충돌 속에서도 근근이 유지되고 있던 신목령과 쾌의당 사이의 선(線)이 깨어졌음을 나타내는, 너무도 분명한 신호라고 할 수 있을 것이다.

동방욱은 혈창 봉구령과 독선 고준, 동방광일을 차례로 응시하더니 그중 고준을 향해 물었다.

"당신도 사방신 중의 한 사람이오?"

고준은 히죽 웃으며 대답했다.

"불초하지만 이 사람이 서방신(西方神)을 맡고 있소."

동방욱은 아직도 딱딱한 표정을 풀지 않고 있는 동방광일을 힐 끔 쳐다보았다.

"그렇다면 저쪽은 남방신(南方神)쯤 되겠구려."

고준이 눈을 동그랗게 떴다가 이내 크게 웃었다.

"하하, 맞소. 정말 놀라운 혜안이시오. 동방 가주께서 남방신을 맡고 있고, 봉 대협은 동방(東方)을 책임지고 있소."

"북방신(北方神)은 누구요?"

고준은 망설이거나 고민하는 기색도 없이 즉시 입을 열었다.

"빙제(氷帝) 냉우림(冷宇林)이란 사람인데, 혹시 들어 본 적이 있소?"

"북해의 최고 고수를 어찌 모르겠소?"

"그 유명한 경천신수가 자신을 안다고 하면 냉 대협도 무척이나 기뻐할 거요."

고준이 싱글벙글 웃으며 꼬박꼬박 동방욱의 말에 대답을 해 주자, 동방광일이 못마땅한 눈으로 그를 쏘아보았다.

"이제 밤도 깊었는데, 쓸데없는 말은 그만하는 게 어떤가?"

고준은 다시 싱거운 웃음을 흘렸다.

"우리 정체를 술술 부는 게 동방 가주께선 불만인 모양이구려. 하지만 이 정도쯤이야 알려 줘도 상관없지 않겠소?"

"밤이 길면 꿈도 길어지는 법일세."

"아무래도 동방 가주께서 마음이 급하신 모양인데, 그래도 천하의 경천신수를 상대하는데 너무 서두를 필요는 없지 않소?"

동방욱은 비단 신목령의 오천왕 중 일인일 뿐 아니라, 누구나가 그들 중 최고의 실력자로 인정하는 불가일세(不可一世)의 고수였다. 적지 않은 사람들이 그가 계속 강호에서 활동했다면 능히 무림구봉의 한 자리에 올랐을 거라고 믿을 정도로, 예전에 그가 보여 준 모습은 가히 절대적인 것이었다.

동방촌에 칩거한 지 십여 년의 세월이 흘렀지만, 아직도 그의 이름이 무림인들 사이에 적지 않게 회자되고 있는 것은 당시의 그가 무림인들에게 얼마나 큰 놀라움과 감탄을 자아내게 했는지를 여실히 증명해 주는 것이었다.

누구보다 자존심 강하고 스스로의 무공에 절대적인 자신감을 가지고 있는 동방광일이 봉구령과 고준을 대동하고 온 것도 혼자로는 도저히 동방욱을 당해 낼 수 없다는 것을 알고 있기 때문이었다.

심지어 혈창 봉구령과 독선 고준이라는 절세의 고수들을 방수로 두고 있는 지금 이 순간에도 동방광일의 마음속에는 혹시나 하는 불안감과 초조함이 도사리고 있었다. 그래서 고준이 천연덕스러운 모습으로 동방욱과 대화를 나누는 장면조차 눈에 거슬렸던 것이다.

고준은 더 이상 시간을 끌지 않고 품속에서 조그만 약병을 꺼내 들었다. 그 안에 든 기름을 양손에 꼼꼼히 바르고 있던 고준은 문득 생각이 났는지 동방욱을 향해 손을 들어 보였다.

"내 재주는 몇 가지 독을 부리는 것뿐이라 손을 보호하는 이 기름이 내게는 병기인 셈이오. 그러니 동방 대협께서는 널리 양해해 주시기 바라오."

동방욱은 차분한 태도로 대답했다.

"충분히 이해하고 있소."

봉구령 또한 등 뒤에서 세 개로 분리된 창대를 뽑아 들더니 조립을 하기 시작했다.

조립을 마친 봉구령의 손에는 유난히 긴 창이 들려 있었다. 창날의 길이는 한 척(尺)에 가까웠고, 창대는 한 장에 달했다. 창날 아래에 피를 머금은 듯한 붉은 수실이 달려 있어서인지 창 전체가 붉게 보였다.

그 창을 들고 있는 봉구령의 전신에는 칼날 같은 기운이 서려 있었고, 단 한 치의 빈틈도 보이지 않았다. 마치 그 자신이 하나의 거대한 창으로 변해 버린 것 같았다.

봉구령은 동방욱의 시선이 자신을 향하자 특유의 무심한 음성으로 입을 열었다.

"내 혈망육창(血網六槍)은 오직 피를 보기 위한 무공이다. 경천신수의 피라면 충분히 적실 만하겠군."

동방광일 또한 품속에서 손바닥 두 개 길이의 철척(鐵尺)을 꺼내 들었다. 기이한 묵빛이 감돌고 있는 그 철척은 언뜻 보기에도 예사 병기가 아님을 알 수 있었다. 그것은 측천척(測天尺)이라는 것으로, 동방세가에서 대대로 가주에게만 전해 내려오는 절세의 기병(奇兵)이었다.

측천척을 손에 든 동방광일의 전신에서는 조금 전과는 비교도 할 수 없는 가공할 기운이 구름처럼 일어나고 있었다.

동방욱은 담담한 눈으로 그들 세 명의 절세 고수가 자신을 향해 다가오는 광경을 지켜보고 있었다.

그러다 양손을 천천히 쳐들었다. 여인의 그것처럼 유난히 길고 섬세한 손이 드러났다.

동방욱은 여인의 섬섬옥수를 방불하게 하는 손을 든 채 조용한 음성을 내뱉었다.

"오시오. 나는 이미 준비가 되었소."

제372장

경천동지(驚天動地)

제372장 경천동지(驚天動地)

동방욱의 나이는 마흔여섯. 약관을 갓 넘은 스물둘의 나이에 처음 무림에 출도하여 불과 일 년 사이에 네 명의 절정 고수들을 연파하여 강호무림을 송두리째 뒤흔들어 놓았다.

당시 그가 선보인 월강수를 비롯한 아홉 가지의 절학들은 대부분 수공(手功)을 바탕으로 한 무공들이어서, 사람들은 그를 경천신수라고 부르게 되었다. 출도 일 년 만에 두 개의 손만으로 천하를 경악시킨 그에게 너무도 잘 어울리는 별호가 아닐 수 없었다.

그는 운남의 명문인 동방세가 출신이었으나, 그의 무공의 근간은 동방세가가 아니라 광동(廣東)의 괴걸(怪傑)로 알려진 번천객(飜天客) 탁무단(卓武端)에게서 비롯된 것이었다. 탁무단은 평생을 일정한 거처 없이 홀로 떠돌며 고수들과의 비무를 즐겼던 인물이었는데, 말년에 우연히 본 동방욱의 기재에 감탄하여 그에게 자신의 무공을 알려 주었다.

하나 사승(師承) 관계를 절대로 인정하지 않았기에 동방욱은 그를 사부라 부르지도 못하는 신세가 되었다. 탁무단은 죽기 전에 동방욱에게 한 가지 제안을 했으며, 그 제안을 들어주는 것으로 그들 사이의 은원을 매듭짓겠다고 말했다.

탁무단의 제안은 네 명의 고수를 꺾어 달라는 것이었다.

그 네 명의 면면은 하나같이 당금 무림에서 상당한 명성을 날리는 절정의 고수들이었으며, 특히 그들 중 한두 명은 당대 최고의 고수라는 무림구봉에 필적한다고까지 알려져 있었다.

탁무단과 그들 사이의 은원에 대해서는 아무것도 알려져 있지 않았고, 동방욱도 알지 못했다. 다만 탁무단은 동방욱에게 그들 네 명의 이름을 밝히며 그들이 신의를 저버린 자들이라고만 했을 뿐이었다.

동방욱에게 무공을 가르친 지 삼 년째 되던 해에 탁무단은 하나의 비급을 꺼내 들었다. 겉표지조차 없는 그 비급은 앞부분이 송두리째 뜯겨 나가 있었고, 군데군데 오래된 혈흔이 남아 있었다.

그 비급을 바라보는 탁무단의 눈에서는 무어라 형용하기 어려운 복잡한 빛이 어른거리고 있었다. 그것은 슬픔과 기쁨, 희망과 절망, 아련한 그리움과 격한 분노, 그리고 짙은 후회와 번민 등 다채로운 감정의 소용돌이였다.

한참이나 착잡한 눈으로 비급을 내려보고 있던 탁무단은 이윽고 깊은 한숨과 함께 입을 열기 시작했다.

"이것은 과거 한 시대를 풍미했던 천무자(天武子)의 진전이 담긴 〈천무보록(天武寶錄)〉이다. 다만 보다시피 전반부인 〈신공편(神功編)〉은 분실되었고, 후반부인 〈절학편(絕學編)〉만 내 손에 남게 되었다. 지금은 알고 있는 사람이 거의 없지만, 한때 천무자의 절학을 익히면 능히 천하를 오시할 수 있다는 말이 무림인들 사이에 회자된 적도 있었지."

탁무단은 자신이 어떤 경위로 천무보록을 얻게 되었는지, 그리고 왜 전반부를 분실하고 후반부만 남게 되었는지는 밝히지 않았다.

다만 이 천무보록의 후반부 무공을 익히게 되면 반드시 네 명의 고수를 찾아가 그들을 꺾어야 한다는 말만 했을 뿐이다.

동방욱은 천무보록이 절반만 남게 된 것과 그들 네 사람 사이에 모종의 은원이 뒤얽혀 있을 것이라고 생각했지만, 탁무단이 그 일에 대해 입을 굳게 다문 이상 자세한 내막을 알 수는 없었다.

"어떠냐? 내 제안을 승낙하겠느냐?"

동방욱은 한 치의 망설임도 없이 즉시 고개를 끄덕였다.

"승낙하겠습니다."

탁무단은 더 이상 아무 말도 하지 않았다. 다만 그의 얼굴에는 후련함과 아쉬움이 교차하는 복잡한 미소가 떠올라 있을 뿐이었다.

그로부터 채 일 년도 되지 않아 탁무단은 세상을 떠나고 말았다. 그리고 그때 비로소 동방욱은 탁무단이 이미 예전에 심각한 부상을 입고 있어서 오래 살지 못할 몸이었음을 알게 되었다.

동방욱이 탁무단의 무공과 천무보록의 후반부 절학을 모두 익히고 세상에 나온 것은 그의 나이 스물두 살의 일이었다.

동방욱은 탁무단과의 약조를 지키기 위해 네 명의 절정 고수들을 차례로 방문했고, 그들을 연파하여 강호무림을 송두리째 뒤흔들어 놓았다.

네 명의 절정 고수들은 탁무단의 부탁으로 찾아왔다는 동방욱의 말에 누구도 거부감을 보이거나 불쾌한 표정을 짓지 않았다. 다만 묵묵히 고개를 끄덕이고 그의 비무를 받아 주었을 뿐이었다.

"어차피 이렇게 될 일이었다."

세 번째로 만난 고수는 동방욱의 월강수에 숨이 끊어지는 순간에 그 말만을 뇌까리며 힘없이 고개를 떨구었다.

네 번째 고수와 싸웠을 때서야 비로소 동방욱은 천무보록의 전반부가 누구의 손에 들어갔는지 알 수 있었다.

그자의 전신에서 풍기는 기세는 그야말로 가공스러웠으며, 그자의 무공 또한 무림에 알려진 것보다 훨씬 높은 경지에 올라 있었다.

천무자의 전반부 신공을 익힌 그자와 후반부 절학을 익힌 동방욱과의 싸움은 그야말로 백중지세여서 당시 동방욱조차도 자신이 승리할 거라는 확신을 갖지 못할 정도였다. 동방욱이 승리할 수 있었던 것은 그자는 천무신공(天武神功)에 대한 조예가 칠성에 머무른 반면, 동방욱은 천무자의 절학을 완벽하게 터득하고 있기 때문이었다.

두 시진에 가까운 처절한 혈투 끝에 동방욱은 간신히 승리를 거두었지만, 대신에 천무신공에 심맥이 크게 손상되어 치명적인 부상을 입고 말았다.

순간적으로 혼절했다가 다시 정신을 차린 동방욱의 앞에는 생전 처음 보는 백발의 노인이 앉아 있었다. 동방욱은 금시라도 끊어질 듯 위태로웠던 심맥의 부상이 완쾌되었음을 알고 놀란 눈을 크게 떴다.

심맥이란 원래 타인이 손을 대거나 치료하기가 무척 힘든 부위라서 영약을 먹거나 스스로의 내공으로 손상 부위를 안정시키는 수밖에 달리 방법이 없다고 알려져 있었다.

동방욱은 강력한 천무신공에 내기가 뒤흔들리고 그 여파로 심맥이 크게 손상되었기에 적어도 몇 년의 고련(苦鍊)을 하지 않고는 부상을 치유할 수 없는 상태였다. 심지어는 지켜보는 사람도 없는 이런 외진 곳에서 의식을 잃었으니 방치되었다면 그대로 숨이 끊어졌을지도 모르는 일이었다.

그런데 정신을 잃었다가 깨어난 그사이에 치명적인 부상이 깨끗하게 나아져 있으니 그로서는 놀라지 않을 수 없었던 것이다.

"구명지은(求命至恩)에 감사드립니다. 은인의 함자를 알려 주십시오."

백발 노인은 정중하게 인사를 하는 동방욱을 한참 동안이나 보고 있더니 이윽고 입을 열었다.

"노부는 한목신검주(寒木神劍主)라 하네. 들어 본 적이 있는가?"

동방욱은 자신도 모르게 경호성을 토해 냈다.

"한목신검의 주인라면…… 혹시 신목령주이십니까?"

"노부가 신목령을 이끌고 있네."

백발 노인의 담담한 말에 동방욱은 새삼스러운 눈으로 그를 몇 번이나 살펴보았다.

신목령주라면 자타가 공인하는 마도의 제일 고수가 아닌가?

자신을 구해 준 이가 무림구봉보다 오히려 위에 올라 있는 전설적인 고수임을 알게 되자 강호의 신출내기나 다름없는 동방욱으로서는 머리가 어지럽고 산만해서 일시지간 아무런 생각도 떠오르지 않았다.

신목령주는 정신이 없어 하는 동방욱을 안정시키고는 자신이 이곳에 온 사정을 말해 주었다.

원래 신목령주는 강호의 절정 고수들을 포섭해 자신의 수하로 삼으려는 생각에서 몇 명의 고수들을 물색해 두고 있었다. 동방욱의 손에 쓰러진 네 번째 고수도 그 대상 중 한 사람이었다.

특히 그자는 강호에 알려진 것보다 훨씬 뛰어난 실력을 지니고 있어서 신목령주는 나름대로 그에게 커다란 기대를 가지고 그를 포섭하기 위해 비밀리에 찾아온 것이다.

그런 신목령주가 목격한 것은 강호무림에서 좀처럼 보기 힘든 무시무시한 싸움이었다. 그 싸움의 대상은 자신이 목표로 정한 인물과 생면부지의 이십 대 젊은 청년이었고, 두 사람의 무공은 마도의 제일 고수로 군림해 온 그로서도 놀라움을 금치 못할 정도로 높은 경지에 올라 있었다. 한동안 신목령주는 자신이 이곳에 온 목적도 잊고 눈앞의 싸움을 정신없이 지켜보게 되었다.

싸움의 결과는 예상 밖이었다. 백중지세라면 강호 경험이 풍부한 사람이 우세할 거라 생각했었는데, 뜻밖에도 청년이 승리를 거두었던 것이다. 그만큼 청년이 보여 준 수공절학은 경세(驚世)

적인 것이었다.

비록 청년은 마지막 순간에 상대의 막강한 신공을 감당하지 못하고 혼절하고 말았지만, 그가 보여 준 놀라운 무공은 신목령주를 감탄하게 하기에 충분한 것이었다.

청년의 부상은 치명적이었지만, 강호제일의 음공을 지닌 신목령주는 어렵지 않게 그의 부상을 치유할 수 있었다.

신목령주의 말을 모두 들은 동방욱은 그에게 감사의 말을 전하며 은혜를 갚을 방법을 물었고, 잠시 생각에 잠겨 있던 신목령주는 동방욱에게 한 가지 제안을 했다.

동방욱의 손에 패해 죽은 고수 대신에 신목령에 몸을 담아 달라는 것이었다.

명문 세가의 후손인 동방욱으로서는 상대가 마도제일 고수라는 것에 적지 않은 고민이 되었으나, 목숨을 구해 준 은혜를 갚기 위해 어쩔 수 없이 그의 제안을 승낙해야만 했다. 대신 그는 신목령주의 명만을 듣기로 약조했고, 신목령주는 주저 없이 그를 오천왕의 일인으로 삼았다.

동방욱에 대한 신목령주의 신임은 몹시도 두터워서 동방욱이 아버지인 동방수일의 묘를 지키기 위해 삼년상에 들어갔을 때도 그를 제지하지 않았고, 상을 마친 그가 동방촌에 칩거할 때도 특별한 일이 아니면 그를 불러내지 않았다.

그런 동방욱의 거처로 쾌의당의 고수들이 찾아온 것은 정말 뜻밖의 일이 아닐 수 없었다.

혈창 봉구령을 비롯한 세 명의 절정 고수들을 눈앞에 두고도 동방욱은 전혀 두려워하거나 당황하는 기색을 보이지 않았다.

십 년이 넘는 세월 동안 강호에서 한발 물러나 은인자중하고 있으면서도 그는 단 하루도 무공을 연마하는 것에 소홀하지 않았고, 천무보록의 절학들을 연구하여 발전시키는 일도 게을리하지 않았다.

얼마 전부터 그는 자신의 최고 무공인 구대 절학의 정수를 하나로 모은 무공 한 가지를 연구하고 있었다. 그것은 수공의 최고봉인 수강(手罡)을 응용한 것으로, 아직 미완의 그 절학을 동방욱은 천당선엽수(天堂仙葉手)라고 이름 붙였다. 천당선엽수의 위력을 제대로 발휘할 수만 있다면 삼 대 일의 승부라고 해도 충분히 해볼 만하다는 것이 동방욱의 솔직한 생각이었다.

동방욱은 양손을 쳐들고 허리를 편 상태로 시선은 정면을 바라보았다.

그의 자세는 한 마리 학처럼 고고했고, 전신에서 풍기는 기상은 호탕하기 이를 데 없었다.

특수한 기름을 바른 손에 몇 가지 물건을 만지작거리고 있던 고준이 그 모습을 보고는 자신도 모르게 나직한 탄성을 터뜨리고 말았다.

“정말 멋진 인물이로구나. 이런 고수가 도처에 숨어 있다니 중원의 하늘은 얼마나 높고 거대하단 말인가?”

동방광일이 눈썹을 잔뜩 찌푸린 채 퉁명스러운 어조를 내뱉었다.

“쓸데없는 소리는 그만두고 기회가 오면 그 독지계(毒地界)인지 뭔지를 제대로 쓸 생각이나 하게.”

고준은 싱거운 표정으로 히죽 웃었다.

"염려는 붙들어 매시오, 동방 가주. 가주만 제대로 해 준다면 내 팔계지옥(八界地獄)이 잘못되는 일은 없을 테니 말이오."

팔계지옥은 고준이 평생을 고심한 끝에 만들어 낸 최고의 독술로, 독지계는 그중에서도 가장 강한 위력을 지닌 것이었다.

동방광일은 못마땅한 눈으로 그를 힐끗 노려보았으나, 더 이상은 아무 대꾸도 하지 않았다.

왜냐하면 바로 그 순간, 혈창 봉구령의 창이 무시무시한 속도로 회전하며 동방욱의 전면을 향해 날아가고 있었기 때문이다.

봉구령의 창법은 괴이하기 이를 데 없었다. 움직이는 방향이나 투로가 여타의 창법과는 전혀 달라서 창술의 고수들과 많이 싸워 보았던 고수라 할지라도 제대로 대응하기 어려웠다.

특히 지금처럼 창대는 창대대로 회전하고 창은 창대로 기이한 곡선을 그리며 날아드는 상황이라면 제아무리 대적 경험이 풍부한 인물이라 할지라도 어떻게 피해야 할지 막막함을 느낄 수밖에 없었다. 창날이 최종적으로 향하는 곳이 어디인지를 판단하기 어려운 것이다.

그럼에도 동방욱은 너무도 유연하게 몸을 옆으로 움직여 창의 권역을 훌쩍 벗어났다. 무섭게 선회하여 들어오는 봉구령의 공세를 빠져나가는 그의 움직임이 어찌나 정교하고 자연스러웠던지 처음부터 봉구령이 그쪽 부분의 공간을 비워 두고 공격해 온 듯한 착각이 들 정도였다.

무심한 표정을 유지하고 있던 봉구령의 미간이 살짝 찌푸려졌다.

방금 전에 봉구령이 펼친 것은 혈흔전전(血痕輾轉)이라는 것으로, 혈섬육창의 기수식(起手式)과도 같은 초식이었다. 상대의 반응을 타진하고 행동반경을 최소화시켜 뒤이어 전개될 혈섬육창의 위력을 배가시키기 위한 최적의 수법이었다. 그런데 동방욱이 너무도 수월하게 권역을 빠져나가 버리니 혈섬육창을 펼칠 수가 없게 되어 버린 것이다.

봉구령이 멈칫하는 사이 때마침 동방광일의 측천척이 허공을 가르며 날아들었다. 동방욱의 몸놀림을 예상이라도 한 듯 동방광일의 측천척은 그가 움직이는 방향을 정확히 노리고 있었다.

사실 동방욱의 조금 전 동작은 동방세가의 비전인 을지선(乙支旋)을 바탕으로 한 것이었기에 동방광일은 한눈에 그 경로를 꿰뚫어 볼 수 있었던 것이다.

하나 측천척이 채 몸 가까이 다가오기도 전에 동방욱의 신형은 미끄러지듯 주르르 밀려나며 너무도 쉽게 측천척의 공세마저 빠져나가 버렸다.

옆으로 빙글 돌았다가 뒤로 물러나는 간단한 동작에 두 절정 고수의 공세가 너무도 허망하게 빗나가 버린 것이다.

동방광일의 얼굴이 순간적으로 딱딱하게 굳어졌다.

원래 을지선은 양옆으로의 이동을 주로 하는 보법이어서 전후의 움직임은 없다시피한 무공이었다. 나름대로의 독특한 묘용(妙用)이 있기는 했지만, 지금처럼 절정 고수들의 합공을 간단히 피해 버릴 만한 뛰어난 무공은 절대로 아니었다. 그런데 동방욱은 이 을지선에 전후로 이동하는 동작을 집어넣어서 독보적인 절학으로 만들어 놓은 것이다.

단순한 것 같아도 한 가문에서 대대로 내려오는 비전에 다른 동작을 가미한다는 것은 절대로 쉬운 일이 아니었다. 수십 수백 년을 이어져 내려오며 보완될 대로 보완되어 완벽에 가깝게 구성된 무공의 틀을 바꾼다는 것은 새로운 무공을 창안하는 것만큼이나 지난(至難)한 일이 아닐 수 없었다.

봉구령의 혈창이 다시 호선을 그리며 동방욱의 목덜미를 향해 날아갔다.

쉬아악!

마치 한 마리 뱀이 허공을 유영하며 날아들 듯 창의 움직임은 기이하기 이를 데 없었다. 봉구령이 더 이상 참지 못하고 혈섬육창 중의 절초인 비섬(飛閃)을 펼친 것이다.

동방욱도 이번에는 피하지 않고 오른손의 소맷자락을 크게 휘둘러 봉구령의 혈창에 정면으로 맞서 갔다.

고오오!

주위의 공기가 압축되는 듯한 음향이 흘러나오며 세찬 경기가 구름처럼 피어올랐다. 이 무공은 번천수(飜天袖)라는 것으로, 탁무단의 최고 절학 중 하나였다.

동방욱의 번천수에 대한 조예는 탁무단을 능가하는 것이어서 소맷자락을 가볍게 한번 휘두르는 동작만으로 주위 사방이 온통 가공할 경기의 폭풍에 휘말려 버리는 듯했다.

봉구령의 혈창은 그 거센 경기를 거침없이 뚫고 들어갔다.

파파파파!

혈창에 파쇄된 경기의 파편들이 사방으로 튕겨 나가며 주위를 폐허처럼 만들어 버렸다. 그 여파가 어찌나 험악하던지 호시탐탐 동방욱을 노리던 동방광일조차 몇 걸음 뒤로 물러나야만 했다.

원래 봉구령의 비섬은 공기와 공기 사이의 흐름을 교묘하게 뚫고 들어가 상대를 제거하는 수법이어서 특히 동방욱처럼 맨손 무공을 주로 사용하는 고수들에게는 치명적인 위력을 지니고 있었다.

아무리 강력한 장력을 펼쳐도 그 장력의 빈틈을 교묘하게 파고 들어가기 때문에 맨손으로는 막기가 불가능에 가까웠다. 봉구령이 비섬을 자신 있게 펼친 것도 이 수법이라면 혈흔전전을 대신해 동방욱의 움직임이나 반응을 극도로 제한시킬 수 있다고 확신했기 때문이었다.

봉구령의 창은 무서운 속도로 동방욱이 펼쳐 낸 강기의 소용돌이를 뚫고 들어갔다. 하나 봉구령의 안색은 오히려 처음보다 더욱 무거워졌다.

강기 속을 뚫고 들어갈수록 말로 표현할 수 없을 정도로 거대한 압력이 느껴졌던 것이다. 그 압력은 갈수록 가중되어서 마침내는 더 이상 창을 움직이기 힘들 정도로 거세어졌다.

부르르…….

봉구령의 손에 쥐여 있는 창이 세찬 떨림을 일으키며 격렬한 움직임을 보이더니 조금씩 움직임이 느려지기 시작했다. 이런 속도라면 더 이상의 전진은 무의미한 짓이나 마찬가지였다.

봉구령은 비섬을 취소하고 창을 거두어들였다가 이내 더욱 빠른 속도로 앞으로 내찔렀다.

쐐애액!

창날이 무섭게 선회하며 조금 전과는 전혀 다른 기세로 강기의 폭풍 속을 파고들어 갔다. 이것은 혈섬육창 중의 파섬(破閃)이라는 초식으로, 회전력을 극대화하여 상대의 몸을 뚫어 버리는 무시무시한 수법이었다.

비섬에 이은 파섬의 연환은 확실히 효과적이어서 봉구령의 창은 그토록 가공할 기세로 휘몰아쳐 오던 동방욱의 경기를 관통하여 마침내 그의 지척까지 도달할 수 있었다.

그 순간, 동방욱의 신형이 반 바퀴 회전하며 소맷자락 사이에 숨겨져 있던 오른손이 번갯불 같은 광망을 토해 냈다.

땅!

귀청이 찢어질 듯한 음향이 터져 나오며 봉구령의 창이 허공으로 튕겨 나갔다.

봉구령은 손아귀가 찢어질 듯한 충격을 느꼈으나, 오히려 눈을 부릅뜨며 수중의 창을 더욱 빠르게 갈지자(之)로 그어 댔다.

파파파팍!

주위가 온통 창날에 갈가리 찢기는 듯한 착각이 들었다.

그가 지금 펼친 삭섬(削閃)은 창날을 옆으로 기울여 휘두르는 것으로, 혈섬육창 중에서도 가장 잔인하고 살벌한 초식이었다. 이 수법에 당하게 되면 상대는 전신이 난자되어 제대로 된 시신조차 남기지 못하고 쓰러지고 마는 것이다.

동방욱은 철탑처럼 그 자리에 우뚝 선 채 두 주먹을 풍차처럼 마구 휘둘렀다.

우우우웅!

순식간에 수백 개의 권영(拳影)이 폭풍노도처럼 쏟아지는 가운데 은은한 뇌성이 들려왔다. 이것이 바로 동방욱의 구대 절학 중에서도 강력하기로 유명한 풍뢰질풍권이었다.

풍뢰질풍권은 탁무단의 풍뢰권(風雷拳)에 천무자의 무공인 질풍노도권(疾風怒濤拳)을 융합하여 동방욱이 스스로 창안한 무공으로, 막강한 위력의 풍뢰권과 빠르고 강맹한 기세를 지닌 질풍노도권의 장점이 고스란히 담겨 있는 상승의 절학이었다.

이 무공은 사용하면 할수록 더욱 위력이 배가되는 특성이 있어서 처음에 제대로 막거나 분쇄하지 못하면 나중에는 제아무리 천하의 고수라 할지라도 감당하기 힘들었다.

파파팍!

삭섬의 위력은 과연 놀라워서 동방욱의 소매가 찢기며 양손이 훤히 드러났다. 그와 함께 그의 팔뚝에 십여 개의 혈흔이 생겨났다.

하나 동방욱은 팔의 부상은 아랑곳하지 않고 두 주먹을 연속적으로 휘두르고 있었다.

쿠쿠쿠쿠쿠…….

조금 전만 해도 귀를 기울여야만 간신히 들을 수 있을 정도로 희미했던 뇌성이 완연하게 들릴 만큼 커지며 세찬 권풍이 눈을 못 뜰 정도로 강력하게 몰아쳐 왔다. 풍뢰질풍권이 연환되면서 비로소 제 위력을 발휘하기 시작하는 것이다.

봉구령은 갈수록 강력해지는 동방욱의 주먹에 당혹감을 감추지 못했다. 언뜻 보기에는 정면으로 맞서지 말고 뒤나 옆으로 피하는 것이 제일 좋은 방법 같았으나, 예리한 그의 감각은 그런 식으로는 절대로 저 강력한 주먹의 공세를 피하지 못한다고 말하고 있었다.

그렇다고 마치 쇠로 된 거대한 수레바퀴가 몰려오는 듯한 저 무시무시한 주먹의 폭풍 속으로 선뜻 달려들 자신은 없었다. 그것은 자신이 아닌 누구라 해도 마찬가지일 것이다.

봉구령은 혈섬육창을 완성한 후 강호의 어떤 고수와의 싸움에서도 약세를 보인 적이 없었다. 그런데 지금은 몇 수 겨루지도 못하고 진퇴양난의 처지에 빠지게 되었으니, 그로서는 짐작도 못했던 일이었다.

'경천신수의 무공이 이 정도일 줄이야! 왜 당주가 굳이 우리 세 사람이 모두 가야 한다고 그렇게 거듭 당부했는지 이제야 알겠구나.'

바로 그 순간, 하나의 물건이 섬뜩한 빛을 뿌리며 동방욱의 뒤통수를 향해 날아왔다.

그 물건은 거무튀튀한 색의 철척이었는데, 철척에 담긴 기운이 어찌나 강력했던지 스치기만 해도 금강동인(金剛銅人)이라도 박살 나 버릴 것만 같았다.

시기적절하게 동방광일이 측천척을 휘두르며 달려든 것이다.

동방광일은 이미 동방욱의 무공을 잔뜩 경계하고 있었기에 자신의 성명절기와도 같은 흑룡기공(黑龍氣功)과 광룡투(狂龍鬪)를 전력을 다해 펼치고 있었다.

동방욱은 놀랍게도 풍뢰질풍권을 거두고 물러나지 않았다. 이대로 계속 두 주먹을 휘두른다면 뒤쪽에서 날아드는 측천척을 피할 수 없다는 것을 알고 있을 텐데도 그는 계속 두 주먹을 휘둘러 봉구령을 향한 공세를 늦추지 않고 있었다.

봉구령도 더 이상은 피하거나 물러서지 않았다. 오히려 동방광일이 가세한 기회를 놓치지 않으려고 전력을 다해 혈창을 휘두르며 동방욱의 주먹에 정면으로 맞서 갔다. 혈섬육창 중의 절초인 도섬(屠閃)과 육섬(戮閃)이 거푸 펼쳐지며 사방이 온통 시퍼런 창날의 그림자에 휩싸여 버렸다.

파파파파팍!

두 개의 기병과 두 주먹이 불러일으킨 거센 폭풍이 주위 사방을 폐허로 만들었고, 세찬 흙먼지와 잘린 수목의 잔해들이 한 치 앞도 보이지 않을 정도로 자욱하게 퍼져 나갔다.

"크윽!"

봉구령은 혈창으로 동방욱의 옆구리에 피 구멍 하나를 뚫어 놓았으나, 풍뢰질풍권을 완전히 피하지 못하고 삼권을 격중당하고 말았다.

이 장이나 물러나는 그의 입과 코로 시커먼 핏물이 봇물처럼 쏟아져 내렸다.

하나 봉구령은 오히려 눈을 부릅뜨며 미친 듯이 앞을 주시했다.

동방욱은 여전히 처음의 자리에 우뚝 서 있었다. 담담한 신색도 여전했고 청명하게 빛나는 눈빛도 그대로였다.

왼쪽 옆구리에 작은 구멍이 뚫려 핏물이 조금씩 흘러나오고 있었으나, 그는 상처에는 아랑곳하지 않고 당당한 자세를 유지한 채로 천천히 몸을 돌렸다.

그의 뒤에는 동방광일이 비틀거리며 서 있었다. 간신히 쓰러지지 않고 있는 것만으로도 벅찬지 그의 낯빛은 창백하기 이를 데 없었다.

"우욱!"

마침내 그는 참지 못하고 한바탕 시커먼 피를 게워 내며 휘청거렸다.

이상하게도 그의 오른손에 쥐여 있던 측천척은 어디에도 모습을 보이지 않았다.

동방욱은 여전히 그 자세로 서 있더니 천천히 손을 돌려 자신의 등 쪽을 더듬었다.

팟!

힘을 주자 그의 등에서 한 줄기 핏물이 뿜어 나오며 동시에 그의 손에 측천척이 쥐여 있었다.

동방욱은 자신의 피가 잔뜩 묻어 있는 측천척을 무심히 내려보고 있더니 혼잣말처럼 나직하게 중얼거렸다.

"이번에도 가문의 신물(信物)에 동방가의 피가 묻게 되었군."

동방광일은 피를 토해 낸 다음에야 겨우 신색을 회복했으나, 그 말을 들었는지 표정이 무겁게 굳어졌다.

동방욱은 손에 들고 있는 측천척을 자신의 품속으로 집어넣었다.

그걸 본 동방광일이 버럭 노성을 질렀다.

"무슨 짓이냐?"

동방욱은 여전히 차분한 표정으로 말했다.

"가문의 신물에 더 이상 혈족의 피를 묻힐 수는 없지."

동방욱은 천천히 양손을 들어 올렸다.

"이번에는 단단히 각오하는 게 좋을 거요. 내 손은 측천척과 달라서 당신의 피를 묻히는 걸 마다하지 않을 테니."

동방광일의 낯빛이 핼쑥하게 변하며 손끝이 가늘게 떨렸다.

동방욱이 자신을 향해 성큼 다가오자 동방광일은 참지 못하고 버럭 소리를 질렀다.

"이 망할 고가 놈아! 대체 언제까지 우리를 기다리게 할 참이냐?"

그 순간, 고준의 카랑카랑한 음성이 들려왔다.

"성질도 급하기는. 이제 막 완성되었으니 그렇게 안절부절하지 마시오."

막 동방광일을 향해 다가오던 동방욱이 갑자기 걸음을 멈추었다.

오히려 뒤로 훌쩍 물러서기까지 했다. 그것도 한 번이 아니라 세 번이나 연속해서 빠른 속도로 이리저리 몸을 움직였다. 세 명의 절정 고수들을 앞에 두고도 단 한 번도 흔들림이나 경거망동하지 않던 동방욱에게서는 좀처럼 찾아볼 수 없었던 다급한 모습이었다.

동방욱은 원래 있던 자리에서 삼 장이나 떨어진 곳으로 이동한 후에야 비로소 신형을 멈추었다.

그의 시선이 한 줄기 화살처럼 곧장 한쪽에 가만히 서 있는 고준에게로 향했다. 차분하고 담담했던 지금까지와는 달리 시퍼런 칼날을 품은 듯 서늘하고 날카로운 시선이었다.

"이런 건 처음 보는군. 땅을 타고 공격해 들어오는 독공(毒功)

이라…… 이건 대체 뭐라 불리는 수법이오?"

고준은 동방욱의 섬뜩한 눈빛을 받고도 움츠러들기는커녕 오히려 히죽 웃었다.

"독지계라는 것이오. 동방 대협이 조금 전에 보여 주었던 놀라운 무공과는 비교도 할 수 없는 초라한 잔재주일 뿐이오."

고준은 스스로 잔재주라고 폄하했으나, 동방욱의 얼굴에는 지금까지와는 다른 진지하고 긴장된 기색이 감돌았다.

조금 전 동방욱은 동방광일을 향해 막 신형을 날리려다 발밑으로 무언가 차갑고 서늘한 기운이 다가옴을 알아차렸다. 기운이 어찌나 은밀하게 다가왔던지 그가 무언가 이상하다고 생각했을 때는 이미 발바닥에 따끔한 통증이 느껴지고 있었다.

동방욱은 황급히 다른 곳으로 몸을 이동시켰다. 그럼에도 여전히 그 기운은 그의 발밑을 집요하게 노리고 있었다.

세 번째로 몸을 날리고 나서야 동방욱은 그 기운이 땅을 통해서 자신에게로 침투하고 있음을 깨달았다.

그 기운은 동방욱조차도 지금껏 접해 보지 못했던, 은밀하기 이를 데 없는 독기였다. 설마 땅을 통해 상대를 공격하는 독공이 있으리라고 누가 예상할 수 있겠는가?

동방욱은 황급히 공력을 끌어올려 발밑을 타고 들어오는 독기를 억제했으나, 아직도 발바닥에 은은한 통증이 있음을 느끼고는 새삼 독기의 지독한 위력에 놀라움을 금치 못했다.

"독지계라. 확실히 이름 그대로 무서운 독술이구려. 하지만 이 정도로 나를 쓰러뜨릴 수는 없을 거요."

고준은 무엇이 그리도 재미있는지 입가에 연신 환한 미소를 매달고 있었다.

"천하에 대명이 자자한 경천신수에게 찬사를 받다니 감개무량한 일이오. 하지만 동방 대협의 말씀은 조금 잘못된 것 같소."

"무엇이 잘못됐다는 거요?"

"내 독지계가 비록 천하무쌍의 독공은 아니지만, 그래도 완벽히 펼친다면 충분히 동방 대협을 위태롭게 할 수 있다고 자신하오. 그리고 분명히 말하건대, 독지계는 이미 훌륭하게 완성되어 있소. 그 이름의 의미를 잘 생각해 보도록 하시오."

독지계.

이름 그대로라면 주위를 독지의 세계로 만들어 버린다는 뜻이었다.

동방욱은 문득 떠오르는 생각에 안색이 변해 황급히 발밑을 내려다보았다.

언제부터인지 그의 발아래 땅은 은은한 남색으로 물들어 있었다.

고개를 돌려 주위를 돌아보니 처음 자신이 서 있던 땅은 물론이고 지금 그가 있는 일대가 모조리 남색 천지로 변해 있었다.

남색의 땅에서는 아무런 냄새도 풍겨 오지 않았으나, 동방욱은 한눈에 남색으로 변한 땅 전체가 지독한 독기로 잠식되어 있음을 알아차렸다.

독지계라는 이름 그대로 주위가 온통 독지로 화해 버린 것이다.

실로 가공스러운 독공이 아닐 수 없었다.

동방욱은 안색이 딱딱하게 굳어진 채 그 자리에 미동도 않고 가만히 서 있었다. 이미 땅에서 올라온 푸르스름한 기운은 그의 양발을 물들이는 것도 모자라 조금씩 다리 위로 영역을 확장하고 있었다.

이것이 독지계의 무서움이었다.

독지계는 시전하는 데 적지 않은 시간이 소요될 뿐 아니라 그 사이에 상대가 그 영역을 벗어나게 되면 펼치는 의미가 없어지기 때문에 제 위력을 발휘하기 위해서는 상당히 까다로운 조건이 필요한 수법이었다.

하지만 일단 완벽하게 펼쳐진다면 제아무리 막강한 내공을 가지고 있고 신법이 뛰어난 인물이라 할지라도 독지로 구축된 영역을 벗어나기 힘들었다.

일정 구역에 은밀히 뿌려 둔 극독과 체내에 침투한 독기가 만나는 순간, 그 지역은 예외 없이 끔찍한 독지로 변해 버리고 마는 것이다.

제아무리 담대한 인물이라도 자신이 내딛는 땅이 어느 순간부터 모조리 독지로 변해 버린다는 것을 알게 되면 당황하지 않을 수 없을 것이다. 그리고 그 사실을 알게 된 순간, 이미 자신의 몸 또한 독지의 일부가 되어 버렸다는 것을 깨닫고 절망하지 않을 수 없을 것이다.

동방욱도 자신의 몸이 이미 독공의 침투를 허용했다는 것을 알자마자 황급히 공력을 운기해 독기가 체내로 퍼지는 것을 막으려 했다. 하나 신발을 뚫고 발바닥을 통해 침입한 독기는 그가 아무리 공력을 끌어올려 막으려 해도 멈추지 않고 야금야금 그의 몸을 갉아먹고 있었다.

그제야 동방욱은 자신이 이미 독지계에 완벽하게 당했다는 것을 깨달았다.

어쩌면 세 번의 이동만으로 독공을 벗어났다고 생각하고 몸을 멈춘 것이 실수였는지도 몰랐다. 만약 계속 몸을 놀려 이 일대를 완전히 벗어났다면 독지계에 빠지지 않을 수 있지 않았을까?

'아니, 그때는 이미 늦었을 것이다.'

동방욱은 속으로 고개를 저었다. 처음에 자신이 발바닥에 통증을 느낀 그 순간에 이미 그의 몸은 독지계에서 벗어날 수 없는 상태였음을 직감적으로 알아차린 것이다.

생각할수록 고준의 독지계는 무시무시한 수법이 아닐 수 없었다.

다가오는 줄도 모르고 땅을 통해 전해져 오는 독지계를 대체 어떻게 벗어날 수 있단 말인가?

고준의 정체를 알자마자 그에게 신경을 기울여 그가 다른 수작을 부리지 못하게 하는 것이 독지계를 막을 유일한 방법일지도 몰랐다.

하나 혈창 봉구령과 패존 동방광일 같은 절세의 고수들을 눈앞에 두고 어찌 고준에게만 신경을 쓸 수 있겠는가?

그렇게 본다면 두 명의 절정 고수들을 앞세우고 고준이 나타난 순간, 이미 동방욱의 운명은 결정되어 버렸는지도 몰랐다.

하나 동방욱은 포기하지 않았다. 이미 독지계에 빠져 맹독이 발바닥을 타고 전신으로 퍼져 나가고 있는 와중에도 그는 아직 승부를 포기하지 않았다.

동방욱은 빠르게 무릎 아래의 대혈(大穴) 몇 개를 손가락으로 짚었다.

파파팍!

다섯 개의 대혈을 모두 점하자, 발바닥을 타고 조금씩 위로 번져 올라가던 독기가 무릎을 기점으로 흐름을 멈추었다.

그 광경을 보고 있던 동방광일이 냉소를 날렸다.

"흥! 그런 임시방편으로 심맥을 타고 흐르는 독기를 언제까지 막을 수 있을 것 같으냐? 설사 막는다 하여도 두 다리를 쓰지 못하는 몸으로 내 손을 벗어날 수 있을 것 같으냐?"

동방욱은 천천히 허리를 펴고 담담한 눈으로 그를 바라보았다.

"그렇게 자신이 있다면 왜 나에게 덤벼들지 않는 것이오?"

동방광일의 얼굴이 붉게 상기되었으나, 어찌 된 일인지 선뜻 몸을 움직이지 않고 주춤거리고 있었다.

그도 그럴 것이 독지계로 인해 동방욱의 주위 일대가 온통 푸르스름하게 변한 것을 두 눈으로 똑똑히 보고 있는데, 그 안으로 뛰어들 용기가 생길 리 없었다.

동방광일이 한쪽에 서 있는 고준을 힐끗 돌아보았다.

"독지로 들어갈 방법이 있는가?"

고준은 고개를 저었다.

"저 독지는 일곱 가지 극독이 뒤섞여 생성되는 것이라 일단 펼쳐지면 자연적으로 해체되기 전에는 누구도 저 안으로 들어갈 수 없소."

"자네도 말인가?"

"나도 사람이오."

시전한 고준조차도 마음대로 해체하거나 취소하지 못한다는 말에 동방광일은 새삼 독지계의 무서움을 깨달았는지 안색이 살짝 굳어졌다.

"저 독지는 언제 사라지는 건가?"

고준은 심드렁한 표정으로 대꾸했다.

"정확한 건 나도 모르오. 빠르면 한 시진 만에 없어질 수도 있고, 늦으면 반나절이 걸릴지도 모르오. 운이 나쁘면 며칠 걸릴 수도 있고."

동방광일의 짙은 눈썹이 세차게 찌푸려졌다.

"자기가 펼치고도 언제까지 유지되는지조차 모른단 말인가?"

고준은 한 차례 어깨를 으쓱거렸다.

"독기의 움직임은 날씨와 기온, 습도, 바람의 방향, 그리고 땅의 경도 등 주변의 여건이나 상황에 따라 판이하게 달라지는 법이오. 인력으로는 어쩔 수가 없소."

동방광일은 분노가 치밀어 오르는지 얼굴이 흉하게 일그러졌다.

"그렇다면 저놈을 이대로 지켜보고 있어야만 한단 말인가?"

"그는 다리를 움직일 수 없는 상태이니 느긋하게 기다려 보시오. 정 급하면 가주께서 직접 솜씨를 부려 보시든가."

"정말 이러긴가?"

동방광일이 계속 자신을 윽박지르자 여유만만한 미소가 어려 있던 고준의 표정도 조금씩 굳어져 갔다.

"그의 발을 묶고 중독시킨 것만으로 내가 할 일은 다 한 것이오.

두려워 몸도 제대로 움직이지 못한 채 발만 동동 구르고 있는 가주가 나를 탓할 일은 아니라고 생각하오."

동방광일의 얼굴이 순간적으로 시뻘겋게 변하며 코로 거친 숨이 흘러나왔다.

하나 동방광일은 차마 그에게 화를 내지 못했다.

고준의 신분은 자신과 같은 위치에 있으며, 강호에서의 명성이나 배분도 별로 차이가 없었다. 동방광일과 마찬가지로 고준도 엄연히 한 문파를 이끌고 있는 문파의 주인이었고, 무공 또한 그에게 크게 뒤지지 않았다.

무엇보다 고준의 독공은 정말 무서워서 미리 방비하지 않는다면 제아무리 뛰어난 실력의 고수라 해도 피하는 건 불가능에 가까웠다. 동방광일은 몇 번이나 그가 독공을 펼치는 모습을 보아왔기에 그가 결코 만만하게 상대할 사람이 아님을 누구보다 잘 알고 있었다.

고준의 말마따나 이대로 시간만 지나도 동방욱은 독기의 침입을 막지 못하고 한 줌 핏물이 되거나, 무리하게 움직이다가 두 다리를 잃어버릴 게 분명했다.

동방광일 또한 자신들이 절대적으로 유리한 위치에 있다는 것을 알고 있었다. 하나 동방욱의 숨통이 끊어지는 장면을 직접 보기 전까지는 마음을 놓을 수 없다는 게 동방광일의 솔직한 심정이었다.

그만큼 동방광일은 동방욱에게 무거운 중압감을 느끼고 있었다.

더 이상 고준에게 볼일이 없어진 동방광일은 봉구령에게로 시선을 돌렸다.

봉구령의 낯빛은 아직도 창백했고, 얼굴과 앞가슴에는 피를 토한 흔적이 역력했다. 그럼에도 창을 들고 서 있는 자세는 흐트러짐이 없었고, 몸에서 풍기는 기도 또한 날카롭기 그지없었다.

봉구령은 칼날처럼 예리하고 서늘한 눈으로 동방욱을 쏘아보고 있었는데, 그의 손에 패퇴당한 것이 상당한 충격을 준 모양이었다.

동방광일은 봉구령을 향해 다가갔다.

"어쩔 셈인가? 이대로 언제 없어질지도 모를 독지가 사라지기만을 기다리고 있을 텐가?"

동방광일의 물음에 봉구령은 그를 돌아보지도 않고 냉랭한 목소리로 입을 열었다.

"그건 미련한 짓이지."

동방광일은 반색을 했다.

"역시 자네와는 말이 통하는군. 어찌했으면 좋겠는가?"

"우리가 들어갈 수 없다면 끄집어내야지."

"어떻게 말인가?"

살기로 번들거리는 봉구령의 눈이 한쪽으로 향했다.

"저기 아주 좋은 미끼가 있지 않소?"

무심코 그쪽을 돌아본 동방광일의 눈에 기광이 번뜩거렸다.

그의 시선에 들어온 것은 하늘색 유삼의 청년이었다. 독지 속에 위태롭게 서 있는 동방욱을 그는 수심에 가득 찬 얼굴로 초조하게 바라보고 있었다.

제373장

형세미궁(形勢迷宮)

제373장 형세미궁(形勢迷宮)

한시몽은 격하게 두근거리는 마음을 간신히 부여잡고 있었다.

몇 시진 전만 해도 설마 이런 일이 자신의 눈앞에서 벌어지리라고는 상상조차 하지 못했었다.

경천신수 동방욱이 누구인가?

무림에서 활동한 시간이 짧아 무림구봉의 반열에 오르지는 못했지만, 실력만큼은 구봉과 견주어도 손색없다는 걸 모두가 인정하는 최고의 고수가 아닌가. 심지어 무림구봉보다 높은 위치에 있는 마도제일인 신목령주조차 감탄해 마지않는 구대 절학의 소유자이기도 했다.

한시몽은 신목령의 오천왕 중에서 낙화수사 조옥린을 가장 존경하고 있었지만, 그런 조옥린도 진실한 무공 실력으로는 결코 동방욱의 상대가 되지 않는다는 걸 너무도 잘 알고 있었다.

조옥린은 예전에 종남산에서 서장무림의 고수인 철사자 등곽의 괴혈장에 치명적인 부상을 입은 후 아직 본신의 실력을 모두 되찾지는 못하고 있었다. 신수무정 제갈외 덕분에 목숨이 위태로운 최악의 상태는 넘겼지만, 그의 나이가 나이이니만큼 설사 완쾌된다고 해도 전성기 시절에 보여 주었던 경지에는 더 이상 오르지 못할 것이 분명했다.

신목령의 십이사자 중 신목령주에게 직접 무공을 전수받은 자는 백자목이 유일했고, 그 외의 다른 인물들은 대부분 오천왕에게 고루 가르침을 받았다.

동방욱이 동방촌에 칩거한 채 강호에 좀처럼 나오지 않았기에 십이사자들이 동방욱에게 배움을 청하기 위해서는 중원의 구석에 있는 동방촌까지 와야만 했다. 하나 동방촌이 워낙 도시에서 멀리 떨어져 있는 데다, 동방욱 또한 누군가를 가르치는 일에는 적지 않게 까다로운 사람이었기에 막상 십이사자들 중 그에게 제대로 무공을 배운 사람은 그리 많지 않았다.

그나마 가장 열성적으로 동방촌을 찾은 사람이 신목십이호 한시몽이었다.

한시몽은 신목령의 사자들 중 제일 막내였으나, 무공에 대한 재능만큼은 첫째인 백자목과 비견할 정도로 최고의 인재로 손꼽히고 있었다.

동방욱은 나이가 어리면서도 무공에 대한 뛰어난 재질과 뜨거운 열정을 지니고 있는 한시몽을 귀엽게 여겨 그에게 자신의 진전을 알려 주는 것을 주저하지 않았다. 동방욱의 구대 절학 중 네

가지 이상을 배운 사람은 열두 명의 사자들 중에서도 한시몽이 유일할 정도로, 동방욱의 한시몽에 대한 기대와 관심은 각별한 것이었다.

한시몽이 가장 최근에 동방욱에게 배우고 있는 것은 철비파수(鐵琵琶手)라는 무공으로, 비파를 연주하는 듯한 가벼운 동작 안에 상대의 뼈를 으스러뜨리는 가공할 위력이 숨겨 있는 상승 절학이었다. 동방욱 스스로가 자신의 무공 중에서도 세 손가락 안에 꼽는 최고의 수공이어서, 아직 한시몽을 제외한 누구에게도 가르쳐 준 적이 없었다.

늦은 오후, 동방욱에게 한 장의 밀서(密書)가 날아드는 순간에도 한시몽은 그의 곁에서 철비파수를 가다듬는 데 심력을 기울이고 있었다.

누가 보냈는지 모를 그 밀서를 읽어 본 동방욱은 한참이나 깊은 생각에 잠겨 있더니 동방촌의 촌장을 불러 무언가 지시를 내렸다.

동방욱이 한시몽에게 오늘 저녁의 공기가 심상치 않다며 주의를 당부할 때만 해도 한시몽은 별다른 걱정을 하지 않았다. 자기 혼자뿐이면 몰라도 천하의 동방욱이 함께 있는데 무슨 큰일이 일어나겠는가 싶었던 것이다.

하나 야심한 시각에 동방욱의 거처를 습격한 자들은 결코 호락호락한 인물들이 아니었다.

동방욱은 다른 집에 피해가 갈 것을 우려해 그들을 근처의 야산으로 유인했는데, 신법에 특출한 재능을 가진 한시몽도 놀라지 않을 수 없을 정도로 그들의 움직임은 표홀하고 재빠르기 그지없었다.

동방욱과 한시몽을 쫓아온 자들은 체구가 건장한 노인과 갈의를 입은 젊은 청년이었다. 한시몽으로서는 모두 처음 보는 인물들인 반면, 동방욱과 노인은 서로 아는 사이임이 분명해 보였다.

한시몽은 자연스레 갈의 청년과 싸움을 벌이게 되었는데, 그자의 무공은 결코 한시몽의 아래가 아니었다. 특히 그의 기형검에서 발출되는 검기는 어딘지 모르게 눈에 익은 듯하면서도 예측할 수 없는 치명적인 위력을 지니고 있어서 한시몽은 싸우는 내내 단 한순간도 마음을 놓을 수가 없었다.

결국 갈의 청년과는 승부를 가르지 못하고 물러나야 했지만, 한시몽의 뇌리에는 오늘의 일이 순탄하게 끝나지는 않을 것 같다는 불길한 예감이 스쳐 가고 있었다.

뒤이어 다시 두 명의 괴인들이 나타났다.

한시몽은 그때야 비로소 그들이 쾌의당의 고수들임을 알게 되었다. 그들의 정체가 말로만 듣던 쾌의당의 사방신임을 알고 난 한시몽의 마음속에는 막연하게만 느껴졌던 희미한 불안감이 점차로 현실로 구현되어 커져 가는 것만 같았다.

사방신 중 세 사람이 동방욱을 합공하려 했을 때, 한시몽은 순간적으로 그들 싸움에 끼어들어야 할지 말아야 할지 망설였다. 하나 그가 잠깐 머뭇거린 찰나, 그의 눈앞에서 급작스럽게 펼쳐진 상황들은 그로서는 끼어들 엄두도 낼 수 없는 엄청난 것들이었다.

동방욱은 현오하기 그지없는 무공으로 사방신 두 사람을 단숨에 격퇴시켰으나, 마지막 하나의 고비를 넘지 못하고 말았다.

동방욱이 서 있는 일대가 모두 독지로 변해 버린 장면은 놀라움을 넘어 충격을 주기에 충분한 것이었다. 한시몽은 그런 독술이 있다고는 단 한순간도 상상조차 해 본 적이 없었다. 한시몽이 아닌 다른 누구라도 그러할 것이다.

사실 독지계는 놀라운 독술이긴 하지만, 몇 가지 치명적인 단점을 가지고 있었다. 시전하는 데 상당한 제약이 뒤따를 뿐 아니라, 완벽히 펼쳐진 후에는 시전자조차 마음대로 조정하지 못할 정도로 위험천만한 요소를 지닌 수법이었다.

한시몽이 조금만 더 냉정하고 강호의 경험이 풍부했다면 그러한 독지계의 단점을 알아차렸을 것이고, 그 허점을 이용할 방법을 모색하려 했을 것이다.

하나 한시몽은 그러지 못했고, 그의 눈에 비친 독지계는 인간의 힘으로는 어쩔 수 없는 절대적인 존재로만 여겨졌다. 그래서 한시몽은 암담한 절망감에 빠져 아무런 행동도 취하지 못하고 망연자실한 표정으로 우두커니 서 있을 뿐이었다.

한시몽은 어려서부터 무공의 천재로 주위의 기대를 한 몸에 받아 왔고, 신목령에 들어온 후에는 누구나가 인정하는 강호의 후기지수로서 늘 남들의 칭송과 찬사 속에 살아왔다. 그런 한시몽으로서는 자신이 하늘같이 믿고 의지하던 동방욱이 독지에 갇혀 꼼짝도 못 하는 신세가 되어 있는 지금의 상황이 너무도 충격적일 수밖에 없었다.

'어찌해야 하는가?'

한시몽은 이대로 가만히 있을 수는 없다고 생각했으나, 자신이 무얼 어떻게 해야 할지 결정을 할 수가 없었다. 동방욱을 구하러 독지로 뛰어들 수도 없고, 그렇다고 그를 내버려두고 혼자 몸을 피할 수도 없었다. 독지를 펼친 고준에게 덤벼들고 싶어도 그의 독공을 당해 낼 자신이 없었다.

한시몽이 흔들리는 눈동자로 동방욱을 바라보고 있을 때였다.

휘익!

한 차례 차가운 바람이 일렁이며 누군가가 그에게로 빠르게 날아들었다.

한시몽이 퍼뜩 정신을 차리고 고개를 들어 보니 멀찌감치 떨어져 있던 동방광일이 무서운 속도로 자신을 향해 돌진해 들어오고 있었다. 동방광일의 두 눈에 이글거리듯 피어올라 있는 살기 어린 눈빛이 시야에 가득 들어온 순간, 한시몽은 자신도 모르게 오른손을 불쑥 앞으로 내밀었다.

쾅!

한시몽은 내뻗었던 오른손이 부러지는 듯한 통증에 얼굴이 잔뜩 일그러졌으나, 뒤로 물러서지 않고 반탄력을 이용하여 옆으로 몸을 회전시키며 왼손을 번개같이 휘둘렀다.

동방광일은 한시몽이 자신의 일장을 정면으로 받고도 오히려 반격을 가해 오자 눈을 부릅뜨고 사나운 일갈을 토해 냈다.

"하룻강아지 같은 놈이 감히 누구 앞에서 잔재주를 부리려는 게냐?"

그의 양손이 질풍처럼 흔들리며 거센 경기를 일으켜 냈다.

파파파팡!

수십 개의 수영(手影)이 구름처럼 일어나 한시몽의 전신을 뒤덮어 갔다.

한시몽은 사력을 다해 동방광일의 공세에 맞섰으나 누가 보기에도 거센 바람 앞에 언제 꺼질지 모르는 촛불처럼 위태롭기 그지없었다. 한시몽의 무공이 비록 젊은 층에서는 손가락에 꼽힐 만큼 높다고 해도 오랫동안 운남성의 패자로 군림해 왔던 동방광일에 비할 수는 없었다.

동방광일은 너무도 수월하게 한시몽의 방어를 뚫고 그의 지척까지 접근하여 거침없이 그의 목덜미를 향해 손을 내뻗고 있었다.

한시몽은 더 이상 피할 수 없다고 생각했는지 오른손을 두서없이 마구 흔들어 댔다. 뚜렷한 투로도 없고 제대로 공력도 담겨 있지 않은 듯한 미약한 손짓은 태풍에 휩쓸린 나방의 마지막 발버둥처럼 부질없어 보였다.

쇠로 만들어진 갈고리처럼 단단한 손가락으로 막 한시몽의 목을 움켜잡으려던 동방광일이 갑자기 다급한 표정으로 훌쩍 뒤로 물러났다. 그 순간, 한시몽의 아무렇게나 흔들리는 듯하던 오른손이 동방광일의 옆구리를 아슬아슬하게 스치고 지나갔다.

파아아…….

동방광일의 옆구리 부분 옷자락이 먼지처럼 부스러졌다. 그와 함께 훤하게 드러난 그의 옆구리에는 시퍼런 손도장이 선명하게 찍혀 있었다.

동방광일은 갈비뼈가 으스러지는 듯한 통증에 이를 악물며 다시 한 걸음 뒤로 물러났다. 그나마 마지막 순간에 한시몽의 손짓에 무언가 심상치 않은 기운이 담겨 있음을 알아차리고 몸을 피했기에 망정이지, 하마터면 그대로 몸통을 가격당해 치명적인 상태에 빠지고 말았을 것이다.

그것이 바로 한시몽이 최근 들어 심혈을 기울여 연마하고 있는 동방욱의 절학, 철비파수임은 동방광일도 알지 못했다. 하나 자기가 방심한 탓에 하마터면 이제 겨우 약관을 벗어난 한시몽의 손에 크게 낭패를 당할 뻔했다는 것만큼은 누구보다 확실하게 알수 있었다.

살심이 솟구친 동방광일은 성난 노호성을 터뜨리며 무서운 속도로 달려들었다.

"이 찢어 죽일 놈!"

그의 오른손이 커다란 원을 그려 댔다.

고오오오!

괴이한 음향과 함께 거대한 기운이 요동치며 일어나기 시작했다.

분노를 참지 못한 동방광일이 지신의 최고 절학인 사방건원장(四方乾元掌)을 펼친 것이다. 사방건원장은 달리 절명수(絕命手)라는 이명을 가지고 있을 정도로 살인적인 위력을 지니고 있어서, 정파를 표방하는 명문 세가의 무공으로는 어울리지 않는 면이 있었다. 그래서 동방광일도 아주 위급한 상황이나 남들의 시선이 없는 곳이 아니면 좀처럼 사용하지 않는 비전의 절학이었다.

그런 무서운 무공을 자신의 손자뻘밖에 되지 않는 한시몽을 향해 거침없이 펼친 것만 보아도 그가 지금 얼마나 분노에 가득 차 있는지를 어렵지 않게 짐작할 수 있었다.

한시몽은 회심의 한 수로 생각했던 철비파수로 동방광일에게 부상을 입히기는 했으나, 오히려 그의 가공할 공세를 맞닥뜨리게 되자 한순간 암담한 절망감에 빠질 수밖에 없었다. 지금의 그로서는 사방에서 무시무시한 기세로 휘몰아쳐 오는 상대의 공격을 막아 낼 수 없다는 걸 깨달은 것이다.

한시몽의 얼굴이 시커멓게 변하는 순간, 갑자기 그의 귓전으로 한 구절 시구를 읊는 듯한 음성이 날아들었다.

"좌분광(左分光), 우월강(右月罡), 선호반전(仙狐反轉)!"

그 목소리의 주인이 누구인지 확인할 겨를도 없이 한시몽의 몸은 무의식적으로 그 음성을 따라 움직이기 시작했다. 음성의 말대로 왼손으로는 분광착영수를 펼치고, 오른손은 월강수를 뿌려 댔으며, 몸을 뒤집으며 선호보(仙狐步)의 구결을 밟아 나간 것이다.

금시라도 한시몽의 전신을 압축해 버릴 듯 가공할 기세로 몰아쳐 오던 동방광일의 거침없는 공세에 작은 구멍이 뚫렸다. 허공을 비상하는 한 마리 여우처럼 허리를 뒤로 한껏 젖힌 한시몽의 눈에 검은빛으로 물든 밤하늘이 가득 들어왔다.

그 어두운 암천의 한편에서 하나의 신형이 유성과 같은 기세로 허공을 가로질러 자신의 머리 위로 떨어져 내리는 광경은 한 폭의 그림과도 같아서 한시몽은 그저 멍하니 바라보고 있을 수밖에 없었다.

그 신형이 조금 전까지만 해도 독지에 갇힌 채 꼼짝도 못 하고 있던 동방욱임을 깨닫고 한시몽이 눈을 부릅뜬 순간, 그의 몸에 엄청난 격통이 다가왔다.

콰르릉!

"크윽!"

"으음!"

거센 굉음과 사방으로 퍼져 나가는 경기의 파편 속에서 몇 가닥의 짧은 신음과 비명이 거푸 흘러나왔다.

사방을 뒤덮을 듯 자욱하게 피어올랐던 연기가 차츰 가시며 드러난 장내의 광경은 누구도 예상치 못했던 것이었다.

한시몽은 십여 장 밖의 풀숲 앞에 쓰러져 있었는데, 이미 숨이 끊어졌는지 미동도 하지 않고 있었다.

동방광일의 상황도 그리 좋아 보이지는 않았다. 그는 마치 술 취한 사람처럼 몸을 휘청거리며 거의 다섯 걸음이나 물러나 있었는데, 그와 같은 수준의 고수가 그런 모습을 보인다는 자체가 그가 조금 전의 격돌에서 얼마나 큰 충격을 받았는지를 여실히 보여 주는 것이었다.

"우웩!"

결국 동방광일은 시커먼 피를 한 사발이나 토해 내더니 그 자리에 맥없이 주저앉고 말았다. 운남성 제일의 패자로 오랫동안 군림해 오던 그에게서는 좀처럼 볼 수 없었던 낭패스러운 모습이 아닐 수 없었다.

한시몽과 동방광일이 격돌했던 자리에는 뜻밖에도 동방욱이 우뚝 서 있었다. 조금 전만 해도 동방욱은 두 다리의 혈을 봉쇄하여

독이 심맥을 타고 흐르는 것을 간신히 막고 있는 상태였었다. 그런 몸으로는 신법을 펼칠 수 없음에도 불구하고 그는 원래의 자리에서 십 장이나 떨어진 이곳까지 허공을 격하고 단숨에 날아든 것이다.

철탑처럼 그 자리에 오연히 서 있는 그의 왼손에는 푸르스름한 빛이 감돌고 있었다. 찢어진 소맷자락 사이로 손목까지 푸르게 물들인 기운이 조금씩 팔뚝을 타고 오르는 모습이 선명하게 드러났다.

그럼에도 동방욱은 왼팔을 타고 올라오는 독기는 신경도 쓰지 않은 채 자신의 아랫배를 내려다보고 있었다.

하나의 창이 그의 배를 뚫고 들어가 등 뒤까지 삐져나와 있었다.

동방욱은 자신의 배를 관통한 그 창을 무심한 시선으로 보고 있다가 천천히 고개를 쳐들어 창의 주인에게로 시선을 고정시켰다.

일 장에 가까운 창대를 굳게 잡고 있는 사람은 다름 아닌 봉구령이었다. 봉구령은 창을 앞으로 내민 자세 그대로 가만히 서 있었는데, 자세히 보면 그의 얼굴 전체에 가느다란 경련이 쉴 없이 계속 일어나고 있음을 알 수 있을 것이다. 봉구령은 항상 냉정하고 표정이 거의 없는 인물이었으나, 지금은 누가 보기에도 확연히 알 수 있을 만큼 눈빛이 격하게 흔들리고 있었다.

동방욱은 물끄러미 봉구령의 얼굴을 보고 있다가 거의 알아차릴 수도 없을 만큼 나직한 음성으로 말했다.

"정말 무서운 창법이군. 이 초식의 이름은 뭐요?"

봉구령은 여전히 창을 앞으로 내뻗은 모습으로 전혀 움직임이 없었다. 문득 석상처럼 굳게 다물려 있던 그의 입술이 살짝 열리며 낮게 가라앉은 탁한 음성이 흘러나왔다.

"무섬(無閃)."

동방욱은 고개를 끄덕였다.

"번쩍임이 없다라. 확실히 여타의 초식과는 달리 그리 빠르다는 느낌은 받지 못했소. 그런데도 아주 시기적절하게 공간을 파고들어 내 허점을 찔러 들어오더군."

"……."

"정면으로 대결해도 나로서는 완벽히 막는다고 자신할 수 없었을 거요. 이런 초식을 한낱 암습으로 사용하기에는 아깝지 않소?"

봉구령은 여전히 입을 굳게 다문 채 아무런 대꾸도 하지 않았다.

동방욱의 팔을 타고 오르던 푸르스름한 기운이 얼굴 부근까지 번져서 얼굴 곳곳에 검게 변색된 부분이 나타나기 시작했다. 그럼에도 동방욱은 여전히 담담한 눈으로 봉구령을 응시하고 있었다. 오히려 그 시선과 마주친 봉구령의 눈빛이 격한 흔들림을 보일 정도였다.

"당하면서도 정말 아쉬웠소. 제대로 된 상황에서 이 초식을 만났다면 얼마나 좋았을까 하고 말이오."

"……."

"이제 그럴 기회조차 사라졌다는 것이 안타깝군……."

말이 끝나기도 전에 동방욱의 고개가 푹 꺾이며 몸이 축 늘어져 버렸다. 여전히 창에 몸이 꿰어 있기에 바닥에 쓰러지지는 않았지만 창대에 몸이 꿰인 채 힘없이 늘어져 있는 그의 모습은 처참하기 이를 데 없는 것이었다.

봉구령은 창대를 잡아 뽑았다.

파앗!

검붉은 핏물이 튀어나오며 동방욱의 신형이 허물어지듯 바닥에 쓰러지고 말았다. 그의 몸에서 흘러나오는 핏물은 붉기보다는 검은색에 더 가까웠는데, 은은한 악취까지 배어 있어 한눈에 보기에도 맹독의 기운이 담겨 있음을 쉽게 알 수 있을 정도였다.

차가운 땅바닥에 엎드려 있는 동방욱의 몸은 이내 시커먼 핏물에 잠겨 들어갔다. 무림구봉에 못지않다고 평가받던 절세 고수의 최후라고는 믿기지 않을 만큼 허무한 죽음이었다.

이상한 것은 봉구령이었다. 강적인 동방욱을 창으로 쓰러뜨렸음에도 그는 전혀 기뻐하거나 뿌듯해하는 기색이 없었다. 오히려 딱딱하게 굳은 얼굴로 몸을 떨고 있다가 휘청거리기까지 했다. 창대로 땅을 짚어 몸을 지탱하지 않았다면 바닥에 나뒹굴고 말았을지도 몰랐다.

부스스…….

그의 가슴팍 부근 옷자락이 먼지로 화해 부서지며 잘 단련된 건장한 가슴이 송두리째 드러났다. 그 가슴의 중앙에 잎사귀 모양의 손도장 하나가 선명하게 찍혀 있었다.

장인(掌印)의 크기는 어린아이의 손바닥만 했는데, 어찌나 생생했던지 얼핏 보기에는 진짜 나뭇잎 하나가 가슴 위에 올려져 있다고 착각할 정도였다.

봉구령의 코와 입으로 시뻘건 핏물이 주르르 흘러내렸다. 봉구령은 떨리는 손으로 장인 부근의 혈도 몇 개를 짚고는 다시 한 차례 몸을 휘청거렸다.

그때 한 사람이 그의 앞으로 다가왔다.

"일이 이렇게 되어 버릴 줄이야. 강호의 일이란 정말 예측하기 어렵구나."

한숨인지 탄식인지 모를 소리를 중얼거리고 있는 그 사람은 지금까지 한쪽에 멀찌감치 떨어져서 사태를 관망하고 있던 고준이었다. 고준은 시커먼 핏물 속에 잠겨 있는 동방욱의 시신을 보고 있다가 몇 차례인가 혀를 차고는 다시 봉구령에게로 시선을 돌렸다.

봉구령의 가슴에 나 있는 장인과 그의 핼쑥해진 얼굴을 본 고준이 눈을 크게 떴다.

"이런…… 괜찮은 거요?"

봉구령은 가슴을 타고 치밀어 오르는 통증을 억누르며 날카로운 눈으로 그를 쏘아보았다.

"동방욱이 독지를 벗어날 수 없다고 하지 않았나?"

고준은 입맛을 다시며 고개를 흔들었다.

"나도 그가 설마 자신의 한 손을 희생해 가면서까지 독지의 영역을 벗어날 줄은 몰랐소. 그리고 당신들 두 사람이 암습을 하고도 그와 양패구상(兩敗俱傷)을 할 줄은 더더욱 몰랐소."

봉구령의 얼굴에 스산한 빛이 감돌았다.

"말을 함부로 하는군. 양패구상이라니…… 동방욱의 저런 꼴을 보고도 그런 말을 하는가?"

고준은 한숨을 내쉬었다.

"그래서 양패구상이라고 하는 거요. 동방욱의 몸이 중독되지 않고 정상이었다면 당신의 가슴에 손자국이 찍힌 게 아니라 그 모양 그대로 구멍이 뚫렸을 거요. 그랬다면 동귀어진(同歸於盡)이라고 해야겠지."

봉구령의 얼굴이 딱딱하게 굳어졌으나, 더 이상 다른 대꾸는 하지 않았다. 고준의 말이 한 치의 과장됨도 없는 진실이라는 것을 그 자신이 너무도 잘 알고 있기 때문이었다.

동방욱의 마지막 한 수는 정말로 무서웠다.

십여 장의 허공을 날아 장중(場中)으로 뛰어든 동방욱은 왼손과 두 다리를 쓸 수 없는 상태였다. 독지에서 흘러나오는 독기를 막기 위해 두 다리의 혈도를 봉쇄한 동방욱은 한시몽이 위기에 처한 것을 보고는 왼손으로 땅을 후려치며 그 반탄력을 이용해 한시몽과 동방광일의 사이로 날아들었던 것이다.

그 때문에 그의 왼손은 독기에 깊이 물들어 버렸다.

두 다리와 한 팔을 쓰지 못하는 상황에서도 동방욱은 오른손만으로 동방광일을 날려 버렸고, 그 틈을 노리고 봉구령은 치명적인 암습을 가해 왔다.

봉구령이 펼친 무섬은 혈섬육창의 최고 초식으로, 봉구령은 이 초식을 펼쳐서 실패한 적이 아직 단 한 번도 없었다. 더구나 이번에는 동방욱이 이쪽으로 오리라는 것을 알고 미리 방위를 선점한 상태에서 적절한 시기에 공격을 가했기 때문에 그 효과는 극에 달해 있었다.

설사 동방욱이 정상적인 몸 상태였다 하더라도 승부를 예측하기 힘들 터였는데, 두 다리와 한 팔을 쓰지 못하는 상황에서 그런 완벽한 공격을 피할 수 있을 리가 없었다.

봉구령의 창은 한 치의 어긋남도 없이 동방욱의 아랫배를 뚫고 들어갔다. 그리고 그 순간, 동방광일을 날려 버린 동방욱의 오른손이 너무도 유연하게 봉구령의 가슴을 향해 다가왔던 것이다.

그 손의 움직임은 불가사의할 정도로 현묘한 것이어서 봉구령으로서는 그저 눈을 뻔히 뜨고 그 손이 자신의 가슴에 와 닿는 것을 보고 있을 수밖에 없었다.

동방욱의 손이 닿는 순간, 봉구령은 사력을 다해 전신의 내공을 끌어올려 심맥을 보호하려 했다. 무언가 차가운 한기가 그 내공의 벽을 너무도 수월하게 뚫고 몸속으로 파고든 것은 바로 그 직후였다.

봉구령은 순간적으로 암담한 절망감을 느꼈으나, 그 한기는 이내 빠르게 사라져 버렸다. 독기에 중독된 상태에서 무리를 한 동방욱의 진기가 바로 그때 바닥을 드러내었던 것이다.

동방욱에게 한 줌의 진기만 더 남아 있었어도 봉구령의 심장은 철저히 파괴되어 버렸을 것이다. 그리고 고준이 말한 대로 봉구령 또한 시커먼 핏물 속에 식어 가고 있는 동방욱과 같은 신세가 되고 말았을 것이다.

다행히 마지막 순간에 동방욱의 힘이 다하는 바람에 봉구령은 심각한 내상을 입기는 했으나 심장을 무사히 보호할 수 있었고, 무시무시한 동방욱의 손에서 살아남을 수 있었다. 평생 두려움을 모르고 험한 칼날 아래서 살아온 봉구령으로서도 아찔한 절망감을 느낄 수밖에 없었던 절체절명의 순간이었다.

어찌 되었건 그들은 당초 목표였던 동방욱을 제거할 수 있었다.

자신들 세 명이 전력을 기울이고도 양패구상을 면치 못할 정도로 동방욱의 무공은 가공스러운 것이었으나, 결과는 변함이 없었다. 세 사람은 모두 살아남았고, 동방욱만 비명에 쓰러지고 말았다.

봉구령은 아직도 체내에서 들끓고 있는 진기를 다스리느라 신경을 곤두세우고 있다가 무심코 주위를 둘러보고는 이내 안색이 딱딱하게 굳어졌다. 그는 다시 한 차례 주위를 두리번거리다가 황급히 고준을 돌아보았다.

"신목십이호는 어디 있나?"

고준은 어리둥절한 표정으로 되물었다.

"신목십이호라니? 누구를 말하는 거요?"

"동방 가주와 싸우던 꼬맹이 말일세."

"그자라면……."

고준은 한시몽이 나가떨어졌던 곳으로 고개를 돌렸다가 이내 눈을 크게 떴다.

풀숲 앞에 쓰러져 있던 한시몽의 시신이 감쪽같이 사라져 있는 것이다.

"어? 저쪽에 있었는데?"

봉구령은 다시 동방광일에게로 시선을 돌렸다. 하나 동방광일은 바닥에 앉은 채 운기요상에 정신이 없어서 물어볼 수가 없었다.

봉구령은 마지막으로 한시몽과 제일 처음 싸웠던 갈의 청년을 돌아보았다.

"둘째 공자, 한시몽을 보았소?"

갈의 청년도 고개를 흔들었다.

"그자가 쓰러진 뒤로는 동방욱에게만 신경을 쏟고 있었습니다."

누구라도 그러했을 것이다. 한시몽은 이미 피를 토하며 십여 장 밖에 쓰러져 버렸으니, 모두의 시선이 온통 동방욱에게 집중될 수밖에 없었다.

봉구령 자신도 그러했기에 갈의 청년을 탓할 수는 없었다.

봉구령은 가슴이 갈라지는 듯한 통증을 억누르며 한시몽이 누워 있던 공간으로 몸을 날렸다.

조금 전에 사람이 누워 있었던 듯한 흔적이 아직도 남아 있었고, 주위에는 핏자국 또한 선명했다. 하나 아무리 주위를 둘러보아도 한시몽의 모습은 보이지 않았다.

봉구령은 이를 부드득 갈았다.

"동방욱, 끝까지 약은 수를 썼구나!"

봉구령은 조금 전에 한시몽이 날아간 것이 충격을 받아서가 아니라 동방욱의 수작에 의한 것임을 깨닫고 분통을 터뜨렸으나 그건 때늦은 후회일 뿐이었다.

고준의 표정도 그리 밝지는 않았다.

그가 오늘 펼친 독지계는 사전 준비가 대단히 힘들고 복잡해서 적지 않은 심력을 소모해야만 했다. 게다가 독지계를 이루는 중추적인 극독 몇 가지는 다시 구하기가 쉽지 않은 것들이어서 그로서는 상당한 출혈을 감수하고 일을 벌인 것이었다.

그런데 막상 우려했던 동방욱을 쓰러뜨리는 데는 성공했지만 예상치 못하게 신목십이호를 놓치게 되었으니 입맛이 쓸 수밖에 없었다.

"일이 이렇게 되고 보니 오늘 일은 이득을 보기보다는 손해를 본 느낌이 드는군."

반면에 갈의 청년의 표정은 의외로 평상시와 다름이 없어 보였다.

"그래도 동방욱을 제거한 것은 큰 성과입니다. 사부님께서도 충분히 만족하실 겁니다."

고준은 쓸쓸한 웃음을 흘렸다.

"둘째 공자가 그렇게 말해 주니 안심이 되는구려. 아무튼 이번 일로 중원의 하늘이 얼마나 높고 깊은지 조금이라도 알게 된 것 같소. 마치 우물 안 개구리가 비로소 우물 밖 세상을 본 듯한 느낌이라고나 할까?"

고준이 정저지와(井底之蛙)에 비유하며 스스로를 비웃었으나, 갈의 청년은 물론이고 봉구령 또한 그를 조금도 우습게 보지 않았다. 오늘 일은 고준의 공이 절대적이었음을 그들도 여실히 알고 있는 것이다.

때마침 운기조식을 끝낸 동방광일이 주위를 둘러보다 피바다 속에 누워 있는 동방욱의 시신을 발견하고는 이내 호탕한 웃음을 터뜨렸다.

"크하하! 본가(本家)를 무시하고 혼자 고고한 척 오만을 떨더니 결국 이런 꼴이 되고 말았구나! 세상에 독불장군은 없다는 걸 이제야 알겠느냐?"

동방광일은 한참이나 이미 시신이 된 동방욱을 조롱하고는 성큼성큼 그들에게로 다가왔다.

"자네들 덕분에 일이 잘 해결되었군. 모두 수고가 많았네."

마치 아랫사람을 대하는 듯한 그의 모습에 봉구령의 눈빛이 스산하게 번뜩였고, 늘 미소가 감돌던 고준의 얼굴에도 웃음기가 사라졌다.

갈의 청년이 재빨리 그의 말을 받았다.

"가주께서도 고생하셨습니다. 이제 숙원(宿怨)을 푸셨으니 앞으로는 마음 편히 주무실 수 있겠군요."

동방광일은 다른 사람의 시선에는 아랑곳하지 않고 얼굴이 일그러지도록 활짝 웃었다. 동방욱을 제거한 것이 어지간히 좋았는지 그는 자신의 속마음을 드러내는 것을 조금도 주저하지 않았다.

"하하. 이를 말이오? 역시 둘째 공자의 안목과 혜안은 뛰어나기 그지없구려."

두 사람이 서로 주거니 받거니 하며 상대방의 얼굴에 금칠을 해 주는 광경을 가만히 보고 있던 고준이 어깨를 으쓱거리고는 휙 몸을 돌렸다.

"밤이 너무 깊어서 그런지 갑자기 잠이 쏟아지는군. 나는 이만 자러 가야겠소."

그의 몸은 순식간에 어둠 속으로 사라져 갔다.

이렇게 되자 남은 세 사람 또한 그를 따라 몸을 움직일 수밖에 없었다.

그들이 모두 떠나자 장내에는 차갑게 식어 가는 시신 한 구만이 동그마니 놓여 있을 뿐이었다. 깊은 밤의 적막 속에 잠긴 공터는 왠지 을씨년스러워 보였다.

얼마나 시간이 지났을까?

휙!

난데없이 두 개의 인영이 바람처럼 장내에 모습을 드러냈다.

그들은 다름 아닌 진산월과 전흠이었다.

전흠은 날카로운 눈으로 주위를 재빠르게 둘러보다가 다시 진산월에게로 시선을 돌렸다.

"장문 사형도 보셨습니까? 다른 사람은 몰라도 갈의를 입은 자는 한시몽이 숲속으로 몸을 피하는 장면을 분명히 목격했을 겁니다."

진산월은 담담한 표정으로 고개를 끄덕였다.

"그자가 서 있는 방향에서는 고개를 돌리지 않으면 한시몽의 모습을 볼 수 없다. 그런데 한시몽이 기다시피 숲속으로 들어갔을 때 그자의 고개가 아주 잠깐 그쪽으로 돌아갔지."

"한시몽이 숨는 것을 보았는데도 왜 그자는 못 본 척 시치미를 떼었는지 모르겠군요."

"좀 더 큰 목표를 노리고 있는 것이겠지."

"그게 무슨 말씀입니까?"

"한시몽마저 여기에서 목숨을 잃는다면 누가 동방욱을 살해했는지 신목령주는 영원히 알 수가 없게 된다. 물론 의심은 하겠지만, 확실한 증거는 어디에도 없게 되지. 하지만 한시몽이 살아남는다면 다른 무엇보다 분명한 증거가 될 수 있다."

"그렇다면 일부러 신목령주를 격동시키기 위해 한시몽의 탈출을 눈감은 거란 말씀입니까?"

"분명한 건 아무것도 없다. 다만 한시몽이 이대로 신목령주에게 돌아간다면 진실을 알고 난 신목령주가 가만히 참고 있지 않을 거라는 건 쉽게 예측할 수 있는 일이지."

전흠은 고개를 갸웃거렸다.

"왜 그런 번거로운 짓을 하는지 모르겠습니다."

"나름의 사정이 있겠지."

"장문 사형께서는 그자의 정체를 아시겠습니까?"

"쾌의당주의 둘째 제자인 듯싶구나."

"갈휘를 죽인 탈혼검의 고수가 그란 말입니까?"

"그렇다."

전흠이 생각해 보니 진산월의 말대로 지금까지의 모든 정황이 그를 탈혼검의 고수이자 쾌의당주의 둘째 제자라고 가리키고 있었다.

"그렇다면 그자는 왜 한시몽을 향해 탈혼검을 쓰지 않았을까요? 그랬다면 승부가 더 확실해졌을 텐데 말입니다."

"탈혼검은 여러 신비에 싸인 무공이다. 그러니 다른 사람들 앞에서 펼쳐 보이고 싶지 않았겠지. 그리고 그자의 목적은 한시몽을 이용해 신목령주를 끌어내는 것이니, 한시몽을 자신의 손으로 죽일 수는 없지 않겠느냐?"

전흠의 얼굴에 씁쓸한 미소가 떠올랐다.

"장문 사형의 말씀을 듣고 나니 비로소 지금까지의 사태가 일

목요연해 보이는군요. 강호의 일이란 게 참으로 복잡하고 난해한
것 같습니다."

문득 전흠은 천천히 걸음을 옮겨 동방욱의 시신이 쓰러져 있는
곳으로 다가갔다. 그는 한동안 피 웅덩이에 잠겨 있는 동방욱의
처참한 모습을 보고는 무거운 탄식을 토해 냈다.

"일세의 고수가 이토록 비참한 모습으로 쓰러져 버리다니……
강호인의 삶이 참으로 허무하군요."

진산월은 묵묵히 고개를 끄덕였다.

전흠은 검붉은 핏물이 잔뜩 묻어 있는 그의 몸을 차마 건드리
지 못하고 이리저리 살펴보기만 했다.

"대체 어떤 독이기에 이렇게 지독한 위력을 발휘하는 건지 모
르겠습니다. 해남에서도 이 정도 독은 보지 못한 것 같은데……."

"서장의 고원지대에서 자라는 독물은 중원의 것과는 판이하게
다르다. 그 독에 대한 대비가 제대로 되어 있지 않다면 누구라도
이런 꼴을 당할 수 있지."

"중원의 독도 방비하기 어려운데 서장의 독물까지 대비하기는
힘들지 않겠습니까?"

"그러니 강호에서는 늘 마음을 늦추어서는 안 된다. 특히 상대
가 독공(毒功)의 고수임을 알았다면 바람의 방향과 주위의 지형
지물, 심지어 상대의 사소한 손동작 하나하나에도 모두 주의를
기울여야 한다. 아쉽게도 동방욱은 그런 점에서 대비를 소홀히
했지."

"……!"

"봉구령과 동방광일의 합공이 위력적이기는 했으나 그래도 고준에 대한 경계를 늦추어서는 안 되었는데, 그는 합공을 막느라 미처 고준을 신경 쓰지 못했다. 그래서 고준이 마음 놓고 그의 주변 일대에 자신의 독술을 펼칠 수 있게 된 것이다."

전흠은 동방욱이 보여 준 놀라운 무공과 어떤 상황에서도 한 점의 흐트러짐을 보이지 않는 고고한 모습에 감탄하고 있었기에 동방욱에게 적지 않은 호감을 가지게 되었다. 그래서 진산월의 말에 진한 아쉬움을 느끼지 않을 수 없었다.

"그건 정말 동방 대협답지 않은 치명적인 실수로군요. 동방 대협 같은 강호의 절정 고수가 왜 그런 초보적인 실수를 했는지 모르겠습니다."

"동방욱은 강호에서의 경험이 그다지 많지 않았을 것이다. 특히 그의 반응을 보면 지금까지 독공의 고수를 상대한 적이 거의 없다는 것을 알 수 있지. 아마도 동방욱은 단순히 고준이 독술을 펼칠 때만 조심하면 된다고 다소 안이하게 생각했던 것 같구나."

진산월의 말대로 동방욱은 강호에서 너무도 짧은 시간 동안에 누구나가 부러워할 만한 혁혁한 명성을 얻었지만, 막상 강호에서 활동한 시간은 그리 많지 않았다. 특히 그는 명문 세가의 후손답게 정정당당한 승부를 주로 했기에 오늘과 같은 암습과 독계가 난무하는 이전투구(泥田鬪狗)를 경험한 적이 거의 없었다.

동방촌에 칩거한 후로는 남과 제대로 싸워 본 적조차 없으니 결국 자신의 실력을 제대로 발휘해 보지도 못하고 고준의 독술에 맥없이 걸려들고 만 것도 어찌 보면 당연한 일이라고 할 수 있었다.

전흠은 자신도 모르게 무거운 한숨을 내쉬었다.

"정말 안타까운 일이군요."

"그가 비록 강호에서 한발 물러나 있다고 해도 신목령에 몸을 담고 있는 이상 언제든 무림의 험난한 파도를 맞게 될 일이었다. 그런 점에서 본다면 그의 대응은 아쉬운 감이 있지."

전흠은 잠시 생각에 잠겨 있다가 다시 물었다.

"예전에는 신목령과 쾌의당이 서로 비슷한 길을 걷고 있다고 생각한 적이 있었는데, 언제부터인가 두 집단이 완전히 등을 돌리더니 이제는 서로를 향해 거침없이 살수를 쓰고 있군요. 그들이 이렇듯 노골적으로 반목하는 이유가 무어라고 생각하십니까?"

"그들은 처음부터 보는 방향이 달랐다. 신목령은 쾌의당과 불가근불가원(不可近不可遠)의 관계를 유지하려 했지만, 쾌의당은 끊임없이 신목령을 향해 술수를 부렸지. 그래도 일정한 선은 넘지 않은 것 같았는데, 아무래도 최근에 쾌의당의 방침이 바뀐 것 같구나."

"어떤 식으로 말입니까?"

진산월의 눈빛은 여전히 담담했으나, 그 속에는 서늘한 기운이 담겨 있었다.

"신목령을 말살하려는 게 아닌가 싶다."

전흠은 흠칫 놀랐다.

"왜 그렇게 생각하십니까?"

"동방욱은 오천왕 중의 일인일 뿐 아니라 신목령주가 가장 아끼는 인물이었다. 그를 제거하는 것은 신목령주의 손발을 자르는 것이나 마찬가지라는 뜻이지. 이 정도라면 신목령에 대한 선전포고라고 해도 무방할 것이다."

"쾌의당이 굳이 신목령을 없애려는 이유가 있겠습니까?"

"그건 아무래도 조익현의 의도가 있는 것 같다."

"조익현이라면 장문 사형께서 최근에 언급하신 자 말씀입니까?"

"그래. 조익현은 쾌의당을 만든 후 그 뒤에 숨어서 가급적 활동을 자제해 왔지만, 이제는 본격적으로 강호에 자신의 모습을 드러내려 하고 있다. 그 일환으로 그는 제일 먼저 신목령을 제거하여 경고를 하려는 것일 게다. 어쩌면 도발일 수도 있겠군."

"누구에게 말입니까?"

진산월의 눈빛이 여느 때보다 더욱 깊어졌다.

"신목령의 배후에 있는 사람이겠지."

전흠은 어리둥절한 얼굴이 되었다.

"그가 누굽니까?"

"그가 아니라 그녀다."

"예? 그녀라니요?"

진산월은 한동안 침묵을 지키다가 낮게 가라앉은 음성으로 짤막한 이름 하나를 내뱉었다.

"철혈홍안."

제374장

원가노착(冤家路窄)

제374장 원가노착(寃家路窄)

한적한 산길을 마차 한 대가 지나가고 있었다.

두 마리의 말이 끄는 마차는 아주 호화롭거나 크지 않았으나, 양쪽으로 주렴이 늘어진 창문이 나 있고 두터운 차양까지 달려 있어서 상당히 쾌적한 느낌을 불러일으켰다. 심지어 마차 밖의 마부석에도 따가운 햇볕을 가릴 수 있는 가림막이 있어서 한낮의 더위를 피해 길을 가기에는 더할 수 없이 적합해 보였다.

마부석에는 커다란 챙이 달린 모자를 쓴 중년인이 앉아 있었는데, 가림막 밑에 있어도 여전히 더운지 연신 흐르는 땀을 수건으로 닦아 내고 있었다.

"제길. 정말 덥군. 이제 더위가 가실 때도 되었는데 어째 더 더워지는 것 같구나."

마부는 투덜거리면서도 말이 산길을 벗어나지 않도록 능숙한 솜씨로 마차를 조종했다.

주위는 한적하기 그지없었다. 그다지 높지 않은 언덕이 이어져 있는 산길은 짙은 녹음이 우거져 있었고, 흰 구름 몇 점이 간간이 떠다니는 하늘은 한없이 높고 푸르러서 그림처럼 아름다워 보였다.

비록 날이 덥기는 했으나, 인적 없는 호젓한 산길을 흔들리는 마차 위에서 지나가는 것은 나름대로 운치 있는 일이 아닐 수 없었다.

그래서인지 마부는 땀투성이인 상태에서도 가끔씩 콧노래를 흥얼거리고 있었다.

"흐흐흥! 흥흥!"

정체 모를 가락을 읊고 있던 마부가 문득 고개를 들어 멀리 앞을 내다보고는 반색을 했다.

"저곳이 낙일정(落日亭)이로구나!"

완만하게 곡선을 그리며 이어지고 있는 산길 저편은 탁 트인 공간에 한 채의 정자가 자리하고 있었다. 더운 날씨에 지쳐 있던 마부는 쾌재를 부르며 마차를 빠르게 그쪽으로 몰고 갔다.

정자 가까이 가자 구릉 아래로 제법 장쾌하게 펼쳐진 벌판이 시야에 가득 들어왔다.

정자가 있는 고개는 구릉과 벌판의 경계선상에 위치해 있기에, 그리 높지는 않아도 정자에 올라서면 시원하게 넓혀진 시야와 함께 제법 서늘한 바람을 쐴 수 있어서 더위를 피하기에 아주 적합했다. 정자가 서 있는 위치가 공교롭게도 해가 떨어지는 서향이었기에, 저녁 무렵이면 벌판 너머로 지는 붉은 해를 볼 수 있어서 이 일대에서는 풍광이 좋기로 널리 알려진 곳이기도 했다. 낙일 정이란 이름도 그 때문에 붙게 된 것이었다.

마부는 마차를 정자에서 조금 떨어진 공터에 세우고는 마차의 문을 조심스럽게 두드렸다.

"낙일정에 도착했습니다."

마차의 문이 열리며 두 사람이 차례로 마차 밖으로 나오기 시 작했다.

주렴을 걷고 먼저 나온 사람은 남색 유삼을 입고 머리에는 노 란색 문사건(文士巾)을 쓴 이십 대 후반의 준수한 청년이었다. 남 삼 문사는 한 손에 청옥(靑玉)으로 만든 섭선을 들고 있었는데, 입고 있는 의상과 잘 어우러져서 상당히 고아(高雅)한 기상을 뿜 어내고 있었다.

뒤이어 새하얀 백의를 입은 백발의 중년인이 모습을 드러냈다.

얼굴은 잔주름 하나 없이 팽팽하여 젊은이를 연상케 했는데, 막상 머리는 검은 터럭 하나 없이 깨끗한 백발이어서 기이한 느 낌을 불러일으키고 있었다. 그럼에도 이상함보다는 비범함이 먼 저 느껴지는 것은 아마도 중년인의 수정처럼 차갑고 맑게 빛나는 두 눈 때문일 것이다. 사람의 눈이 아니라 흡사 인형의 눈을 보는 듯 아무런 감정도 담겨 있지 않은 그 눈은 왠지 모르게 보는 사람 의 마음을 섬뜩하게 하는 힘이 있었다.

백발 중년인과 남삼 문사는 마부의 안내를 받으며 느긋한 걸음 으로 정자로 들어섰다.

정자에는 이미 몇 사람의 선객이 자리를 잡고 있었다.

그들은 두 명의 노인과 한 명의 젊은이었다.

노인 중 한 사람은 청의의 문사 차림이었는데, 이목구비가 준수하고 앉아 있는 자세가 꼿꼿하여 노인답지 않게 헌앙한 기상을 느낄 수 있었다.

다른 한 사람은 당장이라도 관 속으로 들어갈 듯 주름살이 가득한 노인이었다. 수수한 마의를 입고 있는 그 노인은 허리도 구부정하고 앉아 있는 자세도 금시라도 쓰러질 듯 위태로워 보여서 옆에 있는 건장한 모습의 청의 노인과 극명한 대비를 이루고 있었다.

두 노인 옆에는 한 명의 젊은 청년이 조용한 자세로 서 있었는데, 언뜻 보기에도 두 노인의 시중을 드는 것임을 알 수 있었다.

그들의 앞에는 간단한 술상이 차려져 있었는데, 마침 청의 노인이 술잔을 비우자 청년은 공손하게 그에게 술을 따라 주었다. 은은하면서도 달콤한 주향(酒香)이 정자 안을 감돌다가 불어오는 산바람에 흔들리며 조금씩 사라져 갔다.

정자로 들어오던 세 사람의 시선이 자연스레 그쪽으로 향했다.

백발 중년인과 남삼 문사는 별 반응이 없는 반면에 그들 뒤쪽에서 따라오던 마부는 코를 킁킁거리며 연신 입맛을 다시고 있었다. 그 모습은 상당히 천박해 보였지만, 그래서 더욱 그의 심정을 여실히 느낄 수 있었다.

누구라도 오늘같이 무더운 날이면 시원한 바람이 부는 전망 좋은 정자에 앉아 차가운 술 한 잔을 기울이고 싶을 것이다.

백발 중년인과 남삼 문사도 겉으로 내색은 하지 않았으나 그러한 마음이 없지 않은 모양이었다. 그들의 시선이 줄곧 술잔을 기울이는 노인들에게 고정되어 있는 것이 바로 그 증거일 것이다.

그들의 시선을 알아차렸는지 청의 노인이 그들을 돌아보며 점잖은 목소리로 입을 열었다.

"마침 술이 조금 남아 있는데, 괜찮다면 한 잔씩 하시겠는가?"

백발 중년인과 남삼 문사는 서로 시선을 마주치더니 이내 청의 노인 쪽으로 걸음을 옮겼다.

남삼 문사가 정중한 자세로 두 노인을 향해 포권을 했다.

"배려에 감사드립니다. 남양(南陽)의 송(宋) 모(某)이며, 이분은 저의 외숙이십니다."

청의 노인은 부드럽게 웃으며 답례를 했다.

"나는 북평(北平)에서 온 양가(楊哥)일세. 이런 날 이런 곳에서 만나게 된 것도 인연인데, 불편해하지 말고 이쪽으로 앉도록 하게."

"결례를 범하겠습니다."

남삼 문사가 청옥 섭선을 가볍게 흔들며 자리에 앉는 모습은 우아하면서도 절도가 있어서 격조를 느끼게 했다.

백발 중년인도 가볍게 인사를 하고는 남삼 문사의 옆자리에 착석했다.

청년이 눈치 빠르게 새로운 술잔 두 개를 꺼내어 두 사람의 앞에 놓자, 청의 노인은 손수 술병을 들어 그들의 잔에 술을 따랐다.

"이것은 옥빙주(玉氷酒)라는 것인데, 차갑게 마시면 그런대로 한여름의 더위를 잠시 잊을 만한 풍취를 느낄 수 있다네."

어찌 된 일인지 남삼 문사와 백발 중년인은 선뜻 술잔을 들지 않고 청의 노인을 바라보고 있었다.

청의 노인은 이내 그들의 기색을 알아차렸는지 자신의 머리를 살짝 두드렸다.

"내 정신 좀 보게. 아무리 사해(四海)가 동도(同道)라 하나 강호의 일에는 도리와 순서가 있는 법이거늘."

그는 주저하지 않고 자신의 앞에 놓인 술잔을 단숨에 들이켰다. 그러고는 다시 술병을 기울여 새롭게 술잔에 따르고는 그 또한 들이마셨다.

거푸 두 잔의 술을 마신 다음에야 비로소 청의 노인은 그들을 향해 온화하게 웃음 지었다.

"다시 말하지만 제법 괜찮은 술일세. 오늘 같은 날에는 더욱 그렇게 느껴지는군."

그제야 남삼 문사는 술잔을 들어 그를 향해 인사를 하고는 술을 기울였다.

강호에서 낯선 타인이 따라 주는 술을 함부로 마시는 것은 위험천만한 일이 아닐 수 없었다. 그래서 지금처럼 주인 된 자가 먼저 술을 마셔서 술에 아무런 수작을 부리지 않았음을 증명하는 것이 순리였다.

남삼 문사는 천천히 술을 마신 다음 잔을 내려놓으며 낭랑한 음성으로 입을 열었다.

"정말 좋은 술이군요. 차갑게 식힌 술이 몸 안으로 들어오니 마치 심산유곡의 계류(溪流)에 몸을 담근 듯한 느낌이 듭니다."

"하하……! 술맛을 아는 젊은이로군. 그게 바로 옥빙주의 맛일세."

남삼 문사는 백발 중년인을 돌아보았다.

"외숙께서도 한 잔 드시지요. 외숙의 입맛에 딱 맞으실 겁니다."

백발 중년인은 주저하지 않고 술잔을 들어 단숨에 입속으로 털어 넣었다. 그런 다음 지그시 눈을 감고 있다가 천천히 뜨며 짤막한 음성을 내뱉었다.

"좋군!"

간단한 말이었으나, 차갑고 냉정한 외모인 그의 입에서 흘러나온 말이어서인지 다른 어떤 말보다 더 좋은 찬사로 들렸다.

청의 노인의 입가에도 흐뭇한 미소가 떠올랐다.

"이쪽 분도 주도(酒道)에 정통하신 것 같구려. 좋은 날, 좋은 곳에서 마시는 술 한 잔의 가치야말로 다른 무엇으로도 바꿀 수 없는 것 아니겠소?"

남삼 문사는 크게 고개를 끄덕였다.

"옳은 말씀입니다. 제가 올해에 마셨던 술 중에서 지금의 한 잔이 가장 값진 것 같습니다. 다만 아쉬운 건……."

청의 노인이 호기심 어린 눈으로 그를 쳐다보았다.

"아쉬운 게 무언가?"

남삼 문사는 빈 술잔을 살짝 들어 보였다.

"이런 좋은 술에 어울리는 안주가 없다는 겁니다. 이 술에 딱 맞는 안주만 있었어도 술의 가치가 몇 배는 올랐을 것 같군요."

"허헛! 듣고 보니 그렇군. 하나 우리에게는 이미 나름의 안주가 있다네."

"그게 무엇입니까?"

청의 노인의 얼굴에 한 줄기 미묘한 표정이 떠올랐다.

"옛 추억이라고나 할까? 회상, 아련한 그리움…… 그런 것 말일세."

"두 분은 추억을 안주 삼아 술을 기울이고 계셨군요. 정말 멋진 일입니다."

청의 노인은 문득 한숨을 내쉬었다.

"자네는 어떻게 생각할지 모르지만 추억이 좋은 안주이기는 하지만 그걸 곱씹는 게 꼭 멋진 일은 아닐세. 때로는 씁쓸하고, 때로는 아쉬우며, 때로는 고통스럽기도 하지."

"오늘은 어떠셨습니까?"

청의 노인은 주저 없이 대답했다.

"나는 아쉬웠네."

문득 남삼 문사의 시선이 지금까지 한쪽에서 아무 말 없이 술잔을 기울이고 있는 마의 노인에게로 향했다. 마의 노인은 정자 아래의 풍광에 시선을 고정시킨 채 가끔씩 자신의 앞에 놓인 술을 홀짝거리고 있을 뿐, 이쪽의 일에는 전혀 관심을 가지고 있지 않는 모습이었다.

"노인장께선 어떠셨습니까?"

마의 노인은 다시 한 차례 술을 한 모금 마셨다. 여전히 시선을 정자 밖에 둔 채 굳게 다물려 있던 입술이 열린 것은 조금의 시간이 흐른 후였다.

"고통스러웠지."

너무 낮고 입속으로 웅얼거리는 음성이어서 제대로 알아듣기도 힘들었으나, 남삼 문사는 용케도 알아들었는지 다시 낭랑한 음성으로 물었다.

"어떤 추억이기에 이렇게 좋은 술을 마시면서도 그러셨습니까?"

마의 노인은 천천히 그에게로 시선을 돌렸다. 주름살 속에 파묻히다시피 깊게 자리한 그의 두 눈은 의외로 투명할 정도로 맑고 깨끗했다.

마의 노인은 그런 눈으로 남삼 문사를 물끄러미 응시하더니 느릿느릿 입을 열었다.

"자네로서는 이해할 수가 없을 걸세."

"왜 그렇게 생각하십니까?"

"자네는 자식이 없을 테니 말일세."

남삼 문사는 손에 든 섭선으로 손등을 가볍게 두들겼다.

"아! 자식에 대한 추억을 하셨군요."

"자식보다 더 아끼는 녀석이었지."

"그분이 어떻게 되셨습니까?"

"돌아올 수 없는 먼 길을 떠나 버렸네. 그렇게 훌쩍 가 버릴 줄은 예상도 못 했는데 말이지."

남삼 문사는 혀를 찼다.

"저런. 참으로 안타까운 일이군요."

마의 노인은 고개를 절레절레 흔들었다.

"안타깝지는 않아. 다만 가슴 한편이 고통스러울 뿐이지."

남삼 문사도 말로 그를 위로할 수는 없다고 생각했는지 더 이상 아무 말도 하지 않았다.

대신 이번에는 마의 노인이 그를 바라보며 입을 열었다.

"우리 두 늙은이는 추억을 안주로 삼았지만, 확실히 자네에게는 다른 안주가 필요하겠군."

"그러실 필요는 없습니다."

"아니야. 자네에게 맞는 안주가 있을 걸세. 기대해도 좋네."

마의 노인이 한쪽에 조용히 서 있는 젊은 청년에게 손짓했다.

그러자 청년이 한쪽으로 가서 보자기로 싼 네모난 상자 하나를 꺼내어 가지고 왔다.

붉은 보자기에 싸인 상자 하나!

그것을 보는 순간, 남삼 문사는 물론이고 백발 중년인 또한 표정이 살짝 굳어졌다.

청년이 상자를 탁자 위에 올려놓자 비릿한 내음이 풍겨 왔다.

마의 노인은 두 사람의 표정이 어떻게 변하든 전혀 의식하지 않는 모습이었다.

"사람은 둘인데 안주가 하나면 서운하지 않겠나?"

청년은 머리를 조아리고는 다시 한편에서 또 다른 상자 하나를 꺼내 왔다. 이번의 상자 또한 피처럼 붉은 보자기에 싸여 있었다.

두 개의 상자를 남삼 문사와 백발 중년인의 앞에 각각 하나씩 내려놓은 청년은 다시 한쪽에 가서 처음의 자세 그대로 조용히 서 있었다.

"풀어 보게. 어떤 안주인지 궁금하지 않나?"

남삼 문사와 백발 중년인의 시선이 허공에서 잠깐 스치듯 교차되었다. 그들은 아무 말도 하지 않았으나, 무언의 합의가 있었던 듯 남삼 문사가 먼저 상자를 향해 손을 내밀었다.

보자기를 푸는 남삼 문사의 손길은 침착했으며, 빠르지도 느리지도 않았다.

마침내 보자기를 풀자 나무로 만들어진 상자가 모습을 드러냈다. 남삼 문사가 돌아보자 마의 노인은 뚜껑을 열어 보라는 듯 가벼운 손짓을 했다.

남삼 문사는 천천히 뚜껑을 열었다.

갑자기 역한 피비린내가 진하게 흘러나오며 정자 안의 분위기가 판이하게 바뀌었다. 조금 전만 해도 주향이 흘러넘치고 멋진 시구라도 흥얼거릴 것 같던 낭만적인 공간이 갑자기 왠지 모를 피와 죽음의 그림자가 짙게 드리우는 으스스한 곳으로 변해 버린 듯했다.

그도 그럴 것이 활짝 열린 상자 안에 담겨 있는 것은 아직 핏물이 채 마르지도 않은 누군가의 잘린 머리통이었던 것이다. 목에서 흘러나오는 핏물이 상자 바닥에 질펀하게 고여 있었다.

무엇이 그리도 원통한지 눈을 부릅뜬 채 머리가 잘린 그 인물은 육십이 넘은 호탕하게 생긴 노인이었다. 턱밑의 잘린 부위는 예리하기 그지없어서 유리의 단면처럼 매끄러웠다. 흘러내린 피와 굳어 버린 근육 때문에 조금 지저분해지긴 했으나, 인간의 목이 이렇게 깔끔하게 잘릴 수 있을까 싶을 정도로 특이한 모습이었다.

남삼 문사는 물끄러미 그 노인의 크게 뜨인 눈을 보고 있다가 혼잣말처럼 나직한 음성으로 중얼거렸다.

"동방광일……."

목의 주인은 놀랍게도 운남성의 패자이며 동방세가의 가주로 오랫동안 명성을 떨쳐 온 패존 동방광일이었다.

때마침 들려온 마의 노인의 목소리는 마치 죽음을 부르는 저승사자의 귀곡성처럼 음산하기 그지없었다.

"어떤가? 그 정도 안주라면 만족할 만하겠나?"

남삼 문사는 아무 대답 없이 이번에는 다른 상자의 보자기를 풀기 시작했다.

그 상자 또한 처음의 상자와 비슷한 크기에 비슷한 분위기를 풍기고 있었다. 그럼에도 상자의 뚜껑을 여는 남삼 문사의 손은 한 치의 주저함도 보이지 않았다.

상자가 열리고 다시 피비린내가 진하게 풍겨 나왔다.

그 상자 속에도 마찬가지로 한 사람의 목 잘린 머리가 들어 있었다. 냉정하게 생긴 중년인의 얼굴이 푸르뎅뎅하게 굳은 채로 상자 속에서 뒹굴고 있었다.

남삼 문사는 그 중년인의 얼굴을 찬찬히 살펴보고 있다가 다시 시선을 돌렸다.

마의 노인의 주름진 눈이 그를 향했다.

"이번 안주는 어떤가?"

남삼 문사는 대답 대신 조용히 상자의 뚜껑을 덮었다.

"내가 준비한 안주가 마음에 들지 않는 모양이군."

마의 노인이 여전히 그를 빤히 쳐다보며 말하자 남삼 문사는 정색을 했다.

"봉구령은 한낱 안주로 쓰이기에는 아까운 인물입니다."

"하긴. 그자는 제법 강단이 있어 보이더군. 마지막 순간까지 아쉬운 소리 같은 건 늘어놓지 않았어. 그에 비해……."

마의 노인이 턱으로 동방광일의 머리가 들어 있는 다른 한쪽 상자를 가리켰다.

"저놈은 쓰레기야. 살려만 준다면 무슨 짓이든 할 기세였지. 덕분에 자네들이 이곳에서 만나기로 했다는 걸 알게 되었으니 나로서는 일을 던 셈이지만 말이야."

남삼 문사는 그제야 저간의 사정을 알겠는지 눈빛이 한 차례 날카롭게 번뜩였다.

"그래서 이곳에서 우리를 기다리고 계셨군요."

"이곳의 풍광이 제법 좋아서 그나마 다행이었지. 덕분에 잠시 먼저 간 녀석에 대한 추억에 잠길 수 있어서 자네를 기다리는 시간이 그리 지루하지는 않았네."

"이들 외에 두 사람이 더 있을 텐데요."

"고준이라는 녀석하고 젊은 애송이 말인가? 나도 그들이 함께 있다고 알고 있었는데, 어찌 된 일인지 그들은 보이지 않더군. 고준이라는 녀석이 그렇게 독을 잘 쓴다고 해서 제법 기대를 했었는데 말이지."

마의 노인의 음성은 처음과 전혀 달라지지 않았으나, 남삼 문사는 왠지 전신이 싸늘해지는 듯한 기분이 들었다. 칼날같이 예리한 무형의 기운 수천 개가 정자 안을 가득 메웠다가 순식간에 사라져 버린 것 같았다.

남삼 문사는 안도의 한숨을 내쉬었다. 그것이 순간적으로 나타났다가 가공할 위협만을 남긴 채 사라진 무형지기 때문인지, 아니면 동방광일과 봉구령 외의 두 사람이 마의 노인의 눈을 피해 참변을 면했기 때문인지는 누구도 알 수가 없었다.

"화가 많이 나신 것 같군요."

마의 노인은 고개를 절레절레 흔들었다.

"아니야. 화가 난 게 아닐세. 아까도 말했지 않나? 난 그저 고통스러웠을 뿐이야."

마의 노인은 문득 시선을 돌려 정자 아래를 내려다보았다.

비록 그리 높지 않은 구릉이었으나, 정자 밑으로 낮은 야산과 평야가 줄지어 늘어선 광경은 상당한 장관을 이루고 있었다. 끊어질 듯 말 듯 끝없이 이어진 야산의 산줄기는 아득하게 멀리 보이는 높다란 고산의 산자락까지 연결되어 있었다.

흰 구름이 두둥실 떠나가는 푸른 하늘 아래 줄기줄기 이어져 가는 산등성이의 흔적은 아련한 그리움 같기도 했고, 누군가의 간절한 소망 같기도 했다.

마의 노인은 한동안 가만히 그 산줄기를 바라보고 있다가 혼잣말처럼 나직한 음성으로 입을 열었다.

"그 아이는 처음 보았을 때부터 이상하게 마음에 들었지. 그 아이가 가진 천재적인 무학의 재질 때문만은 아니었어. 다만 별빛처럼 빛나는 두 눈과 의지견정한 마음새, 그리고 올곧은 자세와 행실 등이 눈에 들어온 거지. 그건 꼭 내가 마음속으로 줄곧 바라 왔던 이상적인 자식의 모습이었지."

"……!"

"알지 모르겠지만, 나는 자식이 없거든. 그래서 늘 그런 자식이 하나 있었으면 좋겠다고 바라고 있었는데, 그것에 완벽하게 딱 들어맞는 젊은 녀석이 홀연히 내 앞에 나타난 거야. 그러니 그때 내 기분이 어땠겠나?"

마의 노인의 주름살 가득한 얼굴에 한 줄기 웃음이 떠올랐다. 그런데 남삼 문사에게는 그 웃음이 다른 어떤 웃음보다 더욱 무섭고 서늘하게 느껴졌다.

"정말 세상을 다 가진 것 같았지. 허구한 날 자기 아들 자랑을 일삼던 동생 녀석의 심정을 이해할 수 있을 것 같더군. 그렇게 그 녀석은 내게 아들 같은 존재가 되었던 거야."

마의 노인은 천천히 고개를 돌려 처음으로 남삼 문사를 똑바로 바라보았다. 주름진 두 눈은 여전히 아무런 감정의 빛이 담겨 있지 않아 무심해 보였으나, 남삼 문사의 이마에는 어느새 땀이 흐르고 있었다.

"자, 이제 말해 보게. 그런 녀석이 간악한 자들의 술수에 당해 비참한 모습으로 쓰러졌다는 걸 알게 되었을 때 내가 어떤 심정 이었을 것 같나?"

남삼 문사는 마의 노인이 굳이 대답을 바라고 묻는 것이 아님 을 알고 있기에 입을 다문 채 아무 말도 하지 않았다.

하나 그의 몸은 어느새 흘러내리는 땀으로 축축하게 젖어 있었다.

마의 노인의 시선이 그에게로 향하는 순간, 날카롭게 벼려진 거대한 칼날이 자신의 몸을 노리고 날아드는 듯한 압도적인 느낌에 정신이 아찔했던 것이다. 그 거대한 칼은 금시라도 그의 몸을 반쪽으로 잘라 버릴 듯 가공할 기세를 뿜어내고 있었다.

지금의 그는 바짝 곤두세운 신경과 바닥까지 긁어 끌어올린 공력 때문에 전신의 솜털이란 솜털은 모두 곤두서 있었고, 체내의 근육마저 제멋대로 꿈틀거리고 있었다.

남삼 문사가 처음의 자세를 유지한 채 그 기운 앞에 버티고 앉아 있는 것만으로도 그의 정력(定力)과 내공이 그 나이대의 젊은 이라고는 믿어지지 않을 만큼 심후하다는 것을 여실히 드러내는 것이라고 할 수 있었다.

마의 노인은 여전히 조용한 눈으로 남삼 문사를 응시한 채 느릿느릿 말을 이었다.

"나는 생각했지. 왜 나만 이렇게 고통스러워해야 하는가? 누군가가 나를 고통스럽게 했다면 그도 또한 의당 이러한 고통을 느껴야 하지 않겠는가? 그래서 자네를 찾아온 거야."

마의 노인의 시선이 남삼 문사의 얼굴을 지나 전신을 차례로 훑었다.

"듣기로는 쾌의당주가 자네를 끔찍이 아낀다고 하더군. 그자도 나처럼 자네를 자식같이 여기고 애착을 보인다는 말을 들었네. 지금 이렇게 직접 보니 확실히 신체도 잘 단련되어 있고 재질도 좋아 보이는군. 그자가 왜 다른 두 명의 제자와는 달리 자네를 옆에 놓고 좀처럼 바깥으로 내보이지도 않았는지 이해할 것 같네. 자네 정도라면 충분히 나의 그 녀석과 견줄 만한 대상이 될 수도 있겠군."

"……!"

"자네를 잃게 된다면 그자도 나와 비슷한 고통을 맛보게 되겠지. 그리고 그때 비로소 깨닫게 될 거야. 다른 사람의 역린(逆鱗)은 함부로 건드리는 게 아니라는 걸 말이지."

남삼 문사의 몸이 처음으로 한 차례 휘청거렸다. 하나 그의 얼굴은 여전히 별다른 표정의 변화가 없었다.

마의 노인은 고개를 끄덕였다.

"참을성도 강하고 심성도 견고해 보이는군. 확실히 좋은 인재야. 오늘 준비한 두 개의 안주로는 왠지 아쉬워 보였는데, 자네라면 충분히 만족스러운 마무리가 될 수 있겠어."

주르르!

남삼 문사의 코로 시커먼 핏줄기가 흘러나왔다. 그래도 남삼 문사는 여전히 냉정한 얼굴로 마의 노인을 쏘아보고 있었다.

그때 지금껏 아무 말 없이 앉아 있던 백발 중년인이 번개같이 오른손을 앞으로 내뻗어 마의 노인의 앞가슴을 후려치려 했다.

하나 그의 손이 채 절반도 내밀어지기 전에 마의 노인은 장난처럼 오른손을 슬쩍 흔들었다.

파앙!

아무런 기척도 없이 허공 한복판에서 파공음이 터져 나오며 백발 중년인이 뒤로 벌렁 드러누웠다. 몸이 채 바닥에 닿기도 전에 그는 신형을 비틀어 허공에서 반회전하며 바닥에 내려설 수 있었다.

하나 완벽히 자세를 잡지 못하고 다시 두 걸음이나 물러난 뒤에야 겨우 몸을 안정시켰다.

백발 중년인의 가뜩이나 하얀 얼굴이 백지장보다 더욱 창백하게 변했다.

마의 노인은 그를 힐끔 쳐다보았다.

"사방신 중에서 안 나온 놈은 하나뿐이니 필시 네가 북방신(北方神)인지 뭔지 하는 자이겠구나."

백발 중년인은 몇 차례 심호흡을 한 후에야 겨우 들끓는 진기를 가라앉혔는지 처음의 안색을 되찾을 수 있었다.

"바로 보았소. 내가 바로 북방신을 맡고 있는 냉우림(冷宇林)이오."

마의 노인은 그의 이름을 들어 보았는지 심드렁한 음성으로 말했다.

"북해에 빙궁(氷宮)인지 설궁(雪宮)인지 하는 곳에서 빙제(氷帝)라고 스스로 칭하는 미친놈이 있다는데, 그게 바로 너로구나."

마의 노인의 조롱 섞인 말에도 백발 중년인은 화를 내지 않고 침착한 음성으로 대꾸했다.

"강호의 마도를 석권하고 있는 신목령의 주인에게 비할 만한 이름은 아니오."

"알긴 아는구나. 그렇게 자기 주제를 잘 알고 있는 놈이 감히 나에게 덤벼든 것이냐?"

"나는 그저 천하를 위진시키는 신목령의 주인이 젊은 사람을 핍박하는 것을 참지 못했을 뿐이오."

"네가 참지 못하면 어떻게 할 것이냐?"

"내가 감히 신목령의 주인에게 이래라저래라 할 수 있겠소? 다만 한 마디만 하도록 하겠소."

의외로 당당한 기세를 잃지 않고 있는 냉우림을 묘한 눈으로 보고 있던 마의 노인이 피식 웃었다.

"말해 보거라."

"얽힌 매듭은 당사자들끼리 풀도록 하시오. 애꿎은 사람 잡지 말고."

그 순간, 마의 노인의 얼굴에 떠올라 있던 미소가 갑자기 씻은 듯이 사라졌다. 그와 함께 고목처럼 갈라진 주름살 속에 잠기듯 숨어 있던 두 개의 눈에서 지금까지 볼 수 없었던 무시무시한 기광이 번뜩이고 지나갔다.

냉우림을 보고 있던 그의 시선이 천천히 움직여 남삼 문사를 지나 이윽고 누군가에게로 향했다.

그와 시선이 마주친 그 사람은 마의 노인을 향해 하얀 이를 드러내며 빙긋 웃어 보였다.

"마침내 만나게 되었구려. 내가 바로 매듭을 풀 사람이오."

어깨를 쭉 편 채 의미를 알 수 없는 미소를 짓고 있는 그 사람은 다름 아닌 남삼 문사와 냉우림이 탄 마차를 끌고 왔던 마부였다.

제375장

미륵현신(彌勒顯身)

제375장 미륵현신(彌勒顯身)

뿌연 안개가 산자락을 휘감고 있었다.

안개에 뒤섞인 종남산의 아침 공기는 유달리 신선했다. 청명하면서도 무언지 모를 묘한 향기가 감도는 듯한 그 공기를 가슴 가득 들이마시면 서늘한 기운과 함께 전신이 바람을 타고 푸른 하늘 어딘가로 날아가 버릴 듯한 상쾌함이 진하게 느껴졌다.

매상은 심호흡을 하며 그 공기를 폐 속 깊숙이 담아내려 애썼다.

예전 종남파에 있을 때부터 매상은 종남산의 아침 공기를 좋아했다. 여름으로 막 진입하는 초하(初夏)의 종남산은 유난히 공기가 깨끗했으며, 서서히 더워지는 지열이 뒤섞인 아침 안개는 그러한 공기를 가득 머금고 있어서인지 아무리 들이마셔도 답답해지기는커녕 개운하기 그지없었다.

이곳의 풍광은 특히 각별했다.

높다란 능선에서 조금 빠져나온 암반 지대였는데, 제법 커다란 암반 덕분에 울창한 수림이 시선을 막지 않아서 아주 멀리까지 볼 수 있었다. 고개를 내리면 고색창연한 종남파의 전각들이 한눈에 들어왔고, 주위를 둘러보면 우거진 신록이 끝도 없이 늘어선 종남산의 절경이 송두리째 시야에 가득 들어찼다.

문득 고개를 들어 보니 오늘따라 구름 한 점 없는 맑고 청명한 날이어서인지 시리도록 푸른 하늘이 끝도 없이 펼쳐져 있었다.

매상은 종남 제자의 신분이었던 때에도 하루에 한 번은 꼭 이곳에 올라와서 잠깐이라도 시간을 보내곤 했다. 탁 트인 시야와 눈이 시릴 듯 파란 하늘이 암울한 문파의 상황과 답답한 현실을 잠시라도 잊게 해 주기 때문이었다.

지금의 종남파는 예전처럼 암울하지도 않았고, 하루하루 목숨을 걱정할 만큼 생존이 위협받는 상황도 아니었다. 그럼에도 매상은 거대한 추를 매단 듯한 갑갑함을 느끼고 있었다.

"흐음."

마음속의 무거운 짐이 내뱉는 호흡을 따라 빠져나가기라도 하는 것처럼 매상은 몇 번이나 깊은 숨을 들이마셨다가 내쉬었다.

그때 누군가의 퉁명스러운 음성이 들려왔다.

"정말 말 안 듣는 놈이로군. 그렇게 크게 숨을 몰아쉬지 말라고 몇 번이나 말했느냐? 그러다 간신히 붙여 놓은 갈비뼈와 아랫배가 뜯어지기라도 하면 대라신선이 와도 네놈을 살릴 수 없을 게다."

매상은 갑자기 나타나 잔소리를 퍼붓는 이는 아랑곳하지 않고 다시 한 차례 깊게 숨을 들이마셨다가 천천히 내쉬었다.

나타난 사람은 제갈외였다. 제갈외는 못마땅한 눈으로 매상의 그런 모습을 심통스럽게 쳐다보고 있다가 참지 못하고 다시 거친 음성을 내뱉었다.

"그렇게 죽고 싶어서 안달이 났으면 내 눈에 보이지 않는 곳으로 가도록 해라. 정신 사납게 눈앞에서 얼쩡거리지 말고."

매상은 무심한 음성으로 대꾸했다.

"여기는 원래 내가 연공(練功)하던 곳이었소. 아주 오래전부터……."

매상의 말꼬리가 흐릿해졌다. 맺고 끊는 게 누구보다 분명했던 그답지 않은 모습이었다.

제갈외는 냉랭한 코웃음을 날렸다.

"흥. 네 녀석이 종남파의 제자였다는 말은 들었다. 하지만 노부가 이곳에 온 후, 이 자리는 항상 노부의 차지였다. 이곳의 풍광이 그런대로 마음에 들어 벌써 몇 달 동안이나 터를 닦아 놓았는데, 언제 떠났는지도 모르는 놈이 이제 와서 여기가 네 자리라고 주장하는 거냐?"

매상은 더 이상 아무 대꾸도 하지 않고 천천히 자리에서 일어났다. 몸을 일으키는 단순한 동작조차도 힘이 드는지 그의 이마에는 땀이 고이기 시작했고, 혈색 또한 핼쑥해졌다. 하나 그는 비록 느리지만 꾸준히 몸을 움직여 그 자리를 벗어나기 시작했다.

제갈외는 그런 매상의 모습을 잔뜩 찌푸린 얼굴로 보고 있다가 버럭 소리를 질렀다.

"아직 찬바람 쐬기에는 이르다. 몸이 빨리 낫고 싶으면 갑갑해도 경내를 벗어나지 말라고 하지 않았느냐? 어른이 말을 하면 듣는 시늉이라도 해라, 이 망할 놈아!"

유달리 긴 소맷자락을 휘적거리며 걷는 매상의 모습은 어찌 보면 아직도 부상이 낫지 않아 몸을 제대로 가누지 못해 힘겨워하는 것 같기도 했고, 제갈외의 잔소리가 듣기 싫어 손사래를 치는 것 같기도 했다.

막 암반을 벗어나 수림 사이의 샛길로 사라지려던 매상이 갑자기 걸음을 멈추었다.

그러고는 알아듣기 힘든 나직한 음성을 중얼거리듯 뇌까리는 것이었다.

"그동안 고마웠소. 언제고 이 신세를 갚을 날이 있으리라 생각하오."

제갈외가 입을 반쯤 벌리고 있는 사이에 매상은 한 차례 고개를 살짝 숙이고는 다시 흐느적거리는 걸음으로 수림 속으로 걸어갔다. 제갈외는 그의 껑충하게 크고 비쩍 마른 신형이 완전히 사라질 때까지 그 자리에 우두커니 서 있다가 고래를 절레절레 흔들었다.

"정말 종남파 놈들은 마음에 드는 구석이 하나도 없구나. 하나같이 말도 지지리도 안 듣고 제멋대로 행동하는 게 어쩜 저리도 똑같은지. 종남파에는 의원 말 들으면 큰일 난다는 문규라도 있는 건지 모르겠구나."

투덜거리면서도 방금 전에 매상이 앉았던 자리로 다가간 제갈외는 그곳에 서서 사방을 둘러보고는 마음에서 우러나오는 탄성을 토해 냈다.

"이곳의 풍광은 보면 볼수록 정말 멋지구나. 이런 명소를 용케도 찾아냈다니 그놈이 보기완 달리 안목이 제법 높은 모양이구나."

사실 이 장소를 알게 된 것은 제갈외도 불과 며칠 되지 않았다.

진료를 하러 매상의 방에 갔던 제갈외가 그의 방이 비어 있는 것을 보고 놀란 마음에 여기저기 들쑤시고 다니다가 정상 부근의 암반 지대에 있을 거라는 소지산의 말을 듣고 산에 올라 우연히 발견한 것이었다. 부상이 심해서 제대로 움직이지도 못하는 몸으로 여기까지 올라와 있는 매상을 보고 불같이 화가 치밀어 오르기도 했으나, 이내 이 일대의 풍경이 기가 막힌 것을 알고는 젝갈외도 그를 찾는다는 핑계로 수시로 이곳을 들락거리게 되었다.

제갈외는 한동안 그 자리에 멍하니 선 채 신록으로 물들어 가는 종남산의 산자락을 하염없이 지켜보고 있었다. 그러다 무슨 생각이 들었는지 안색이 가볍게 변했다.

"가만, 그러고 보니 그놈이 얼버무리며 하는 말이 꼭 작별 인사라도 하는 것 같지 않은가?"

제갈외는 얼굴을 잔뜩 일그러뜨리며 거친 숨을 내뱉었다.

"이 망할 놈이 설마 그런 몸으로 이곳을 떠나려는 건 아니겠지? 아직 배때기를 꿰맨 자국이 제대로 아물지도 않았거늘."

제갈외는 아무리 생각해도 자신의 짐작이 맞는 것 같자 불안함을 감추지 못하고 매상이 사라진 산길로 몸을 날리려 했다. 하나 채 몇 걸음 내딛기도 전에 이내 그 자리에 우뚝 멈춰 섰다.

"내가 먼저 나서서 괜히 안달할 필요가 없지. 그놈이 죽고 싶어

환장을 했다면 누가 말리겠는가? 어차피 종남파의 문하들은 하나같이 자신의 목숨은 아무렇지도 않게 여기는 종자들이 아닌가?"

제갈외는 연신 투덜거리며 자리에 앉으려다 그대로 다시 몸을 일으켰다.

"에이, 모처럼 오늘 날씨가 좋기에 멋진 풍광이나 보려고 했더니 완전히 기분이 잡쳐 버렸네. 진짜 이놈의 문파에는 마음에 드는 놈이 하나도 없다니까. 소응 그 녀석만 아니었어도 진즉에 이곳을 떠나는 건데."

조금 전까지만 해도 잔뜩 찌푸려 있던 제갈외의 얼굴에 갑자기 훈훈한 미소가 감돌기 시작했다.

"그러고 보니 소응 그 녀석이 불과 몇 개월 만에 부쩍 여물어진 것 같긴 해. 가뜩이나 귀여움이라고는 별로 없던 녀석이 한층 더 과묵해진 게 좀 아쉽긴 하지만, 그래도 기초가 제법 잘 다듬어져서 정말 훗날이 기대되는구나. 이럴 게 아니라 소응에게 먹일 약초라도 좀 찾아봐야겠다."

제갈외는 날카로운 눈으로 주위를 둘러보다 이내 신형을 날려 사라져 갔다.

종남산을 내려가는 길은 상당히 험했다.

예전 같으면 눈을 감고도 걸어갈 수 있을 만큼 익숙한 길이었건만, 지금 매상의 몸 상태로는 천산의 험산준로를 지나는 것처럼 힘들고 고통스러웠다. 전신은 이미 흐르는 땀으로 흠뻑 젖은 지 오래였고, 팔다리는 후들거리다 못해 가느다란 경련마저 일어나고 있었다.

마음 같아서는 잠깐이라도 길가에 앉아 쉬고 싶었으나, 지금 주저앉는다면 다시는 몸을 일으키지 못할 것 같은 느낌에 매상은 억지라도 계속 두 다리를 움직이고 있었다.

얼마나 걸었을까?

가파른 능선을 따라 이어져 있는 계곡 하나를 막 지나려 할 때였다.

계곡가에 있는 커다란 바위 위에 한 사람이 걸터앉은 채 그를 지켜보고 있었다. 그 사람과 시선을 마주치자 매상은 더 이상 버티지 못하고 근처의 바위 위에 털썩 주저앉았다.

그 사람은 유난히 창백한 얼굴로 비 오듯 땀을 흘리는 매상을 물끄러미 보고 있기만 했다. 헝클어진 머리카락 사이로 흘러나오는 그자의 눈빛이 이상하리만치 무겁게 느껴졌다.

"이렇게 가는 거요?"

그자의 질문에, 매상은 대답 대신 몇 차례 가쁜 숨을 몰아쉬다가 음울하리만치 낮게 가라앉은 음성으로 되물었다.

"어떻게 알았느냐?"

"평상시와 달리 침구가 잘 정리되어 있더군. 그래서 혹시나 하여 사형이 자주 가는 장소에서 산 아래로 내려올 만한 길에 나와 있었던 거요."

"매일 나를 지켜보고 있었던 거냐?"

"사 년 전처럼 또 그렇게 훌쩍 떠나 버릴 거 같아서 말이오."

매상은 그 말에 더 이상 아무 대꾸도 없이 입을 굳게 다물었다.

가뜩이나 얄팍한 입술이 핏기 한 점 없이 유난히 창백해서인지 금시라도 숨이 끊어질 듯한 환자를 보는 것 같았다.

그 사람은 매상의 얼굴을 유심히 쳐다보더니 다시 조용한 음성을 내뱉었다.

"갈 땐 가더라도 언제쯤 다시 올지 기약이라도 해 주시오. 최소한 장문 사형이 물어보면 대답할 말이라도 있어야 하지 않겠소?"

그 말에 매상의 어깨가 한 차례 흔들리며 매섭게 번뜩였던 눈빛이 살짝 흐려졌다.

"그래, 그를 못 보고 가게 됐군."

"말도 없이 그냥 간 걸 알면 장문 사형이 꽤 서운해할 거요. 그렇잖아도 그동안 몇 번이나 매 사형 얘기를 하면서 소식을 몰라 답답해했었소."

"내 욕 꽤 했겠군."

"장문 사형이 뒤에서 남을 험담하는 성격이 아니라는 건 매 사형도 잘 알고 있지 않소?"

매상은 그 말에는 아무 대꾸도 하지 않고 눈앞의 사내를 유심히 쳐다보았다.

매상이 아무 말도 없이 자신을 빤히 보고만 있자 그 사람, 소지산은 고개를 갸웃거렸다.

"왜 그런 눈으로 보는 거요?"

매상은 한참 동안이나 소지산의 얼굴을 이리저리 훑어보더니 낮게 가라앉은 음성으로 말했다.

"이제는 정말 고수의 풍모가 확연히 느껴지는구나."

소지산은 그답지 않게 피식 웃었다.

"생뚱맞게 그게 무슨 소리요?"

"예전에도 네 재질이 제법 좋다는 건 알고 있었다. 그래도 나보다 뛰어난 고수가 될 거라고는 한 번도 생각해 본 적이 없었는데, 지금은 아무리 봐도 내 아래가 아닌 것 같아서 말이지."

"작은 성취가 있기는 했지만 아직 멀었소. 그리고 제자들의 말을 들으니 일전에 보여 준 매 사형의 검법이 정말 놀라웠다고 하더구려. 소문삼살의 그 장병기를 제거할 실력을 지녔으면서 왜 이리 엄살을 피우는 거요?"

"이번에 화산파와의 회람연에서 네가 화산파 고수 세 명을 연거푸 물리쳤다고 들었다. 그들 중 천절검사 단우진도 있다고 하던데, 단우진이라면 나로서도 이긴다고 자신할 수 없는 절세의 검객이다. 네가 단우진을 꺾었다는 게 정녕 사실이냐?"

"운이 좀 따랐소."

소지산이 대수롭지 않은 듯 말했으나, 매상의 얼굴 표정과 눈빛은 어느 때보다 진지했다.

"단우진과 검단현은 운만으로는 이길 수 없는 자들이지. 지난 사 년 동안 나 나름대로는 험하고 거칠게 살아왔다고 생각했는데, 너는 그보다 더한 세월을 보낸 모양이구나."

소지산은 잠시 침음하다 조용한 음성을 내뱉었다.

"확실히 쉽지 않은 시간이었소."

매상은 눈도 깜박이지 않고 소지산을 뚫어지게 응시했다.

"초가보와 싸울 때는 어땠느냐?"

"힘들고 고통스러웠소."

"그때 옆에 없던 내가 원망스럽지 않았느냐?"

"그런 생각을 할 겨를도 없었소. 그저 살기 위해 발버둥 치느라 정신없었지. 그리고 우리는 끝내 살아남았소."

매상의 얼굴에 별다른 표정의 변화는 없었다. 그럼에도 소지산은 그의 눈빛이 왠지 조금 전보다 훨씬 더 흐릿해진 듯한 느낌이 들었다.

매상은 그런 눈으로 물끄러미 소지산을 보고 있다가 고개를 돌렸다.

"나도……."

매상은 평소의 그답지 않게 입속으로 우물거리듯 나오려던 말을 삼켰으나, 소지산은 그가 무슨 말을 하려고 했는지 알 것 같았다.

'나도 그 힘들고 고통스러웠을 시간을 너희와 함께 보내고 싶었다.'

매상이 종남파를 떠나지 않았더라면 아마 틀림없이 그렇게 했을 것이다. 매상은 상황이 암울하거나 상대가 강하다고 해서 피하는 성격이 아니었으니 반드시 그러했을 것이다.

그때의 종남파는 정말 금시라도 무너질 듯 위태로웠고 제자들도 하나같이 나약했지만, 그들 사이의 끈은 두텁기 그지없었다. 그랬던 그들도 두기춘이 만년삼정을 훔쳐 달아나고, 소림사로 집회를 떠났던 진산월 일행이 별다른 성과없이 오히려 임영옥마저 두고 온 채 돌아온 후로 많이 흔들리고 약해졌다.

그래도 시간이 조금 흘렀다면 다시 예전처럼 힘겹게라도 상황을 이어 나가고 그들 사이도 자연스레 다시 굳건해졌을 것이다.

하나 매상은 진산월 일행이 돌아온 지 얼마 되지 않아 돌연 종남파를 훌쩍 떠났고, 매종도의 비학을 찾겠다고 나선 진산월마저 행방이 묘연해졌다.

그 후에는 그야말로 지옥 같은 나날들의 연속이었다. 남은 종남파의 제자들은 하루하루 생사의 고비를 수없이 넘나들며 악전고투를 벌여야 했다. 한 치 앞의 미래도 장담할 수 없는 암담하고 위태로운 상황이 계속되었고, 결국은 본산마저 빼앗긴 채 뿔뿔이 흩어져 숨어 지내야 하는 처지가 되고 말았다.

당시의 기억이 어찌나 고통스러웠던지 소지산은 지금도 그때를 떠올리면 가슴이 덜컥 내려앉고 식은땀이 전신에 흐르곤 했다.

그때 그들이 용케도 죽지 않고 버틸 수 있었던 것은 정말 운이 좋았다고 표현할 수밖에 없는 기적 같은 일이었다.

당시의 초가보는 정말 강했다.

그곳에는 수많은 절정 고수들을 보유하고 있었고, 정체를 숨긴 뛰어난 고수들 역시 즐비한 상태였다.

그에 비해 종남파의 제자들은 하나같이 몇 년이나 쫓겨 다니느라 정상적인 몸 상태가 아니었고, 믿을 만한 고수라고는 오직 뒤늦게 돌아온 진산월 한 사람뿐이었다. 누가 보아도 종남파가 절대적으로 불리한 상황이었다.

그럼에도 종남파의 제자들은 포기하지 않고 끝까지 싸움을 이어 나갔다.

그 힘들었던 시절, 그들이 가끔 종남파를 떠난 사람들을 떠올리는 것은 너무도 당연한 일이었다.

대사형의 신분을 벗어던지고 문파를 등진 악자화, 장문인에게 가야 할 영약을 빼돌리고 사라진 두기춘, 두기춘에게 얻어맞고 말도 없이 훌쩍 떠나 버린 매상, 강호행을 나섰다가 서장의 습격으로 심각한 부상을 당해 돌아오지 못한 임영옥, 그리고 진산월…….

그들 한 사람 한 사람을 추억하고 그리워하며 종남파의 제자들은 외롭고 힘든 고통의 시간을 악착같이 견뎌 냈다.

소지산은 담담하면서도 차분한 음성으로 말했다.

"우리 중 떠난 사람들을 욕하는 자는 아무도 없었소. 걱정은 조금 했지만, 그래도 다들 어딘가에서 잘 살고 있을 거라고 믿었지. 언제고 그들이 다시 돌아온다면 쉴 자리쯤은 있어야 한다는 생각에 없던 힘까지 쥐어짜며 하루하루를 버티고 또 버텨 냈소."

평소 말이 거의 없는 소지산으로서는 드물게 말이 많은 모습이었다.

"장문 사형이 돌아오고, 초가보와 흉험한 싸움을 계속해도 우리는 단 한시도 마음을 늦춘 적이 없었소. 그리고 본산을 되찾았을 때, 이제는 당신들이 돌아와도 편안히 머무를 수 있겠다는 생각에 비로소 마음 놓고 잠들 수 있었지."

매상은 목이 멘 듯 굳은 표정으로 있다가 쥐어짜듯 힘겹게 음성을 내뱉었다.

"그렇게 계속 기다리고 있었던 거냐?"

"언제고 돌아올 거라 믿었으니까."

"미련스러운 놈들……."

소지산은 하얀 이를 살짝 드러내며 웃었다.

"그래도 우리 생각이 맞지 않았소? 떠난 사람들이 하나둘씩 돌아오고 있으니 말이오."

"난 돌아온 게 아니다. 그냥…….'

"그냥 잠시 들렀다가 가는 거란 말이오?"

"……."

"그럼 이렇게 들른 것처럼 다음에도 또 들르시오. 그리고 그때는 좀 더 오래 머물렀다 가시오. 그러다 보면 언젠가는 아주 돌아오게 되지 않겠소?"

매상은 입을 굳게 다문 채 철천지원수라도 되는 것처럼 무서운 눈으로 소지산을 쏘아보았다.

소지산은 여전히 웃고 있었다. 아무 사심도 없는 듯한 그 웃음은 매상에게는 다른 어떤 질책보다 무서운 것으로 보였다.

매상은 더 이상 아무 말도 하지 않은 채 몸을 돌렸다. 여전히 휘청거리기는 했으나, 매상은 단 한 번도 몸을 멈추거나 돌리지 않고 산을 내려갔다.

소지산은 매상의 몸이 산길 사이로 사라져 보이지 않을 때까지도 그 자리에 가만히 선 채 그의 뒷모습을 지켜보고 있었다. 멀어져 가는 그의 뒷등에서 소지산은 매상이 미처 내뱉지 못한 음성을 들은 것만 같았다.

'언젠가는 반드시…….'

소지산은 자신도 소리 없는 대답을 마음속으로 토해 냈다.

'다음에는 건강한 모습으로 볼 수 있길 바라겠소. 우린 언제까

지고 기다릴 수 있지만, 그렇다고 너무 오래 기다리게 하지는 마시오, 매 사형.'

＊　＊　＊

와룡사는 깊은 침묵에 잠겨 있었다. 밤의 정적이 내려앉은 와룡사는 아무도 살지 않는 폐허인 듯 사람의 흔적을 찾아보기 힘들었다.

와룡사는 장안의 중앙 부근에 자리하고 있는 아주 오래된 고찰(古刹)이었다.

섬서성에서 가장 먼저 생긴 불교 사원으로, 수(隋)나라 때는 복응선원이라고 불렸다가 당나라에 와서는 관음사라고 이름이 바뀌었다. 그러다 송나라에 이르러 와룡선인(臥龍禪人)이라는 고승이 기거했다고 하여 다시 와룡사라고 불리게 되었다.

삼경(三更: 밤 11시~새벽 1시 사이) 무렵.

짙은 어둠에 휩싸인 와룡사의 담벼락을 비호처럼 넘어가는 한 인영이 있었다. 어둠만큼이나 검은 흑의를 입은 그 인영의 동작은 표홀하기 그지없어서 제법 높은 와룡사의 담장을 넘어 안으로 들어설 때까지 아무런 소리도 들리지 않았다.

와룡사는 상당히 넓은 면적을 차지하고 있어서 입구에서 불전(佛殿)들이 늘어선 곳까지 상당한 거리를 걸어가야 했다. 흑의 인영은 경쾌한 동작으로 공터를 가로질러 몇 개의 불전을 지나 후원의 어느 한 곳으로 향했다.

괴괴한 어둠에 잠겨 흐릿한 음영이 드리워진 크고 작은 건물들은 마치 길게 이어진 거대한 무덤군(群)처럼 보였다.

인영은 재빠른 동작으로 후원에 줄지어 늘어선 건물들 사이를 빠져나갔다. 그 모습이 마치 수초(水草)를 헤치고 유영하는 한 마리 물고기를 보는 듯했다.

미끄러지듯 유연하게 건물 사이를 지나가던 인영의 움직임이 멈춘 곳은 후원에서도 가장 깊숙한 곳에 위치한 평범한 객방이었다.

와룡사의 후원은 주로 승려들이 숙식을 하는 곳이었고, 안쪽으로 와룡사를 찾아온 손님들이 머무르는 객방이 몇 개 있었다. 흑의 인영은 날카로운 눈으로 주위를 둘러보고는 그중 가장 끝에 있는 객방으로 가서 가볍게 문을 두드렸다.

똑똑.

"접니다, 대형."

불이 꺼진 방 안에서 묵직한 음성이 흘러나왔다.

"들어오너라."

흑의 인영은 주저하지 않고 문을 열고 안으로 들어갔다.

방은 겉에서 보던 것과 마찬가지로 그리 크지 않았다. 창문가에 침상 하나가 놓여 있고, 그 앞에 작은 탁자와 두 개의 의자만이 있을 뿐이었다.

침상 위에 한 사람이 단정한 자세로 앉은 채 방 안으로 들어오는 인영을 응시하고 있었다.

자신의 손조차 제대로 보이지 않을 정도로 짙은 어둠 속에서도 그 사람의 두 눈은 단번에 알아볼 수 있을 정도로 날카롭게 빛나고 있었다.

"알아보았느냐?"

흑의 인영은 그에게 머리를 조아리고는 두 개뿐인 의자 중 하나에 앉으며 조심스러운 음성으로 입을 열었다.

"아무래도 팔상전(八相殿)과 바로 뒤쪽에 있는 두 채의 건물들이 가장 수상합니다."

"팔상전이 어디에 있더라……?"

"서쪽의 원통전(圓通殿)과 명부전(冥府殿) 사이에 조금 길쭉하게 세워진 건물입니다. 석가모니의 일대기를 그린 그림 여덟 점이 늘어서 있는 불전이라, 보시면 아실 겁니다."

"아! 그렇군. 이제 기억이 났다."

침대 위의 사람은 가볍게 고개를 끄덕이고는 다시 예의 번뜩이는 눈으로 흑의인을 바라보았다.

"그곳을 의심하는 이유가 무엇이냐?"

흑의인은 한 차례 마른침을 꿀꺽 삼키고는 한결 신중해진 음성으로 말했다.

"지난 삼 일 동안 와룡사에 있는 스물두 개의 불전과 마흔한 곳의 승방을 샅샅이 훑었습니다. 주위의 시선을 끌지 않기 위해 조심하느라 제법 시간이 걸렸지만, 그래도 어느 한 곳 빠지지 않고 철저히 조사했다고 자신합니다."

"최 방주가 고생했겠군."

흑의 인영은 멋쩍은 미소를 지으며 재빨리 고개를 끄덕였다.

"최 방주님뿐만 아니라 삼묘 세 분도 애를 많이 쓰셨습니다. 덕분에 와룡사의 땡중들과 참배객들의 눈을 피해 무사히 조사를 마칠 수 있었습니다."

침상 위의 사람은 다름 아닌 노해광이었고, 흑의인은 그의 수하인 상로객 지일환이었다.

소문삼살의 둘째인 괴살 도인수에게서 와룡사의 이름이 언급된 후 노해광은 와룡사 일대의 수색에 자신의 전력을 기울였다. 최동이 이끄는 흑선방은 물론이고, 삼묘, 지일환과 마정기 등 그의 수족들이 모두 동원되다시피 했다. 그렇게 했음에도 삼 일이라는 적지 않은 시간이 지난 다음에야 비로소 작은 실마리 하나를 발견하게 된 것이다.

"팔상전은 원래 부처의 행적을 그린 불화(佛畵)들을 모아 놓은 곳이라 그림을 관리하는 소수의 인원들 외에는 사람들의 출입이 거의 없는 곳입니다. 원래 그곳을 관리하는 책임자는 지도(持道)라는 승려인데, 며칠 전에 고향에 일이 생겨 귀향했다고 합니다. 그런데 최근에 팔상전 뒤쪽으로 외부인들의 모습이 간헐적으로 보인다는군요. 가뜩이나 평상시에도 인적이 드문 곳에 지금은 관리자도 없는데 오히려 누군가가 꾸준히 출입하고 있으니 충분히 의심해 볼 만하지 않겠습니까?"

"흠."

노해광은 지일환의 보고를 들으며 잠시 생각에 잠겼다. 지일환의 말대로 결정적인 증거는 아니지만 의심해 볼 여지는 분명히 있었다.

"좋다. 말이 나온 김에 바로 처리하자. 준비해 둔 인원들을 불러라."

"지금 당장 말입니까?"

"이미 너무 오래 지체되었다. 더 시간을 끌다가는 왠지 꺼진 불씨가 되살아날 것 같아 불안하구나."

검단현이 종남파 본산의 습격을 지시하고 행적이 묘연해진 지 벌써 적지 않은 시간이 흘렀다는 것이 노해광에게 상당한 부담감을 주고 있었다. 노해광으로서는 어떤 식으로든 검단현과의 악연을 깔끔하게 정리하고 종남파의 상황을 안정시키고 싶은 마음뿐이었다.

"알겠습니다, 대형."

지일환도 같은 심정인지 빠르게 대답하고 날렵한 몸놀림으로 방을 빠져나갔다.

그로부터 일각 정도 시간이 흐른 후, 노해광은 느릿한 걸음으로 팔상전의 문을 열고 있었다.

삐걱!

밤이 깊어서인지 문 열리는 소리가 제법 크게 들렸으나 노해광은 전혀 표정의 변화 없이 차분한 손길로 문을 열고는 팔상전 안을 둘러보았다.

정면으로는 석가모니와 다양한 형상의 불상들이 줄지어 앉아 있고, 불상 뒤편 벽으로부터 사방으로 불화가 가득 그려져 있는 팔상전은 짙은 어둠에 잠겨 왠지 모르게 섬뜩한 느낌이 들게 했다. 불상과 불화가 뒤섞여 만들어 낸 칠흑 같은 공간은 누구라도 선뜻 들어서기 망설여지는 것이었다.

노해광 또한 그런 느낌이 들었는지 한동안 팔상전의 입구에 우뚝 선 채 불전 안을 묵묵히 보고만 있었다. 그러다 천천히 한 걸음을 내디뎌 실내로 들어섰다.

안으로 들어오니 기이한 중압감이 주위를 더욱 무겁게 짓누르고 있는 것 같았다.

노해광이 다시 불전의 중앙을 향해 한 걸음 내디뎠을 때, 갑자기 어디선가 낮게 가라앉은 음산한 목소리가 들려왔다.

"이 시간에 여기를 오다니 배짱이 대단하군."

여러 형상의 불상들과 어지러울 정도로 가득 펼쳐진 다양한 모습의 불화들, 그리고 실내를 휘감는 무거운 어둠 속에서 느닷없이 들려온 음성은 듣는 이의 모골을 송연하게 하는 묘한 힘이 담겨 있었다.

노해광은 빠르게 실내를 두리번거렸으나, 소리가 들려온 곳이 어디인지 알아차리지 못했다. 당황할 법도 하건만 노해광은 한차례 어깨를 으쓱거리더니 대수롭지 않은 듯 태연한 음성을 내뱉었다.

"내가 생긴 건 이래도 제법 독실한 신자라서 말이오."

"부처를 만나기에는 적당한 시간이 아니지 않나?"

"예불하는데 정성이 중요하지, 시간이 무에 그리 중요하겠소?"

음산한 목소리의 주인은 노해광의 천연덕스러운 반응에 이내 나직한 웃음을 흘렸다.

"흐흐. 과연 듣던 대로 입심이 제법이군."

"내가 누군지 알고 있소?"

"요즘 서안에서 제일 잘나가는 인물이라고 들었지. 잔꾀도 많고 수단도 좋아서 벌써 여럿이 당했다고 하더군."

"호, 이 시간에 불쑥 찾아온 나를 한눈에 알아보다니 마치 내가 올 것을 기다리고 있기라도 한 것 같구려."

"그래, 틀린 말은 아니지."

의외로 그 사람이 부인하지 않자 노해광의 눈빛이 날카롭게 번뜩였다.

"나를 기다리고 있는 줄 알았다면 진즉에 찾아올 걸 그랬군. 무슨 일로 내가 오기를 기다리고 있었던 거요?"

"자네가 짐작하는 그 일 때문이지."

"내가 짐작하는 일이라. 한 가지밖에 안 떠오르는군."

"그럼 바로 그걸 테지."

노해광은 잠시 침음하다가 돌연 한쪽으로 고개를 돌렸다.

정면에서 우측으로 조금 치우쳐진 불단에는 다양한 모습의 불상들이 자리하고 있었는데, 그중 유난히 배가 튀어나온 미륵불상에 그의 시선이 고정되었다. 투실한 가슴과 통통한 배를 반쯤 드러낸 채 알 듯 모를 듯 묘한 미소를 짓고 있는 미륵불은 해학적이면서도 보는 이로 하여금 왠지 섬뜩한 느낌이 들게 하는 기이한 힘이 있었다.

노해광은 그 미륵불의 얼굴을 뚫어지게 보고 있다가 낮게 가라앉은 음성으로 입을 열었다.

"당신을 보니 불현듯 생각나는 사람이 있군."

웃음 지은 채 고정되어 있던 미륵불의 얼굴이 미묘하게 꿈틀거리더니 이내 입가와 미간에 떠올라 있는 미소가 조금 더 짙어졌다.

실로 기괴스러운 모습이 아닐 수 없었다. 이제 보니 불상인 줄 알았던 미륵불은 살아 있는 사람이었던 것이다. 인간의 몸으로 불상과 구별이 가지 않을 정도로 닮아 보인다는 것은 눈으로 보고도 쉽게 믿어지지 않는 일이었다.

"그가 누군가?"

분명 눈과 얼굴은 활짝 웃고 있는데, 사람의 마음을 억죄는 듯한 섬뜩한 느낌은 오히려 한층 더 강해졌다.

노해광은 눈도 깜박이지 않고 그를 응시했다.

"아미파에서도 무공이 고강하기로 유명한 흑미륵 원정 대사의 사형인 원당(圓堂)이란 인물이오. 원래는 유력한 차기 장문인 후보 중 하나였는데, 어느 순간 혈기를 이기지 못하고 아미산 주변의 인근을 돌아다니며 하룻밤 사이에 죄 없는 사람 수백 명을 살해하여 파문당한 희대의 살인마라고 하오."

"……"

"평소에 잘 웃고 다닌다고 하여 소미륵(笑彌勒)이란 별호가 있었는데, 그 혈겁 이후 다들 혈미륵(血彌勒)이라고 부른다고 하더구려. 그가 아미파를 뛰쳐나간 후 아미파에서 그를 잡기 위해 몇 번이나 고수들을 파견했으나, 대부분이 주살당해 아미파에서는 지금도 그 이름을 입에 올리는 걸 금기시한다고 들었소."

혈미륵 원당!

한때는 아미파 일대는 물론이고 사천성 일대를 온통 뒤흔들어 놓던 이름이었다.

전도양양한 아미파의 고수가 어느 날 갑자기 살인귀로 돌변하여 무림인과 민간인을 가리지 않고 무참히 살해하는 끔찍한 혈풍을 저질렀으니 세간의 이목이 몰리는 것도 무리는 아니었다. 더구나 아미파에서는 쉬쉬하고 있었지만, 그를 쫓다 오히려 희생당한 추격대 중에는 장로급 고승들도 몇 사람 포함되어 있다는 말이 정설로 전해지고 있었다.

그 후로 상당한 시간이 흐르는 동안에도 원당의 모습은 강호에 보이지 않았다. 그런데 지금 노해광의 입에서 모처럼 그의 이름이 거론된 것이다.

미륵불은 얼굴이 일그러지도록 활짝 웃었다. 도금이라도 했는지 온몸은 물론이고 이빨까지 금색으로 누렇게 변한 불상이 입을 벌린 채 웃고 있는 모습은 기괴함을 넘어 공포스러워 보였다.

"그래, 맞아. 내가 바로 원당이네. 용케도 아직까지 나를 기억해 주는 사람이 있었군."

"어렵지 않은 일이었소. 내가 장성에 있을 때 당신에 대한 소문을 몇 가지 들은 게 있었거든."

"무슨 소문 말인가?"

"구대문파 중 한 곳에서 쫓겨난 괴승이 흥안령 쪽으로 왔다가 그 일대를 피바다로 만들었다던가, 혈겁을 저지르고 다니던 그 괴승이 자신보다 더 괴물 같은 자에게 굴복하여 그의 수하가 되었다던가?"

듣기에 따라서는 자존심이 상할 법도 한데, 원당은 아무렇지도 않은 얼굴로 계속 웃고 있었다.

"흐흐. 용케도 그런 소문을 들었군."

"당시에는 장성 일대를 제법 시끄럽게 했던 사건이었소. 그 근처에 살던 사람들은 혹시라도 그 피에 굶주린 괴승이 자기들 쪽으로 오지 않을까 전전긍긍했었거든."

"피에 굶주렸다라…… 그래, 그렇게 보일 법도 했겠군."

"그때도 정말 궁금했었는데, 대체 왜 갑자기 그렇게 인명을 무차별로 해치고 다녔던 거요?"

노해광의 물음에 원당의 금빛이 감도는 얼굴에 묘한 미소가 내걸렸다. 보기에 따라서는 자조 섞인 조소 같기도 했고, 흥분을 억누르는 살소 같기도 했다.

"그러고 보니 그게 벌써 십 년도 훨씬 전의 일이었군. 세월이 정말 빨라. 그때는 나도 젊은 혈기 같은 게 있었지."

노해광은 믿기지 않는 듯한 표정을 지었다.

"단순히 젊은 혈기로 그런 살겁을 저질렀단 말이오?"

"단순한 건 아니지. 그때의 나는 늘 웃고 다녔고, 착하고 인내심 많은 사람으로 주위에 알려져 있었지. 그렇게 사는 삶에 특별한 불만은 없었네. 그런데 언제부터인가 가슴이 답답해지고 몸에서 기운이 나지 않는 거야. 아무리 불공을 드리고 심법을 수련해도 갑갑함이 풀리지 않았어. 가슴속에 응어리 같은 게 있긴 했는데, 그게 무엇인지는 도무지 알 수가 없었지."

괴괴한 어둠에 잠겨 들려오는 그의 낮게 가라앉은 음성은 미치 지옥에서 흘러나오는 사신(死神)의 중얼거림 같았다.

"그러던 어느 날, 지나가던 노인 부부가 나를 보더니 공손하게 절을 하더군. 그래서 왜 내게 절을 하냐고 물었더니, 웃는 내 모습이 꼭 살아 있는 부처를 보는 것 같다며 나에게 빌면 멀리 사는 자식에게 좋은 일이 있을 것 같아서 치성을 드린 거라고 했네."

원당의 얼굴에는 여전히 미소가 떠올라 있었지만, 가늘게 찢어진 두 눈에서 흘러나오는 눈빛은 점차 강렬해지더니 이내 기이한 이글거림이 감돌기 시작했다.

"그런데 그 말을 듣는 순간, 갑자기 가슴 깊숙한 곳에서 뜨거운 무언가가 불쑥 치밀어 오르더군. 정신을 차려 보니 두 부부는 전신이 으스러진 채 쓰러져 있고, 내 양손은 피로 물들어 있었지. 처음에는 놀라고 당황했는데, 그들의 피로 범벅이 된 내 손을 보는 순간 갑자기 형용할 수 없는 상쾌함이 전신으로 퍼져 나가는 거야. 그건 정말 말로 표현할 수 없는 오묘한 기분이었네."

배를 드러낸 채 웃고 있는 원당의 모습은 영락없는 미륵불의 현신(顯身) 같았으나 노해광의 눈에는 피로 물든 희대의 살인광으로 보였다.

"그때 비로소 깨달았지. 내가 타고난 살성(煞星)이라는 것을. 천부적인 살성이 짙은 살심(殺心)을 마음 깊숙한 곳에 줄곧 억누르고 살았으니 늘 가슴이 답답하고 속에 응어리가 생길 수밖에."

"그래서 닥치는 대로 사람을 죽이고 다녔던 거요?"

"그냥 살성으로 사는 것이 어떤 기분인지 이제라도 좀 느끼고 싶었을 뿐이네. 그런데 제대로 만끽해 보기도 전에 천지사방에서 나를 쫓아오는 바람에 어쩔 수 없이 몸을 피해야만 했지."

원당은 대수롭지 않은 듯 가볍게 말했으나, 노해광은 당시 원당의 살행을 저지하려다 오히려 그에게 살해당한 고수들의 수가 수십 명에 달한다는 말을 들은 적이 있었다. 그중에는 원당의 사문인 아미파의 제자들도 상당수 포함되었다. 원당이 흥안령 일대에서 종적을 감추지 않았다면 아미파에서는 문파의 법도를 지키기 위해서라도 그를 제거하려고 엄청난 출혈을 감당해야 했을 것이다.

노해광은 살기 어린 미소를 짓고 있는 원당의 얼굴을 가만히 바라보고 있다가 무심한 음성을 내뱉었다.

"그런 살성도 자기보다 더한 살성을 만나면 한 마리 순한 양처럼 얌전해지는 모양이구려."

원당의 얼굴에 걸려 있던 미소가 순간적으로 굳어졌다. 그러다 이내 이를 드러내며 다시 웃었다. 조금 전보다 한층 더 살벌하고 살기 짙은 미소였다.

"흐흐. 격장지계치곤 유치하군. 확실히 대형(大兄)을 만나고 난 뒤로 내가 얌전해지긴 했지."

원당이 선뜻 자신이 다른 사람의 휘하로 들어갔음을 인정하자 노해광은 오히려 마음이 무거워졌다. 원당 같은 인물이 순순히 인정할 정도로 대형이란 자가 무시무시한 존재라는 의미이기 때문이었다.

"당신이 이곳에서 나를 기다린 것도 그 대형이란 자의 지시인 거요?"

"지시라기보다는 그렇게 될 수밖에 없던 일이었지."

"그게 무슨 뜻이오?"

원당의 시선이 노해광의 두 눈에 빤히 고정되었다. 원당의 얼굴 가득 떠올라 있는 미소는 어찌 보면 유희를 즐기는 어린아이의 천진한 모습 같기도 했고, 마음속에 흉심을 숨긴 채 득의만면해하는 악한을 보는 것 같기도 했다.

　"자네가 사람 하나를 간절히 찾고 있다는 걸 알고 있네. 벌써 며칠째 이 절 주위를 쥐새끼처럼 구석구석 빠지지 않고 살펴보고 있더군. 그래서 조만간 자네가 이쪽으로 올 거라고 생각했지. 내 예상보다는 조금 늦었지만, 그래도 이 정도면 수하들의 능력이 아주 준수한 편이라고 할 수 있겠군."

　자신을 조롱하는 듯한 말에도 노해광은 전혀 화를 내지 않고 침착한 어조로 대꾸했다.

　"내 사정을 그렇게 잘 알고 있다니 말하기 편하겠군. 내가 찾는 그자를 당신이 데리고 있소?"

　원당은 히죽거리며 웃었다.

　"철면호는 눈치가 빠르고 재주가 비상하다니, 한번 맞혀 보게. 자네가 찾는 자가 나에게 있겠나?"

　노해광은 원당의 얼굴을 뚫어지게 응시하고 있다가 신중한 음성을 내뱉었다.

　"당신이 그를 데리고 있다는 건 알겠군. 하지만 지금 이곳에 있지는 않은 모양이구려."

　"왜 그렇게 생각하나?"

　"그는 부상이 너무 심각해서 아무리 그동안 치료를 잘 받았다고 해도 약 없이는 손가락 하나 까딱할 수 없는 상황일 거요. 그런데 이곳에는 어떠한 약 냄새도 나고 있지 않소."

"……."

"게다가 오늘 이곳에서는 아무래도 흉험한 일이 벌어질 듯한데, 제 몸 하나 제대로 가누지 못하는 자를 이곳에 데리고 나왔을 것 같지도 않구려."

엷은 미소를 지은 채 가만히 노해광의 말을 듣고만 있던 원당이 갑자기 입을 크게 벌리며 얼굴이 온통 일그러지도록 활짝 웃었다.

"자네의 말 중 적어도 한 가지는 정확하게 맞았네."

"그게 무엇이오?"

"오늘 이곳에서 흉험한 일이 벌어지리라는 것이지."

말이 채 끝나기도 전에 불단 위에 못 박힌 듯 앉아 있던 원당의 몸이 앉은 자세 그대로 쏜살같이 노해광의 코앞으로 날아왔다.

제376장

일적한수(一滴汗水)

제376장 일적한수(一滴汗水)

노해광은 원당의 정체를 알았을 때부터 마음속으로 그에 대한
경계심을 늦추지 않고 있었다. 원당은 모습을 감춘 지 오래되어
중원에서는 그다지 널리 알려진 인물이 아니었으나, 장성 일대에
서 상당한 기간 동안 활동했던 노해광은 그에 대해 제법 많은 걸
알고 있었다.

원당은 흥안령 쪽에서 칩거한 후로는 크게 살겁을 저지르지는
않았으나, 몇 차례인가 장성 부근의 토착 세력 고수들과 충돌을
일으켜 그 일대에서 제법 큰 풍파를 일으키곤 했다.

특히 몇 년 전에는 서장십육사의 일인인 단홍도(斷虹刀) 새립
(塞立)과 그의 의형제들인 단홍사살(斷虹四煞)을 한꺼번에 격살
하여 사람들을 경악케 했다. 그때 원당이 사용한 것은 오직 한쌍
의 손뿐이었는데, 피로 물든 듯 시뻘겋게 변한 그의 손이 어찌나

무서웠던지 새립과 그의 의형제들은 불과 십여 초 만에 전신의 심맥이 으스러진 채 숨이 끊어지고 말았다고 했다. 노해광은 그때 원당이 사용한 무공이 아미파의 비전인 파옥수(破玉手)의 변형이 아닐까 추측하고 있었다.

그렇게 원당에 대한 경각심을 갖고 있던 노해광은 원당의 몸이 움직인다 싶은 순간, 훌쩍 몸을 날려 옆으로 피하려 했다. 그런데 앉은 자세로 날아오던 원당의 신형이 미끄러지듯 움직여 노해광을 바짝 따라오는 것이 아닌가?

"연대구품(蓮臺九品)?"

순간적으로 불문(佛門) 최고의 신법 중 하나를 떠올린 노해광이 자신도 모르게 경악성을 터뜨리며 앞으로 몸을 굴렀다. 다급한 마음에 자신도 모르게 나온 반응이었다.

파아아…….

조금 전까지만 해도 노해광이 있던 공간을 세찬 경풍이 휩쓸고 지나갔다.

노해광은 머리끝이 쭈뼛하는 느낌에 제대로 일어나지도 못하고 다시 몇 차례나 몸을 굴렀다.

서안의 막후 실력자에, 강호를 위진시키고 있는 대종남파 장문인의 사숙이라는 신분을 생각하면 정말 볼품없고 체면을 구기는 모습이었으나, 삼 장여를 벗어나 몸을 벌떡 일으키는 노해광의 얼굴에는 부끄러운 표정 같은 건 전혀 없었다.

"철면호가 아니라 철면서(鐵面鼠)로구나."

냉랭한 조소와 함께 원당은 예의 미끄러지는 듯한 동작으로 허공을 가르며 다시 노해광을 향해 날아들었다. 여전히 앉아 있는 자세임에도 어찌나 움직임이 유연했던지 그의 발밑에 보이지 않는 비단길이 깔려 있는 것 같았다.

노해광은 이어룡 신법으로 원당의 공세를 벗어나려 했으나, 빠르고 민첩한 이어룡으로도 원당을 떨쳐 낼 수 없었다. 할 수 없이 노해광은 더 이상 피하지 않고 자신을 집요하게 따라오는 원당을 향해 삼장(三掌)을 연거푸 갈겨 댔다. 종남파의 무공 중에서도 강맹하기로 유명한 대천장이었다.

원당은 피하지 않고 움직이는 여세를 몰아 그대로 노해광이 내뿜은 경력에 부딪혔다.

퍼엉!

고막이 찢어질 듯한 굉음이 터져 나오며 노해광의 신형이 훌훌 날아 문을 뚫고 밖으로 튕겨 나갔다. 한눈에 보기에도 상대가 되지 않는 일방적인 결과였다.

하나 원당은 오히려 눈가를 일그러뜨리며 성난 음성을 토해 냈다.

"약은 짓을 부리는구나!"

노성이 장내를 뒤흔드는 찰나, 그의 몸은 어느새 노해광을 따라 대전 밖으로 날아가고 있었다. 노해광이 장력이 부딪힌 여파를 이용해 밖으로 몸을 피했다는 것을 알아차린 것이다.

막 바닥에서 몸을 일으키고 있던 노해광을 발견한 원당의 신형이 한 줄기 유성처럼 그를 향해 떨어져 내렸다.

그런데 노해광의 반응이 이상했다. 조금 전만 해도 다급하게 바닥을 구르며 낭패스러운 모습을 보이더니, 무서운 기세로 자신을 향해 날아오는 원당을 보았으면서도 놀라거나 두려워하기는커녕 바닥에서 일어나며 태연하게 옷에 묻은 먼지를 털어 내고 있었다.

막 노해광에게로 날아가던 원당의 신형이 갑자기 화살 맞은 기러기처럼 아래로 뚝 떨어져 내렸다. 허공에서 한 차례 휘청이던 원당은 이내 앉아 있던 자세를 풀고 바닥에 내려섰다. 노해광에게서 이 장 떨어진 위치였다.

그의 얼굴은 조금 전과는 달리 진짜 금불상처럼 딱딱하게 굳어 있었다.

"그래, 과연 한 수를 숨기고 있었군."

한마디 뱉어 낸 원당은 노해광이 아닌 그 옆의 어둠 속을 쏘아보았다.

막 노해광을 공격하려던 그가 갑자기 물러선 것은 어느 순간에 전신이 빙굴에 빠진 듯한 섬뜩함을 느꼈기 때문이었다. 그것이 절정의 검객만이 발출할 수 있는 무형검기임을 깨달은 원당이 황급히 몸을 멈춘 것이다.

짙은 어둠 속에 언제부터인가 한 사람이 서 있었다. 푸른 청삼을 입고 이목구비가 수려한 중년인이었다. 허리춤에는 고색창연한 장검 한 자루를 차고 있었는데, 무심한 듯 한 손을 검의 손잡이에 올려놓았다.

원당은 검을 잡고 서 있는 자세만 보아도 그가 어느 수준의 검객인지 알 수 있었다. 자연스레 그는 안광을 돋구어 그의 전신을 찬찬히 살펴보았다.

"종남의 문인인가?"

청삼 중년인은 차분한 표정으로 고개를 끄덕였다.

"그렇소. 성락중이라 하오."

원당의 눈빛에 기광이 번뜩였다.

"성락중이라면 악산대전에서 형산파의 비응검을 꺾은 무영검군인가?"

"그렇소."

"비응검은 성격은 지랄 같아도 검법 하나는 귀신 같은 늙은이였는데, 그가 자신의 사질뻘 되는 자에게 패했다고 해서 의아했지. 그런데 실제로 보니 그럴 만했군."

"과찬의 말씀이오."

원당은 성락중의 기품 어린 얼굴을 가만히 보고 있다가 갑자기 피식 웃었다.

"나이로 보아 철면호와 사형제간일 텐데, 두 사람의 분위기가 너무 다르군. 하나는 바닥 구르기를 주저하지 않는 파락호인데, 다른 하나는 명가의 품격이 물씬 느껴지는 정통 검객이라니, 종남파의 구성은 정말 다채롭기 그지없구나."

원당의 음성은 한편으로는 비아냥거리는 것 같기도 하고 한편으로는 얼마쯤의 감탄하는 마음도 뒤섞인 듯 오묘했다.

성락중은 담담한 표정으로 응수했다.

"그게 본 파의 저력이라고 생각하오."

"흐흐. 확실히 요즘 종남파의 위세를 보면 틀린 말은 아닐지 모르겠군. 앞뒤가 꽉 막힌 땡중들만 가득했던 아미파에 비하면 종남파는 확실히 기존의 문파들과는 다른 구석이 있는 것 같긴 하네."

"대사께선 아미파 각명 선사(覺明禪師)를 사사(師事)했다고 들었소."

성락중이 난데없이 자신의 스승을 입에 올리자 원당의 눈썹이 알아차리기 힘들 정도로 살짝 찌푸려졌다.

"오래전 일인데, 용케도 알고 있군."

"각명 선사께서는 나의 사부님과 상당한 친분이 있는 분이어서 그분에 대한 소식은 가끔이라도 듣고 있소."

그제야 원당은 성락중이 뜬금없는 말을 꺼낸 이유를 깨달았다.

"그렇군. 자네가 바로 질풍검의 제자로군."

"각명 선사께서 몇 년 전에 돌아가신 걸 뒤늦게 아시고 사부님께서는 몹시도 슬퍼하셨소. 그리고 하나뿐인 제자가 파문당해서 그분의 임종을 보지도 못하게 된 걸 무척이나 안타까워하셨소."

딱딱하게 굳어 있던 원당의 얼굴이 이내 다시 예의 괴이한 미소를 머금은 표정으로 돌아갔다.

"흐흐. 과거의 인연은 아미산을 벗어나면서 훌훌 벗어던진 지오래다. 그 땡중이 나에게 베풀었던 은(恩)도 이미 이 손도장 하나로 모두 갚았다."

원당은 반쯤 풀어헤쳐진 승포 자락의 가슴 부근을 슬쩍 벌려보였다.

그의 투실한 오른쪽 가슴 위에 작은 손도장이 흐릿하게 찍혀 있었다.

붉은빛이 감도는 손도장은 마치 어린아이의 손자국처럼 앙증맞았다. 하나 성락중은 한눈에 그 장인이 아미파의 비전절학인 적엽인(赤葉印)의 흔적임을 알아보았다.

적엽인은 아미파의 신공 중 하나인 적하신공(赤霞神功)을 대성한 사람만이 시전할 수 있는 절정의 수공(手功)으로, 일단 적중되면 금강동인이라도 으스러뜨리는 무시무시한 무공이었다.

아미파의 최고 무공은 강호에 널리 알려진 대정신공이지만, 적하신공은 그에 필적하는 뛰어난 내공심법으로 알려져 있었다. 그리고 아미파에서 이 적하신공에 가장 정통한 인물은 다름 아닌 각명 선사였다.

적하신공을 최고의 경지로 익힌 자만이 펼칠 수 있다는 적엽인이 원당의 가슴에 찍혀 있다는 것이 무엇을 뜻하는 것이겠는가?

무심한 듯 가슴 위의 손자국을 슬쩍 어루만진 원당은 승포 자락을 다시 여미며 두 눈을 부릅떴다.

"쓸데없는 짓을 하느라 아까운 시간만 보냈구나. 밤이 길면 꿈자리가 사나운 법이니 이제 우리 일도 더 늦기 전에 매듭을 짓도록 하자."

성락중은 피하지 않고 흔쾌히 고개를 끄덕였다.

"좋은 생각이오. 우리가 찾는 사람을 내주시오. 그러면 우리도 순순히 물러나겠소."

원당은 예의 섬뜩한 미소를 머금었다.

"역시 생긴 대로 골방 샌님 같은 얘기만 하는군. 오늘 내 손에서 살아 나갈 수만 있다면 그놈은 저절로 너희들 수중에 떨어지게 될 것이다."

"대사의 말씀을 믿고 감히 한 수 가르침을 청하겠소."

원당은 참지 못하고 홍소를 터뜨렸다.

"크하하! 언제까지 군자연(君子然)하는 태도를 유지할 수 있나 보자."

말이 끝나기도 전에 그는 훌쩍 신형을 날렸다. 가벼운 동작이 었는데도 그의 몸은 순식간에 공간을 압축하여 성락중의 코앞으로 바짝 다가들었다.

원당의 주름진 손이 무섭게 성락중의 목을 잡아 왔다. 손이 날 아드는 속도와 기세는 그야말로 살인적이어서 금시라도 성락중의 목 줄기가 터져 피가 분수처럼 쏟아져 나올 것만 같았다.

그때 검광 한 가닥이 어른거렸다. 막 성락중의 목을 잡아뜯을 듯 덤벼들던 원당이 황급히 손을 거두며 옆으로 빙글 몸을 돌렸다.

팟!

시퍼런 검기가 원당의 코 옆을 아슬아슬하게 스치고 지나갔다. 그것은 그야말로 실낱 같은 간격이어서, 누구보다 담대하다고 자 부하는 원당으로서도 순간적으로 가슴 한구석이 섬뜩해지지 않 을 수 없었다.

원당의 눈으로도 성락중이 검을 뽑는 동작을 제대로 보지 못했 다. 다만 원당은 무언가 차가운 것이 자신이 내뻗은 손의 경로로 빠르게 다가오는 것을 느끼고 몸을 비킨 것이다.

"정말 멋진 출수로구나."

원당은 자신도 모르게 감탄성을 토하면서도 회전하는 몸의 탄력을 그대로 살려 성락중의 우측으로 접근하며 양손을 질풍처럼 휘둘렀다.

파파파팍!

수십 개의 수영(手影)이 마치 세찬 비처럼 퍼부어졌다.

성락중은 전혀 흔들림 없는 표정으로 그 자리에 가만히 선 채 수중의 장검을 몇 차례 흔들었다. 그러자 그의 전신을 뒤덮을 듯 날아들던 수영의 한쪽이 뻥 뚫리며 시퍼런 검광이 줄기줄기 뻗어 나왔다.

원당 또한 더 이상 물러서거나 피하지 않고 수십 장의 장력을 폭포수처럼 쏟아 냈다.

한동안 두 사람은 치열한 공방을 주고받았다.

하나 처음의 매서운 일검을 보여 준 것 외에 성락중의 검은 원당을 위협하지 못하고 근처에서 맴돌기 일쑤였다. 그것은 원당의 공세가 맹렬한 탓도 있지만, 그가 사용하는 특이한 보법 때문이었다.

얼핏 보기에는 마구잡이로 돌진해 들어오는 것 같아도 원당의 모든 움직임은 정교한 장치처럼 치밀한 안배를 가지고 있었다. 그래서 무심결에 그의 공세를 따라 대응하는 성락중의 검로가 조금씩 비틀렸던 것이다.

지금도 성락중이 원당의 옆구리를 노리고 내뻗은 일검이 채 반도 도달하기 전에 원당의 몸은 어느새 왼쪽을 돌아 오히려 성락중의 옆구리를 향해 다가오고 있었다. 어쩔 수 없이 성락중은 검을 거두며 마주 왼쪽으로 회전하여 재차 검을 날려야 했다.

이런 일이 반복되면서 성락중이 조금씩 열세에 처하는 듯하자 멀지 않은 곳에서 그 모습을 지켜보고 있던 노해광의 얼굴이 살짝 굳어졌다.

'한때 아미파 최고의 고수라는 소리를 듣던 인물답군. 낙중의 검으로도 상대하기 어려울 정도였나?'

노해광이 이번 일에 준비한 고수들은 적지 않았으나, 그중 성락중만큼 믿음을 주는 사람은 없었다. 그런데 비록 싸움을 시작한 지 그리 오래되지는 않았으나 성락중이 조금씩 수세에 몰리는 듯하자 노해광은 불안한 생각이 들었던 것이다.

그때 누군가 그의 옆으로 다가오며 조용한 음성으로 말했다.

"걱정 마십시오. 성 사숙은 아직 자신의 실력을 반도 꺼내지 않았습니다."

어둠 속에서 다가온 인물은 낙일방이었다. 노해광은 그를 힐끔 돌아보고는 아무렇지도 않은 듯 대꾸했다.

"걱정은 하지 않는다. 낙중이 스스로 나선 것은 그만큼 자신이 있다는 뜻이니 나는 그를 믿을 뿐이다."

원래 노해광은 성락중과 낙일방을 모두 준비시키고 상황에 따라 대처해 줄 것을 당부한 상태였다. 배분으로 보아 이런 일은 원래 아랫사람인 낙일방이 먼저 나서는 것이 순리였다. 그런데 상대가 원당임을 알게 된 성락중이 낙일방 대신 먼저 등장한 것이다.

노해광은 그것이 사부인 전풍개와 친분이 있던 각명 선사와의 인연 때문일 거라고 생각했다.

그렇다고 성락중의 성격에 단순한 과거의 인연만으로 나선 것은 아닐 게 분명했다.

"저도 그렇게 생각합니다. 그나저나 저 중의 움직임이 상당히 기이하군요. 거칠고 무질서한 듯하면서도 묘하게 유리한 위치를 선점하면서 상대를 조금씩 압박하고 있군요. 저것도 아미파의 무공인가요?"

낙일방의 물음에 노해광은 고개를 갸웃거렸다.

"나도 잘 모르겠구나. 불문의 무공치고는 너무 난잡해 보이지 않느냐?"

"그렇다고 단순히 사도(邪道)라고 하기에는 나름 정묘하면서도 현오한 면이 있군요. 제가 상대했다면 상당히 난처할 뻔했습니다."

낙일방은 얼마 전에 적화승과의 근접 전투에서 무척이나 고전한 기억이 있기에, 끝없이 상대를 향해 돌진하면서도 먼저 상대의 투로를 차지해 공격해 들어오는 원당의 모습에 고개가 절로 내저어졌다.

노해광도 직접 그 싸움을 목격했기에 그의 심정이 짐작되었다.

"네가 상대했어도 좋은 경험이 되었을 것이다."

노해광은 사실 그동안 낙일방에 대해서는 아는 게 거의 없었다. 들려오는 소문으로는 강호의 젊은 층에서 최고의 고수로 불린다는데, 그가 기억하기로는 그저 권법을 상당한 경지까지 익힌 조용한 성격의 잘생긴 청년일 뿐이었다.

그런데 소문은 점점 더 커져서 강호의 숱한 고수들을 연파했다고 하더니, 종내에는 무당산에서 벌어진 악산대전에서 형산파의 최고 어른이자 무림구봉 중의 일인인 용선생과 건곤일척의 결전을 벌였다고 하지 않는가? 그 결과 비록 패하기는 했으나 용선생으로 하여금 자신의 최고 절학인 월광지를 펼치고도 피를 토하게 했다는 말까지 들려오고 있었다.

지난 삼십 년간 용선생을 그 정도까지 몰아붙인 사람은 아무도 없었기에 패하고도 오히려 그의 명성은 더욱 커져서 강호를 송두리째 뒤흔들 정도가 되었다.

그도 그럴 것이 당금 강호에서 최고의 배분을 지닌 데다 수십 년간 적수를 만나지 못할 만큼 무적의 고수로 군림해 온 용선생을 이제 겨우 약관에 불과한 젊은이가 거의 대등한 경지로 싸웠으니 강호인들이 경악한 것도 무리는 아니었다. 오죽했으면 적지 않은 사람들이 벌써부터 그를 강호제일권사(江湖第一拳士)라고 부른다는 말에 노해광은 반신반의하면서도 흐뭇한 웃음을 짓지 않을 수 없었다.

그런데 얼마 전에 소문삼살의 첫째인 적화승과의 대결을 눈앞에서 직접 보게 되자 노해광은 그동안 들려온 강호의 소문이 와전된 것이 아님을 절감하게 되었다.

소문삼살은 우내사마의 제일인자인 소마 신지림의 제자들로, 모든 강호인들을 두려움에 떨게 하는 무서운 존재들이었다. 그런 소문삼살의 첫째를 정면으로 상대하여 격살했으니 노해광은 눈으로 보고도 믿어지지 않을 정도였다.

그래서 이번에 와룡사에서의 일에 성락중과 낙일방을 대동하게 되자 설사 최악의 경우가 닥치더라도 충분히 상대해 볼 만하다고 생각하고 있었다.

그러니 자신의 옆에 서 있는 낙일방이 한없이 믿음직하고 이뻐 보일 수밖에 없었다.

노해광은 원당과 성락중 사이의 치열한 격전을 유심히 지켜보고 있는 낙일방을 한동안 흐뭇한 눈으로 보고 있다가 슬쩍 물었다.

"네가 보기에는 저들의 싸움이 어떻게 될 것 같으냐?"

낙일방은 눈도 깜박이지 않고 장내를 주시한 채로 입을 열었다.

"두 사람 모두 강력한 수법은 숨긴 채 서로 상대의 허점을 노리는 식으로 싸우고 있군요."

"그 말은?"

"쉽게 말해서 저들은 지금 탐색전을 하고 있는 셈입니다."

노해광은 그 말에 믿기지 않는 듯 격전이 벌어지고 있는 곳을 다시 한번 바라보았다. 그의 눈에는 금시라도 둘 중 한 사람이 피를 뿌리며 쓰러져도 이상하지 않을 정도로 살벌하고 치열한 싸움만이 보였다.

'그런데 이게 탐색전에 불과하다고?'

낙일방은 그의 의심을 이해한다는 듯 다시 말을 이었다.

"저 정도 고수들의 싸움은 순식간에 승패가 가려지는 경우가 많습니다. 승부가 판가름 나기 직전의 한 수 한 수는 그야말로 치명적인 위력을 지니고 있지요. 그래서 그만큼 신중하고 조심스러울 수밖에 없습니다."

"……."

"저도 몇 번 경험해 봤지만, 승부가 가려지기 직전에는 주위의 공기가 달리 느껴질 정도로 말로 형용하기 어려운 기이한 기운

같은 것이 감돕니다. 전신의 솜털이 곤두서고 모공이 열리며 아무 생각도 나지 않습니다. 저들은 아직 그런 상태까지 접어든 건 아닌 걸로 보이는군요.”

노해광은 새삼 낙일방과 자신의 경지 차이가 예상보다 더욱 크다는 느낌을 받았다.

‘강호행을 떠나기 전에는 이 정도까지는 아니었던 것 같은데…… 아무래도 그동안의 경험이 이 녀석을 부쩍 성장시킨 것 같군. 나도 같이 갔었어야 했나?’

노해광은 대견한 사질에 대한 뿌듯함과 무언지 모를 아쉬움을 동시에 느끼고 입맛이 씁쓸해졌다.

하나 종남파를 떠나지 않고 서안에 머물러 있었기에 그는 소중한 이들을 지킬 수 있었고, 종남파의 안정과 번영을 위한 많은 일들을 처리할 수 있었다.

‘나는 본 파를 위해서 내가 할 수 있는 일을 한 것뿐이다. 일방과 낙중 또한 그러했을 것이다.’

노해광은 마음속에 떠올랐던 일말의 아쉬운 감정을 훌훌 털어 내고 다시 장내로 시선을 돌렸다.

“그럼 언제쯤 저들의 승패가 가려질 것 같으냐?”

“성 사숙께서 신중하셨던 건 아무래도 저 중의 기이한 움직임을 분석하기 위함이었을 겁니다. 이제 지금쯤은 그에 대한 분석이 어느 정도 끝났을 겁니다.”

“원당은?”

“저 중도 겉으로는 태평한 것 같아도 속으로는 사숙의 검을 무척이나 경계하고 있었을 겁니다. 소문으로만 듣던 사숙의 검을 잠깐이나마 겪어 보았으니 아마도 마음속으로 준비가 되었겠지요."

노해광의 얼굴에 긴장의 빛이 떠올랐다.

"그럼 이제 승부의 순간이 멀지 않았다는 말이냐?"

낙일방은 여전히 격전장에 시선을 고정시킨 채 살짝 고개를 끄덕였다.

"조금 전부터 두 사람의 분위기가 달라졌으니 아마 조만간에 무언가 큰일이 벌어질 겁니다."

노해광은 눈을 부릅뜨고 단 한 장면도 놓치지 않겠다는 듯 장내의 격전을 뚫어지게 바라보았다.

낙일방의 말대로 장내의 분위기는 조금 전과 미묘하게 달라져 있었다.

성락중의 빈 구석만 교묘하게 노리고 들어가는 원당의 움직임도 그대로이고, 그에 맞서서 가급적 이동을 자제한 채 현란한 검법으로 상대하는 성락중의 모습도 변하지 않았다. 그럼에도 주위의 공기는 금시라도 터질 듯 팽팽하게 긴장되었고, 살벌하고 무시무시한 기운이 사방을 무겁게 짓누르고 있었다.

먼저 승부를 건 것은 원당이었다.

원당이 펼친 움직임은 그가 직접 창안한 혈령수혼(血靈搜魂)이라는 무공으로, 엄밀히 말하면 아미파의 비전 중의 비전인 혜영수종(慧影搜踪)의 변형이라고 할 수 있었다. 원래 혜영수종은 상대의 호흡과 병기의 이동 방식, 보법과 눈빛, 심지어 심리까지 파악하여 상대가 움직일 장소를 미리 선점하는 신술(神術)의 일종이었는데, 원당은 살성을 각성한 후 흥안령에 칩거하면서 많은 고수들과의 격전을 바탕으로 나름의 심득을 보충하여 아주 독특하면서도 기괴한 기법을 완성해 낸 것이다.

원당은 혈령수혼으로 상대의 심신을 지치게 한 후 단숨에 승부를 가르는 방식을 즐겨 사용했는데, 지금도 성락중의 이마가 땀으로 젖어 있는 것을 본 순간 기회가 멀지 않았음을 느꼈다.

아니나 다를까, 이마에 맺혀 있던 땀방울 하나가 성락중의 눈꺼풀 위로 흘러내렸다.

그 순간 원당은 몸을 살짝 숙였다가 허리를 튕기며 성락중의 아래턱 왼쪽 방향으로 솟구치듯 신형을 날렸다. 그쪽 방향이 오른손잡이에게는 필연적으로 생기는 사각(死角)이었기 때문이다.

어느 사이엔가 그의 양손에는 불그스름한 강기가 이글거리고 있었다. 이것이 바로 아미파의 절학인 파옥수에, 자신의 체내에 솟구치는 살기를 가득 담아 변형시킨 혈옥수(血玉手)였다. 이 혈옥수를 완성한 후 원당은 아직까지 자신의 핏빛 혈수에 격중되고 살아남은 자를 보지 못했다.

막 혈옥수로 성락중의 아랫배를 가격하려던 원당의 눈이 일순간 크게 뜨였다.

이물질이 눈에 들어가면 눈을 깜박거리는 것은 인간이라면 누구나 보이게 되는 자연적인 반응이었다. 그런데 성락중의 눈은 분명 땀방울이 들어갔음에도 전혀 깜박거리지 않고 오히려 날카로운 정광을 번뜩이고 있는 것이다.

원당은 가슴이 덜컥 내려앉음을 느꼈으나 지금 상태에서 뒤로 물러날 수는 없었기에 오히려 사력을 다해 더욱 빠르게 혈옥수를 내질렀다.

하나 그 순간 무언가 차갑고 섬뜩한 것이 그의 옆구리를 먼저 파고들었다. 그리고 원당이 회심의 한 수로 자신했던 혈옥수는 상대의 옷자락을 뚫고 빈 허공을 가르고 지나가 버렸다.

파앗!

튀어 오른 핏물은 그리 많지 않았다. 하나 원당은 그 자리에 못 박힌 듯 오른손을 내민 자세 그대로 움직이지 못했다. 검에 베인 옆구리로 파고든 차갑고 서늘한 검기가 그의 심맥을 송두리째 뒤흔들고 있는 것이다.

'검경불혈진맥!'

원당의 몸이 한 차례 부르르 떨렸다. 찔린 상처는 그리 크지 않았으나, 검에 담겨 있던 경기가 그의 경맥을 제압하여 지금의 그는 손가락 하나 까닥할 수 없는 상태였다.

성락중은 담담한 눈으로 그를 바라보았다.

"방심하신 덕분에 간신히 득수(得手)할 수 있었소."

"너…… 어떻게……."

"오랫동안 수련을 쌓아 온 결과일 뿐이오."

원당이 비록 강호에서 희대의 살인마로 불리고 있지만, 본령은 명문 정파인 아미파에서 수십 년간 고련을 쌓아 온 절정 고수였다.

그래서 성락중이 대수롭지 않은 듯 말한 것이 사실은 정말 대단한 일임을 알고 있었다. 자연적인 신체 반응을 극복한다는 것은 자신의 몸을 완벽하게 통제하고 있지 않으면 불가능한 일이었다. 그리고 그것은 단순히 수련만 한다고 해서 이룰 수 있는 것도 아니었다. 필시 상상하기도 어려울 만큼 힘들고 고통스러운 시간을 적지 않게 보낸 것이 분명했다.

원당 또한 아미파에서 파문당한 후 나름대로 이를 갈며 무공을 닦아 왔으나, 지금 성락중의 모습을 보자 자신이 보낸 세월이 왠지 공허하게만 느껴졌다.

"대체 어떤 각오로 무공을 익혀 온 거냐?"

"본 파의 제자라면 누구나가 비슷한 세월을 보냈을 거요."

"그게 종남파가 지금의 성세를 유지하는 비결이라도 된단 말이냐?"

"그냥 당연한 일이었을 뿐이오. 문파의 제자라면 마땅히 치러야 할 일일 것이오."

원당은 기광이 번뜩이는 눈으로 성락중의 차분하게 가라앉아 있는 얼굴을 보고 있다가 냉소를 흘렸다.

"흐흐…… 자신들이 세상에서 제일 힘들게 수련해 온 줄 알고 거드름만 잔뜩 피우고 있는 아미파의 땡중들에게 들려주고 싶은 말이로군."

혼자 키득거리며 웃던 원당이 다시 성락중의 두 눈을 뚫어지게 응시했다.

"충분히 내 몸을 두 토막 낼 수 있음에도 피육의 상처만 입히고 제압한 것은 무슨 의도냐? 설마 한 푼도 되지 않는 과거의 인연 때문이라고 할 셈이냐?"

성락중의 음성은 한 점의 흐트러짐도 없었다.

"특별한 의도는 없소. 다만 굳이 피를 보지 않고도 일을 해결할 수 있다면 그렇게 하는 게 순리라고 생각했을 뿐이오."

"순리? 네가 생각하는 순리란 무엇이냐?"

"정상적인 흐름이오. 대사께서 순리에 따르셨다면 우리의 싸움도 조금은 양상이 달라졌을 거요."

"그게 무슨 말이냐?"

"원래 아미파의 무공은 장중한 가운데 경쾌함이 담겨 있는 것이 묘리라고 들었소. 대사는 기기묘묘한 장점만을 취하고 싶었나 본데, 원래 그러한 기(奇)는 무거운 중(重)을 바탕으로 해야만 비로소 그 진정한 위력을 나타낼 수 있는 법이오. 그런데 대사의 무공은 기발함은 있을지언정 묵직함이 부족했소."

원당의 눈가가 살짝 일그러졌다.

"내 무공이 너무 기변(奇變)에 치우쳤다고?"

"그렇소. 조금 전에도 변칙적인 방법으로 쉽게 승리를 하려고 했던 것이 대사가 제대로 실력도 발휘해 보지 못하고 너무 쉽게 내게 제압당한 이유라고 생각하오."

사실 원당의 무공 실력으로 보아 성락중과의 이번 승부는 너무 허무한 감이 없지 않았다. 그 과정을 되짚어 보면 성락중의 눈에 땀방울이 들어가는 순간을 노려 강력한 한 방으로 승부를 내겠다는 욕심에 너무 공격에만 치중한 것이 결정적 요인이라고 할 수 있었다.

가능한 한 빠르게 승부를 내려는 것은 아미파를 나와서 홍안령 일대에 침거한 후에 자신도 모르게 생긴 원당의 버릇이었다. 서장의 고수들과의 거듭된 싸움으로 원당은 풍부한 대적 경험을 쌓기는 했으나, 기괴하고 변칙적인 서장 무공을 상대하는 데 너무 익숙해져서 본래의 장중함을 잃어버린 것이다.

"순리란 말이지? 흐흐!"

성락중은 얼굴이 일그러지도록 웃는 원당을 가만히 지켜보고 있다가 조용한 음성을 내뱉었다.

"이런 자리가 아니었다면 대사께 다시 한번 가르침을 청해 제대로 된 무공을 견식하고 싶지만, 아쉽게도 오늘은 그럴 만한 상황이 아닌 것 같소. 개인적으로 정말 안타깝게 생각하오."

"그놈의 군자연하는 태도를 뜯어고쳐 주고 싶었는데, 그럴 수 없어서 안타깝구나."

원당의 조롱 섞인 말에도 성락중은 변함없이 차분함을 유지했다.

"대사께서 의도적으로 아미파 무공의 장중함을 버리신 거라면 아마도 각명 선사에 대한 원망 때문이 아닐까 생각하오."

비웃음 가득하던 원당의 얼굴이 사정없이 일그러졌다.

"알지도 못하면서 쓸데없는 말을 하지 마라."

"대사께 꼭 전해 주고 싶은 이야기가 있소. 솔직히 오늘 내가 대사 앞에 나서게 된 것도 그 말을 해 주고 싶었기 때문이오."

원당은 무슨 말을 할지 이미 아는 것처럼 안색이 변한 채 버럭 노성을 질렀다.

"입을 다물어라. 나는 듣지 않겠다."

원당의 발작적인 모습에도 아랑곳하지 않고 성락중은 조용히 말을 이었다.

"대사가 혈겁을 저지른 후 각명 선사께선 어느 날인가 훌쩍 길을 떠났다가 며칠 만에 돌아오셨다고 하오. 그러고는 아미산의 뒤쪽에 있는 가장 깊숙한 동굴에 칩거하며 돌아가실 때까지 바깥 출입을 하지 않으셨소."

"무슨 개소리를 하려는지 모르지만 난 안 듣겠다!"

"그분은 돌아가실 때 전신에 실오라기 하나 걸치지 않은 알몸이셨다고 했소. 그분의 평소 유언대로 화장(火葬)하려 했는데, 이상하게도 그분이 마지막으로 입고 계셨던 옷가지만은 어디에서도 찾을 수 없어 결국 육신만 화장하여 그 재를 아미산에 뿌렸다고 하오."

"안 듣는다고 하지 않았느냐? 네가 나를 이겼다고 내게 이런 수모를 줄 수는 없다!"

"아미파의 제자들은 지금도 평소 불심이 깊어 존경해 오던 각명 선사의 옷가지를 찾고 있다고 하오. 대사께선 혹시 각명 선사가 그 옷을 어디에 두었는지 짐작되는 바가 있으시오?"

"나는 모른다. 나는 더 이상 네가 하는 말은 어떤 것이든 듣지 않겠다."

침착하고 차분하던 성락중이 돌연 무겁게 가라앉은 음성으로 말했다.

"대사, 과거에 각명 선사의 죽엽인이 왜 대사의 왼쪽이 아닌 오른쪽 가슴을 향했는지 한 번이라도 생각해 본 적이 있으시오?"

잔뜩 성나 있던 원당의 눈빛이 크게 흔들렸다.

"무슨 소리를 하는 것이냐?"

"각명 선사께서 살성에 젖어 괴물이 된 유일한 제자를 몸소 찾아가 가슴에 일장을 날렸을 때 그분의 심정이 어떠했을지 짐작이라도 해 본 적이 있으시오?"

"네놈이 무얼 안다고 그따위 소리를 지껄이느냐?"

"그 죽엽인이 대사의 심장을 노리지 않은 건 그분의 최후의 배려였소."

"그런 배려 따위는……."

원당의 말은 가늘게 떨리며 끝내 이어지지 못했다.

배려라니. 아무리 제자가 살인에 눈이 멀었다 해도 제자의 가슴에 서슴없이 자신의 최고 무공을 내갈기는 게 배려란 말인가?

이런 말이 목구멍까지 치밀어 올랐으나, 원당은 차마 입 밖으로 그 말을 끄집어내지 못했다.

그때 문득 그날 보았던 각명 선사의 주름진 두 눈이 떠올랐던 것이다.

당시에는 자신을 불쑥 찾아와 일장을 내갈긴 사부에 대한 원한 때문에 아무 생각도 나지 않았으나, 지금은 그때의 사부의 눈빛과 얼굴 표정이 생생하게 기억이 났다.

잔주름 가득하고 깊은 시름에 젖은 사부의 두 눈은 너무도 슬퍼 보였다.

되돌아 생각해 보니 처음 불쑥 찾아왔을 때부터 그의 가슴에 적엽인 한 장을 찍어 놓고 다시 훌쩍 사라질 때까지 사부는 단 한 마디도 하지 않았다. 다만 유심한 눈으로 그의 얼굴을 몇 번이고 훑어보았을 뿐이다.

그때는 사부가 자신을 어떻게 징치할지 고민하는 것으로 보였는데, 지금은 그 시선 속에 자신에 대한 안쓰러움과 안타까움, 그리고 한 줄기 비통함이 담겨 있는 것 같았다. 아마 사부는 살아생전에는 두 번 다시 자신을 볼 수 없다는 것을 알고 자신의 모든 것을 세세하게 기억하기 위해 그렇게 뚫어지게 바라보았던 것이 아니었을까?

사부에게 제대로 대항해 보지도 못하고 가슴에 일장을 맞고 사경을 헤매다 간신히 살아난 원당은 사부에 대한 원망과 복수심에 사로잡혀 한동안 미친 듯이 방황해야 했다. 그러다 중원을 떠나기로 결심하고 장성을 넘은 것은 그나마 살심이 뇌리를 마비시키기 전에 마지막으로 한 현명한 결정이었다.

그때 자신이 되살아난 것은 천운(天運)이 따랐기 때문이라고 생각했었는데, 지금 보니 사부는 처음부터 그를 죽일 의도가 없었던 것이 분명했다. 그러지 않고서는 죽엽인에 누구보다 정통한 사부가 자신이 살아날 것을 모를 리 없었다.

지금 보니 너무도 분명하고 명확한 일들인데 그동안은 왜 그렇게 서운하고 원망스러워했을까? 그건 아마도 마음 깊숙한 곳에서는 자신도 그렇게 생각했지만, 일부러라도 원망하고 싶었기 때문이 아니었을까?

그래서 억지로라도 그런 생각 자체를 하지 않으려고 했던 것이다.

이제 다시 옛일을 되짚어 보고 막혔던 눈이 트이게 되자, 원당은 갑자기 모든 일이 허망해졌다. 사부에 대한 원망으로 중원을 등진 일부터 미친 듯이 살겁을 저지르고 다니다 홍안령의 어느 계곡에서 무시무시한 괴인을 만난 일, 그의 손에 패한 뒤로 그를 따르며 아무 생각 없이 지내 온 세월들이 너무도 허무하기 그지 없었다.

생면부지의 남을 위해서 아무 은원도 없는 종남파의 고수들과 싸워야 했던 이번 일을 생각해 보면 더욱 어처구니가 없었다.

'무엇을 위해서 나는……'

한동안 원당은 말 못 할 회한에 잠겨 그 자리에 우두커니 있었다.

성락중은 수시로 변하는 원당의 얼굴을 가만히 응시하고 있다가 손을 내밀어 막혔던 그의 경맥을 풀어 주었다.

원당은 한 차례 깊은 숨을 내쉬더니 그를 향해 고개를 끄덕였다.

"고맙네. 마침 할 일 하나가 떠올랐는데 어떻게 가야 할지 고민하고 있었네."

"어떤 일인지 말해 줄 수 있겠소?"

"사부의 옷가지를 찾아야겠네."

"어디에 있는지 아시오?"

"아마 사천성의 어느 한적한 시골에 있는 다 쓰러져 가는 초가집 아궁이에 있을 걸세."

"그걸 어찌 아시오?"

"내가 어렸을 때 동네에 역병이 돌아 부모님이 모두 돌아가시고 나는 얼어 죽을 뻔한 적이 있었네. 때마침 그곳을 지나던 사부가 나를 발견하셨지. 사부는 당신의 옷을 태워 아궁이에 불을 지

피고 몇 날 며칠 나를 구원해 주셨다네."

원당의 목소리는 그 어느 때보다 낮게 가라앉아 있었고, 허공의 한 점을 응시하는 눈빛은 한 줄기 아련한 빛을 띠고 있었다.

"간신히 살아난 나를 보며 '네놈은 미간 한구석에 살기가 있구나. 아무리 봐도 언제고 나를 한 번 더 소신공양하게 만들 것 같다'라며 웃으셨네. 그때는 그 말뜻이 무엇인지 몰랐는데, 이제야 알게 됐군. 벌써 사십 년도 훨씬 지난 다음에야 겨우 말일세."

성락중은 진중한 음성으로 입을 열었다.

"어떤 일은 아무리 세월이 흘러도 늦은 게 아닌 것도 있소."

원당은 물끄러미 성락중을 쳐다보다가 입가에 엷은 미소를 머금었다.

"자네라면 그런 식으로 말할 만하네."

"단순한 내 생각일 뿐이오."

"그렇다고 해 두지. 질풍검께 안부 전해 주게. 언제가 될지 모르지만 기회가 닿는다면……."

원당은 마지막 말을 얼버무렸으나, 성락중은 알아들었다.

"꼭 전해 드리겠소."

원당은 다시 한번 각별한 시선으로 그를 응시하고는 이내 몸을 돌려 노해광을 돌아보았다.

"자네가 찾는 자는 팔상전이 아닌 저쪽 불전의 지하 창고에 있네. 가만두어도 오래 살지는 못할 것 같은데, 그래도 일을 마무리하려면 확실한 게 좋겠지."

노해광은 무심결에 원당이 가리킨 곳으로 시선을 돌렸다.

"저곳이라면 명부전(冥府殿) 말씀이오?"

"그러네. 두 곳의 지하는 서로 암도로 이어져 있네."

"미처 몰랐던 일이오."

"그럴 것 같았네."

노해광은 정중하게 포권을 했다.

"대사의 아량에 감사드리오."

원당은 손을 내저었다.

"서로 간에 어색한 공치사는 그만하세. 내가 패했으니 당연한 일일세. 하지만 오늘로 일이 마무리되겠다는 생각은 접어 두도록 하게."

"그게 무슨 말씀이시오?"

원당의 얼굴에 지금까지와는 다른 무거운 빛이 감돌았다.

"며칠 내로 그자가 올 걸세. 그러니 단단히 각오하고 있어야 할 걸세."

"그자라면?"

"내 대형 말일세."

노해광의 안색이 딱딱하게 굳어졌다.

"그가 결국 온단 말이오? 그가 대체 검단현과 무슨 관계이기에……."

"자네들이 그의 제자를 모조리 살해했는데, 그의 성격에 참고 있을 것 같은가? 나도 원래라면 그가 올 때까지 조용히 있으려 했는데 그놈의 호승심이 뭔지……."

만약 그랬다면 노해광으로서는 훨씬 더 고역스러웠을 게 분명했다.

노해광은 다시 한번 원당을 향해 포권해 보였다.

"알려 주어 고맙소. 이번 일은 잊지 않겠소."

원당의 얼굴에 자조 섞인 미소가 떠올랐다.

"나같이 양손에 피를 가득 묻힌 살인마를 그나마 사람 대접해 주는 곳이 이곳뿐이군."

원당은 회한 어린 눈으로 허공을 올려보고 있다가 훌쩍 몸을 날렸다.

"가 보겠네. 사부의 옷에 밴 체취를 맡고 싶어 더 견딜 수가 없군."

그의 신형은 순식간에 허공을 가르고 어둠 속으로 사라져 갔다.

노해광은 떠나가는 원당에게는 더 이상 신경 쓰지 않고 계속 무언가 골똘히 생각에 잠겨 있었다.

성락중이 그에게 다가오며 물었다.

"그자를 어떻게 상대할지 궁리하는 거요?"

노해광은 문득 고개를 떨구고는 피식 웃었다.

"궁리는 무슨. 소마가 궁리한다고 상대할 수 있는 자인가?"

"그럼 무슨 특별한 비책이라도 있소?"

"비책이야 늘 가지고 있지."

성락중은 물론이고 낙일방 또한 그 말에 호기심 어린 눈으로 노해광을 쳐다보았다.

"무슨 비책이오?"

노해광은 그답지 않게 빙긋 미소 지었다.

"종남의 방식으로 상대하는 것이지."

"종남의 방식?"

노해광은 웃고 있었지만 그의 입에서 흘러나오는 음성은 단호하기 그지없었다.

"잊었나? 본 파는 결코 포기하지 않네. 상대가 누구든 물러서지 않고 기필코 쓰러뜨리고야 말 거네. 그게 본 파의 유일한 방식일세."

제377장

송림격변(松林激變)

제377장 송림격변(松林激變)

진산월은 가만히 고개를 들어 보았다.

시리도록 파란 하늘 아래 흰 구름 몇 점이 정처 없이 흘러가고 있었다.

옆에서 걷고 있던 전흠이 갑자기 하늘을 올려보는 진산월의 모습을 의아한 얼굴로 쳐다보았다.

한적한 산길이었다. 그들이 걷고 있는 길은 태행산(太行山)의 끝자락에 있는 이름 모를 야산의 중턱을 지나는 길로, 몇 개의 고개만 더 넘으면 낙양으로 향하는 관도(官道)를 접하게 된다.

그리 높지 않은 산이었지만, 우측으로 고개를 돌려 보면 저 멀리 병풍처럼 늘어선 태행산의 험준한 산세가 끝없이 길게 이어지는 장관을 볼 수 있었다.

산길을 따라 묵묵히 걷고 있던 진산월이 문득 걸음을 멈춘 채 허공을 올려다본 것은 높은 산자락에 유달리 커다란 뭉게구름이 걸려 있는 것을 발견한 다음이었다. 솜덩이를 뭉쳐 놓은 듯한 구름은 별다른 움직임도 없이 산과 하늘을 경계로 커다란 몸을 반쯤 누인 채 느긋하게 걸터앉아 있었다.

그 구름은 한편으로는 연인의 눈빛처럼 부드러워 보였고, 한편으로는 완만한 곡선을 그려 내는 여인네의 사랑스러운 몸짓을 보는 것 같기도 했다. 아니면 샘물처럼 솟아나는 누군가의 그리운 얼굴인지도 몰랐다.

"장문 사형."

끊임없이 떠오르는 여러 가지 상념에 젖어 있던 진산월은 자신을 부르는 전흠의 목소리에 퍼뜩 정신을 차렸다.

"무슨 일이냐?"

전흠이 날카로운 눈으로 슬쩍 한 곳을 가리켰다.

"저쪽에서 싸움이 벌어지고 있는 것 같습니다."

진산월이 그쪽으로 시선을 돌려 보니 확실히 그 일대의 공기가 심상치 않아 보였다. 게다가 조금만 귀를 기울여도 병장기 부딪치는 소리와 은은한 폭음이 들려오고 있어 상당히 격렬한 싸움이 벌어지고 있다는 것을 어렵지 않게 짐작할 수 있었다.

진산월은 잠시 그 일대를 유심히 살펴보았다.

그들이 지금 서 있는 곳에서 오른쪽의 산자락을 타고 백여 장을 더 가면 상당히 울창한 송림(松林)이 나타난다. 소리가 그 송림 안쪽에서 들려오고 있기에 겉으로 보아서는 그 안에서 어떤 상황이 벌어지고 있는지 정확히 예측하기 힘들었다. 다만 짙게 우거진 송림 안쪽에서 희끗한 인영들이 거푸 보이는 것으로 보아 적어도 대여섯 명 이상의 인원들이 모여 있음을 알 수 있었다.

강호에서 자신과 관련도 없는 싸움에 무작정 끼어드는 일은 금기시되고 있었다. 하나 진산월은 별다른 고민도 하지 않고 그쪽으로 몸을 움직였다.

송림으로 다가갈수록 싸움 소리가 더욱 선명하게 들려왔다. 그 중에서도 특히 휘파람을 연상케 하는 듯한 파공음과 격렬한 마찰음 소리는 듣기만 해도 섬뜩함을 느낄 정도로 가공스러웠다.

휘이이익!

쿠앙!

지금도 무시무시한 굉음과 함께 송림 전체가 뒤흔들리는 듯한 강력한 여파가 휘몰아쳐 오자, 전흠이 다소 놀란 눈으로 진산월을 쳐다보았다.

"상당한 실력을 지닌 고수들이 싸우고 있는 것 같군요. 이런 외진 곳에서 저런 수준의 고수들이라니, 혹시 쾌의당이나 신목령의 고수들이 아닐까요?"

진산월은 아무런 대꾸도 하지 않고 신중한 동작으로 수풀을 헤치고 숲속으로 다가갔다.

송림은 멀리서 볼 때보다 더 넓은 구역을 차지하고 있었고, 나무도 한층 우거져서 안이 제대로 들여다보이지도 않을 정도였다.

그들이 막 송림으로 발을 들여놓으려 할 때였다.

"멈추시오."

갑자기 숲속에서 누군가의 낭랑한 음성이 들려왔다.

진산월과 전흠은 자연스레 걸음을 멈추었다. 숲이 워낙 울창한 데다 음성 자체에 기이한 울림이 담겨 있어서 음성의 주인이 어디에 있는지는 짐작조차 할 수 없었다.

하나 음성의 주인은 그들을 훤히 보고 있는지 재차 말을 이었다.

"이제 보니 앞날이 창창한 젊은 친구들이로군. 이 안은 지금 들어갈 수 없으니 발길을 돌리도록 하게."

전흠이 진산월을 슬쩍 쳐다보고는 한 발 앞으로 나서며 물었다.

"이곳은 엄연한 대명천지의 빈 땅이거늘 왜 들어갈 수 없단 말이오?"

음성의 주인은 껄껄 웃었다.

"하하. 패기가 좋은 친구로군. 다 자네들을 생각해서 하는 소리일세. 지금 이곳은 잠시 대명천지를 벗어난 곳이니, 그리 알고 물러가도록 하게."

마치 물가에서 노는 어린아이를 타이르는 듯한 그 음성에 전흠의 짙은 눈썹이 세차게 꿈틀거렸다.

"나는 지금껏 가고 싶은 곳을 가지 못한 적이 없었소. 이곳이 내 걸음을 돌릴 수 있다고는 믿지 못하겠소."

전흠이 자극적인 말로 도발을 했음에도 음성의 주인은 전혀 화를 내지 않고 부드러운 목소리로 말했다.

"나도 소싯적에는 그런 마음으로 살았지. 하지만 나이를 먹고 보니 때로는 보고도 못 본 척해야 하는 일도 있고, 가고 싶어도 가지 못하는 곳이 있음을 알게 되었네. 자네가 이곳에 들어와 봤자 흉다길소(凶多吉少)일 뿐이니, 순간적인 호기심에 몸을 망치지 말길 바라네."

전흠은 여전히 기세등등한 표정을 거두지 않았다.

"나는 내가 본 것만 믿소. 무엇이 흉이고, 무엇이 길인지 내 눈으로 직접 봐야겠소. 내가 끝까지 들어가겠다고 한다면 어쩔 셈이오?"

"허허. 참으로 곤란한 친구로군. 그렇게 자신한다면 들어와 보도록 하게."

전흠의 두 눈이 어느 때보다 날카롭게 번뜩였다.

"나를 막을 자신이 있단 말이오?"

"사실 막을 필요도 없는 일이지. 어차피 자네는 안으로 들어오지 못할 테니 말일세."

"그게 무슨 말이오?"

"이 일대는 내가 뿌려 놓은 독으로 인해 독지(毒地)로 변한 지 오래일세. 내가 자네의 발길을 돌리려고 한 건 자네들이 영문도 모르고 독지로 들어왔다가 애꿎은 목숨을 잃게 될 것이 안타까워서였네. 그런데 자네가 굳이 목숨까지 바쳐 가며 자네의 뜻을 고집하겠다면 나로서는 그 의지를 준중해 줄 수밖에 없지 않겠나?"

그 말에 전흠은 몸을 움찔하지 않을 수 없었다.

독지라는 단어에 문득 떠오르는 생각이 있었던 것이다. 그러고 보니 상대의 음성 또한 얼마 전에 들어 본 적이 있는 것 같지 않은가?

"독지라면…… 혹시 당신은 만독곡의 주인인 독선 고준이 아니오?"

지금까지 평정을 유지하고 있던 음성의 주인이 처음으로 놀란 빛을 감추지 않았다.

"자네가 나를 어찌 알고 있는가?"

전흠은 그들이 동방욱을 제거하는 장면을 몰래 훔쳐보았다고 말할 수는 없었기에, 재빨리 머리를 굴려 평소의 그답지 않게 영민한 반응을 보여 주었다.

"독지라는 말에 독지계가 떠올랐소. 독선의 독지계가 능히 강호일절(江湖一絶)임을 누가 모르겠소?"

고준은 반신반의하는 듯 음성에 다소 어리둥절한 빛이 담겨 있었다.

"흐음. 내가 중원에 나온 지 얼마 되지도 않았는데, 벌써부터 중원에 내 명성이 그렇게 널리 퍼져 있다니 뜻밖이로군."

"그렇지 않다면 내가 어찌 독지라는 말로 당신의 정체를 알 수 있겠소?"

고준은 잠시 생각에 잠겨 있는 듯 아무 대답이 없다가 다시 입을 열었다.

"패기는 넘치지만 그리 영명해 보이지는 않았는데, 내가 사람을 잘못 본 모양이군. 자네 말이 맞다고 해 두세."

전흠의 얼굴이 살짝 일그러졌을 때, 고준의 음성이 다시 들려왔다.

"아무튼 내 독지계가 어떤 것인지 알고 있다면 절대 이 안으로 들어올 수 없다는 것도 알고 있겠군. 그러니 더 이상 심력을 소비하지 말고 돌아가도록 하게."

고준이 이렇게까지 말하자 전흠도 당혹스러움을 느낄 수밖에 없었다.

거듭된 도발에도 상대가 일절 대응도 없고 모습조차 드러내지 않고 있으니 어떻게 해 볼 도리가 없는 것이다. 더구나 고준의 말이 사실이라면 고준이 들어오라고 해도 이 안으로 들어가서는 안 되는 일이었다.

가공할 무공을 지니고 있던 동방욱이 어떤 꼴로 쓰러졌는지를 똑똑히 보았던 전흠으로서는 독지계라는 말을 듣는 순간부터 이대로 몸을 돌려 원래의 길로 돌아가고 싶은 마음이 들었던 것이다.

하나 진산월의 생각은 다른 모양이었다.

전흠이 어찌할지를 몰라 자신을 쳐다보고 있자 진산월이 성큼 앞으로 한 발 내디뎠다.

전흠이 깜짝 놀라 그를 제지하려 했으나, 그 전에 고준의 음성이 먼저 들려왔다.

"거기서 한 걸음만 더 내디디면 독지계에 들어오게 되네. 그다음부터는 나로서도 어쩔 수가 없네."

진산월은 막 두 번째 걸음을 내디디려다 몸을 멈추고 숲속의 어느 한쪽으로 시선을 돌렸다.

"그게 정말이오?"

진산월이 바라보는 곳에서 흠칫하는 기색이 느껴졌다.

뒤이어 그들에게서 오 장여 떨어진 우거진 소나무 위에 하나의 인영이 모습을 드러냈다.

평범한 인상의 그 사내는 몹시 놀란 듯 눈을 크게 뜬 채로 진산월을 바라보고 있었다.

"내 회절음(回節音) 수법을 단번에 파악하다니 놀라운 친구로군. 자네는 누군가?"

"내가 누구인지는 중요하지 않소. 그보다 당신이 한 말이 사실이오?"

고준은 스스로의 가슴을 두드리며 당당한 음성으로 말했다.

"엄연한 한 문파의 주인인 내가 자네를 속여 무엇 하겠는가? 이곳에는 확실히 독지계가 펼쳐져 있네."

진산월은 고개를 저었다.

"아니, 이 안으로는 절대로 들어올 수 없다는 말이 사실이냐고 물은 거요."

고준은 눈을 부릅떴다.

"일단 독지계가 펼쳐진 이상, 누구도 독지계 안으로 들어올 수 없네. 이건 내 이름을 걸고 자신 있게 말할 수 있는 사실일세."

진산월은 그에게서 시선을 거두어 송림 안을 바라보았다.

"그런데 나는 왠지 그 안으로 들어갈 수 있을 것 같다는 생각이 드는구려."

"죽고 싶다면 무슨 짓이든 못 할까? 제아무리 무림의 절정 고수라 해도 독지계에 빠지면 어떤 참혹한 모습이 되는지 자네는 짐작도 못 할 걸세."

"나도 내가 직접 겪어 보지 못한 일은 믿지 못하는 성격이라서 말이오."

고준은 어처구니가 없다는 듯 입을 반쯤 벌리더니 고개를 절레

절레 흔들었다.

"자네들 모두 죽기 딱 좋은 성격이로군."

"하지만 이렇게 살아 있지."

"정말 누군지 모르지만 말 하나는……."

혀를 차던 고준이 갑자기 안력을 돋구어 진산월을 뚫어지게 바라보았다.

"그러고 보니 자네의 행색이 어딘지 낯설지가 않군. 자신감을 넘어 광오해 보이는 말씨 하며……."

고준의 시선이 진산월의 냉정함을 넘어 무심함으로 가득 찬 두 눈을 지나 왼쪽 뺨의 칼자국과 훤칠한 키, 그리고 옆구리에 매어 놓은 용영검을 차례로 훑고 지나갔다. 갈수록 그의 눈이 크게 뜨이며 경악 어린 빛이 담기기 시작했다.

"왼쪽 뺨에 그 칼자국과 고검(古劍), 주위를 질식시킬 듯한 기도, 그리고 이십 대의 젊은 나이…… 자네는 혹시……."

바로 그때였다.

쿠아아앙!

송림 안에서 지금까지와는 비교도 할 수 없는 엄청난 굉음이 터져 나왔다.

그와 함께 거센 경기가 어마어마한 위력을 동반한 채 송림 일대를 휩쓸어 버릴 듯한 기세로 구름처럼 일어나 사방을 휘몰아쳐 갔다.

그 경기가 어찌나 강력했던지 진산월과 전흠이 서 있는 일대의 나무들이 세차게 흔들리며 무수한 솔방울과 솔잎들이 소낙비처럼 쏟아져 내렸다.

한낱 충돌의 여파가 이럴진대, 충돌 자체는 얼마나 가공스러운 것이겠는가?

그 순간, 진산월은 땅을 박차고 허공으로 신형을 움직였다.

파앗!

그의 몸은 순식간에 희끗한 잔영만을 남긴 채 우거진 소나무 숲 위를 날아가고 있었다.

"어엇? 장문 사형!"

전흠이 그의 행동에 놀라 덩달아 몸을 움직이려 할 때 그의 귓전으로 진산월의 전음이 들려왔다.

─내가 신호를 보낼 때까지 그곳에서 기다리고 있도록 해라.

전흠은 그 말에 막 솟구치려던 신형을 멈추었다.

독지계가 아닌 진산월의 지시 때문이었다. 지금까지는 독지계가 펼쳐져 있다는 부담감 때문에라도 선뜻 몸을 움직일 수 없었지만, 이제는 상황이 바뀌어 버렸다.

진산월의 거침없는 움직임으로 보아 독지계는 나무 위까지 영향력을 미치지는 못하는 게 분명했다. 얼마 전까지만 해도 도저히 뚫을 수 없을 것 같았던 독지계의 허점이 너무도 쉽게 노출되어 버린 것이다.

생각해 보면 너무도 당연한 일이었다. 땅을 타고 흐르는 독지계의 독기가 살아 있는 나무에까지 파고들었다면 이 일대의 나무는 모두 독기에 휩싸여 녹아 버리거나 시커멓게 죽어 버렸을 것이다.

그런데 아무리 눈을 크게 뜨고 보아도 주위의 나무들은 다른 곳과 전혀 다름이 없이 생생함을 자랑하고 있었다. 그것은 독지 계의 독기가 주변의 나무에는 아무런 영향을 끼치지 못함을 의미 하는 것이었다.

진산월은 단숨에 이 점을 꿰뚫어 보았기에 주저하지 않고 나무 위로 신형을 날릴 수 있었던 것이다.

전흠은 벌써 까마득한 거리에서 송림 위를 질주하고 있는 진산 월을 보며 혀를 내둘렀다.

'장문 사형은 검법뿐 아니라 신법 또한 어느 사이에 일정한 경 지를 벗어난 것 같구나.'

확실히 진산월의 무공은 시간이 갈수록 무섭도록 발전하고 있 었다.

누산의 석동을 나올 때만 해도 진산월은 검법을 제외한 다른 무공에 그다지 강점을 가지고 있지 않았었다.

하나 낙일방에게서 구반장법을 비롯한 소선 우일기의 절학을 전해 받은 뒤로 장법을 비롯한 수공에도 상당한 성과를 거두었 고, 육천기에게서 취선 하정의의 무공마저 입수한 후로는 그야말 로 맨손으로도 능히 강호의 절정 고수로 불리기에 충분한 경지에 오르게 되었다.

특히 약점을 보였던 신법에 있어서는 비선 조심향의 무염보를 완성한 후 그야말로 비약적인 발전을 이루어 지금은 강호십대신 법대가에 견주어도 손색이 없는 수준에까지 도달하게 된 것이다.

무염보는 단순한 보법이라기보다는 인간의 움직임에 대한 보다 근원적인 고찰을 담고 있는 최상승의 절학이기에 그 효용 가치는 이루 말할 수 없었다. 진산월 또한 무염보의 열여덟 걸음을 모두 익힌 후에는 자신이 무공의 또 다른 경지에 새롭게 눈을 떴음을 자각할 정도였다.

전흠이 멀어지는 진산월의 뒷모습을 우두커니 보고 있을 때, 한 줄기 바람이 일렁이며 한 사람이 가까운 나무 위로 모습을 드러냈다.

그는 다름 아닌 고준이었다.

고준의 얼굴은 조금 전에 보았던 여유만만하고 느긋한 모습이 아니라 어딘지 모르게 경직되고 굳어 있는 기색이 역력했다.

"이제 보니 자네의 이름도 묻지 못했군. 자네는 누군가?"

전흠은 이 장여 떨어진 나무 위에 비스듬히 기대어 있는 고준을 올려다보며 포권을 했다.

"나는 종남파의 이십일 대 제자인 전흠이라 하오."

고준은 물끄러미 그를 내려다보다 문득 탄식을 했다.

"정말 종남파의 고수였군. 그렇다면 조금 전의 그자는 역시 종남파의 장문인인 신검무적인가?"

"그렇소."

고준은 다시 땅이 꺼져라 한숨을 내쉬었다.

"눈앞에 천하의 고인을 두고도 알아보지 못하고 큰소리를 쳤으니 그야말로 창피막심한 일이로군. 내 평생 이렇게 낯이 뜨겁고 부끄러운 적은 이번이 처음일세."

고준은 적어도 염치를 아는 사람임이 분명했다. 고개를 절레절레 흔들고 있는 그의 얼굴에는 확실히 당혹스러워하는 빛이 고스란히 드러나 있었다.

고준은 진산월이 사라진 방향을 보고 있다가 씁쓸한 음성으로 넋두리하듯 말했다.

"단숨에 독지계의 단점을 알아차리고 주저 없이 몸을 날리다니, 그것만 보아도 얼마나 뛰어난 인물인지 짐작이 가는군. 이럴 줄 알았다면 좀 더 붙잡고 이야기라도 나누어 볼 걸 그랬나?"

그 모습은 마치 오랫동안 동경해 오던 대상을 어렵게 만난 어린 소년 같아서 전흠이 오히려 어리둥절함을 느낄 정도였다.

"고 대협이 본 파의 장문인을 그리도 간절하게 생각할 줄은 미처 몰랐구려."

전흠이 반은 농(弄)이 섞인 음성으로 말하자, 고준이 돌연 정색을 했다.

"신검무적의 명성은 중원을 넘어 서장에까지 널리 퍼져 있다네. 짧은 시간에 그가 이루어 낸 일들은 가히 신화라고 표현해도 지나치지 않을 정도이지. 나는 중원에 들어오면서 언제고 꼭 그를 만나기를 학수고대했는데, 막상 대면하고도 제대로 인사도 나눠 보지 못하고 스치듯 지나가 버렸으니 나의 아쉽고 허전한 마음을 자네가 어찌 짐작이나 할 수 있겠는가?"

전흠은 열변을 토하며 진산월에 대한 극찬을 늘어놓는 고준의 모습에 그저 피식 웃을 수밖에 없었다. 그러다 문득 생각난 것이 있어 물었다.

"고 대협이 이곳에 독지계를 풀어 아무도 들어오지 못하게 한 것은 대체 무슨 연유에서요?"

"그건……."

무어라고 입을 열려던 고준은 잠시 입을 다물고 생각에 잠겨 있더니 돌연 비스듬하게 걸터앉은 자세를 똑바로 하며 전흠의 얼굴을 정면으로 바라보았다.

"자네가 이쪽으로 온 것은 단순한 우연인가? 아니면 다른 목적이 있는 것인가?"

갑자기 표정이 일변한 고준의 태도에 전흠은 약간의 당혹감을 느꼈으나 거리낄 것이 없다고 생각하고 당당한 자세로 입을 열었다.

"우리는 이 근처를 지나가던 길에 이쪽에서 심상치 않은 싸움이 벌어지고 있음을 알고 온 것이오. 고 대협이야말로 우리에게 다른 목적을 가지고 접근한 것은 아니오?"

고준은 그 말의 진위를 파악하려는 듯 날카로운 신광이 어른거리는 눈으로 전흠의 얼굴을 뚫어지게 보고 있다가 이내 짤막하게 고개를 끄덕였다.

"확실히 그런 것 같군. 자네는 이상한 오해를 하지 말게. 내가 자네들에게 수작을 부릴 생각이었으면 이곳에 독지계를 펼쳤다는 것을 밝힐 리가 있겠나? 나는 그저 맡은 일을 확실히 하고자 했을 뿐이네."

전흠이 재빨리 물었다.

"고 대협이 맡은 일이란 게 뭐요?"

"이 안쪽으로 누구도 들어올 수 없게 막고 있는 것이지."

"하지만 이미 장문 사형이 들어갔지 않소?"

고준의 얼굴에 한 줄기 고소가 내걸렸다.

"신검무적은 나로서는 막고 싶어도 막을 수 없는 사람이니, 그저 천재지변 같은 일이라 생각하고 있네."

"내가 들어간다면 막을 셈이오?"

지금까지 부드럽던 고준의 얼굴에 칼날처럼 예리한 기운이 감돌았다.

"천재지변은 한 번으로 족하네. 자네는 신검무적이 아니니 같은 행운을 기대하지 말게."

"그래도 만약……."

전흠이 채 무어라고 입을 열기도 전에 고준은 단호한 음성으로 잘라 말했다.

"원한도 없는 젊은 사람에게 독수를 쓰기는 싫지만, 내가 맡은 일을 다하지 못하는 건 더더욱 싫네. 자네는 허튼 생각을 하지 말고 그곳에 가만히 있도록 하게."

전흠도 아직 진산월의 다른 지시가 없기에 당장 그를 뚫고 들어갈 생각까지는 하지 않았다. 하나 막상 자신을 어렵지 않은 상대로 생각하는 듯한 고준의 말을 듣자 순간적으로 욱하는 반발심이 일어났다.

다행히 이제는 그도 순간적인 충동에 일을 그르치는 철부지 애송이가 아니었다.

그래서 전흠은 그 자리에 가만히 선 채 아무런 움직임도 보이지 않았다. 하나 그의 마음속에는 언제고 기회가 된다면 고준에게 자신이 어떤 사람인지 똑똑히 보여 주고 말겠다는 각오가 단단히 자리하고 있었다.

공교롭게도 그의 그런 마음을 보여 줄 시간은 생각보다 빠르게 다가왔다.

계속적으로 들려오던 싸움 소리가 잠시 잦아들었다 싶은 순간에 전흠의 귓전으로 진산월의 전음성이 들려온 것이다.

-숲 안의 동쪽 공터로 와라.

그 말을 듣자마자 전흠은 한 치의 주저함도 없이 동쪽 방향을 향해 몸을 날렸다.

고준은 설마 하고 있다가 전흠이 아무런 기색도 내지 않고 송림 위로 날아오르자 눈을 부릅뜨며 버럭 소리를 질렀다.

"나를 너무 우습게 보는군! 내 말이 장난인 줄 아는가?"

그의 오른쪽 소매가 한 차례 흔들리며 시커먼 흑무(黑霧)가 전흠이 날아가는 방향을 향해 자욱하게 피어올랐다.

전흠은 몸을 날릴 때부터 고준의 독공을 경계하고 있었기에 고준이 흑무를 펼치자마자 주저하지 않고 출검을 했다.

파앗!

새하얀 검광이 무섭게 번뜩이며 흑무가 반으로 갈라졌다. 그리고 전흠의 신형은 어느새 그 사이를 지나고 있었다.

고준은 전흠이 이리도 쉽게 자신의 독무를 뚫고 나갈 줄은 몰랐는지 안색이 딱딱하게 굳어졌다.

"과연 천하를 석권하고 있는 종남파의 고수란 말이로군. 어디 이것도 받아 보게!"

고준은 오른 소매를 세차게 흔들었다. 그러자 반으로 갈라졌던 흑무가 빠르게 하나로 뭉치며 무서운 속도로 확산되어 전흠의 뒤를 바짝 쫓아갔다.

전흠은 힐끗 돌아보고는 이대로 계속 달려가는 건 위험하다고 생각했는지 내딛고 있던 나뭇가지를 박차고 허공으로 몸을 솟구쳤다.

일반적인 경우라면 강적을 앞에 두고 몸을 공중에 두는 건 상당히 위험천만한 일이었다. 허공에서는 자신의 몸을 마음대로 이동시키거나 움직일 수 없기에 상대의 공격을 피하기가 쉽지 않기 때문이다.

하나 지금 전흠은 나뭇가지의 탄력을 이용했을 뿐 아니라 허공을 날아가는 방향이 고준 쪽이 아니라 비스듬히 기울어진 전방이어서 고준이 당장 다른 공격을 하기가 무척 애매한 상황이었다.

원래 고준은 땅바닥에 펼쳐 놓은 독지계에 상당한 자신감을 가지고 있었기에 나무 위쪽으로는 별다른 술수를 부리지 않았다. 설사 상대가 나무 위로 올라온다 하더라도 위쪽에서 미리 대기하고 있는 자신의 손을 피할 수 없을 거라는 나름의 확신을 가지고 있었다.

그런데 진산월은 너무도 빠른 속도로 이동했기에 미처 손을 쓸수가 없었고, 지금은 손을 쓰려 해도 오히려 흑무가 방해가 되어 섣불리 다른 공격을 하기가 망설여졌다.

"약은 수작을 부리는군."

고준은 입술을 깨물며 왼쪽 손을 가볍게 휘둘렀다.

쐐액!

그의 손에서 거무튀튀한 철표(鐵鏢)가 튀어나와 빛살 같은 속도로 허공에 떠 있는 전흠을 향해 쏘아져 갔다. 막 철표가 전흠의 몸을 꿰뚫기 직전에 전흠의 몸이 뒤집혀지며 수중의 장검이 예리한 빛을 발했다.

땅!

철표는 전흠의 장검에 격중되어 숲속 어딘가로 날아가 버렸다. 덕분에 전흠의 몸은 공중에서 그대로 아래로 추락하는 듯했으나, 바닥에 있는 나뭇가지 위로 출렁거리듯 떨어지다가 이내 그 탄력을 이용해 더욱 빠르게 허공을 날아가 버렸다.

고준이 다시 암기를 발출하려 했을 때 전흠의 몸은 이미 송림 저편으로 달려가고 있었다.

고준은 예상과는 다른 전흠의 민첩한 움직임에 어처구니가 없는지 허탈한 웃음을 짓고 말았다.

"헛! 보기와는 다르게 약삭빠른 친구로군."

그는 전흠이 이동하는 모습을 보고 있다가 혀를 차며 고개를 이리저리 흔들었다.

"신검무적이라는 이름에 내가 너무 주눅이 들었나? 제대로 실력 발휘도 못 해 버렸네. 그나저나 이제 어쩌지? 벌써 두 사람이나 들어가 버렸는데 계속 이곳을 지키고 있을 의미가 있을까?"

고준은 고민하는 모습으로 그 자리에 우두커니 서 있더니 이내 몸을 날려 숲속으로 사라져 갔다.

우거진 소나무 숲을 지나니 크고 작은 몇 개의 공터가 모습을 드러냈다. 그중 가장 동쪽의 공터에서 두 갈래의 치열한 싸움이 벌어지고 있었다.

한쪽에는 청의를 입은 문사 차림의 노인이 백의를 입은 백발 중년인과 갈의 청년을 상대로 그야말로 용호상박의 무시무시한 싸움을 벌이고 있었다. 무공 자체는 웅혼한 장력과 기이한 신법을 지닌 청의 노인이 앞서 보였으나, 백발 중년인과 갈의 청년의 합공이 완벽에 가까울 정도로 정교하게 이루어져서 누구도 결정적인 우세를 점하지 못하고 있었다.

특히 갈의 청년의 쇠꼬챙이같이 생긴 기형검이 때때로 예측을 벗어난 움직임을 보일 때마다 조금씩 우세를 점해 가던 청의 노인이 확연히 알아차릴 수 있을 정도로 주춤거리는 모습을 보이고 있어 더욱 승패를 예상하기 어려웠다.

그들 세 사람의 결전이 어찌나 살벌했던지 그들 주위의 반경 오 장 안은 휘몰아치는 경기의 소용돌이로 일대의 풀밭이 모두 파헤쳐지고 근처의 나무들이 부러져 그야말로 폐허를 방불케 할 정도였다.

그에 비해 다른 한쪽의 싸움은 일방적인 것이었다.

전신에 피 칠을 한 청년 한 사람이 남삼 문사를 간신히 상대하고 있었는데, 남삼 문사의 손에 들린 청옥으로 된 섭선이 한 번 움직일 때마다 청년의 몸에는 새로운 혈선이 생겨나고 있었다.

원래는 하늘색이었을 청년의 유삼은 흘러나온 피로 시뻘겋게 젖어 당초의 색을 알아보기도 힘들 정도였다. 게다가 제법 준수했을 용모마저 흐르는 선혈과 땀으로 얼룩져 있어 그야말로 낭패스럽기 이를 데 없는 몰골이었다.

누가 보기에도 남삼 문사의 압도적인 우세였으나, 그럼에도 하늘색 유삼의 청년은 용케도 쓰러지지 않고 힘겨운 싸움을 이어 나가고 있었다.

하나 조금만 안력이 높은 사람이라면 하늘색 유삼의 청년이 투지나 근성이 좋기 때문이 아니라 남삼 문사가 손에 사정을 두고 있기 때문임을 어렵지 않게 알아볼 수 있을 것이다. 또한 그것이 결코 남삼 문사가 하늘색 유삼의 청년에게 호의를 베풀고 있는 것이 아님도 알아차릴 것이다.

지금 남삼 문사는 마치 배부른 고양이가 생쥐를 가지고 놀 듯 하늘색 유삼의 청년을 마음껏 희롱하고 있었다.

하늘색 유삼의 청년도 그것을 알고 있는지 핏발 선 두 눈에는 참을 수 없는 분노와 수치심이 짙게 드리워져 있었다. 하나 지금의 그에게는 상황을 타개하거나 빠져나갈 능력이 없었다.

남삼 문사의 손을 벗어날 수도 없고, 그에게 통렬한 반격을 가할 힘도 없었다. 쓰러지지 않고 최후의 최후까지 버티고 서 있는 것만이 지금의 그가 할 수 있는 유일한 반항이었다.

그런데 이제 그것도 슬슬 한계에 부딪치고 있었다.

하늘색 유삼의 청년의 내공은 이미 바닥이 난 지 오래였고, 악에 받쳐 쥐어짜 냈던 체력 또한 거의 소진되어 있었다. 그는 필사적으로 두 눈을 부릅뜨며 남삼 문사를 노려보려 했으나, 이미 무거운 눈꺼풀은 감기기 직전이었다.

'이…… 이렇게 끝날 수는…….'

하늘색 유삼의 청년은 감기려는 두 눈을 억지로 뜨려 했으나 눈꺼풀은 그의 그런 마음을 비웃듯 감기고 말았다. 그와 함께 그를 지탱하던 마지막 힘마저 사라져 버렸다.

하늘색 유삼의 청년은 그대로 힘없이 허물어지듯 바닥을 향해 쓰러지고 말았다.

막 그의 몸이 땅에 닿기 직전, 갑자기 한 사람이 숲에서 튀어나와 빠른 속도로 그의 몸을 잡아채 갔다.

남삼 문사는 끝까지 버티다 견디지 못하고 쓰러지는 하늘색 유삼의 청년을 무심히 바라보고 있다가 누군가가 그의 몸을 채가는 듯하자 재빨리 수중의 섭선을 앞으로 내뻗었다.

"허튼 수작!"

섭선에서 한 줄기 경기가 벼락 같은 위세로 쏟아져 나왔다.

바닥에 거의 닿기 직전이었던 하늘색 유삼의 청년의 몸을 아슬아슬하게 안아 든 인영이 오른손을 움직이자, 한 줄기 빛살 같은 검광이 장내에 번뜩였다.

파앙!

경기와 검광이 정면으로 격돌하며 예리한 파공음이 터져 나왔다.

인영은 한 차례 휘청거리다 한 걸음 물러선 반면, 남삼 문사는 살짝 흔들리는 정도에 그쳤다. 이것만 보아도 조금 전의 장면에서 누가 득수했는지를 어렵지 않게 알 수 있었다.

남삼 문사는 수중의 섭선을 가볍게 접으며 하늘색 유삼의 청년을 안고 있는 인영을 찬찬히 살펴보았다.

키는 그다지 크지 않았으나 유난히 단단한 체구에 날카로운 눈빛이 인상적인 청년이었다. 청년은 오른손에 기다란 장검을 뽑아

든 채 매서운 눈빛으로 남삼 문사를 쏘아보고 있었는데, 그 눈빛이나 표정이 어찌나 강렬하던지 마치 한 마리의 성난 짐승을 보는 것 같았다.

남삼 문사는 흔들림 없는 눈으로 청년의 전신을 쓰윽 훑고는 냉정한 음성으로 입을 열었다.

"예의가 없는 친구로군. 강호에서 남의 일에 함부로 끼어들면 어떻게 되는지는 알고 있소?"

청년은 살벌할 정도로 차가운 눈으로 남삼 문사를 쏘아보았다.

"강호에서 알량한 힘만 믿고 까부는 자들이 어떤 말로를 겪는지는 잘 알고 있지."

통렬한 독설을 듣고도 남삼 문사는 전혀 표정의 변화가 없이 담담한 모습이었다.

"입담이 날카롭군. 그런데 이 숲 입구에 누군가가 있었을 텐데, 혹시 만나지 못했소?"

"독지인가 뭔가를 만들어 놓았다고 자랑하는 사람이 있긴 하더군."

"그는 어떻게 되었소?"

"나야 모르지. 지금도 자신이 만들어 놓은 독지가 아까워서 그 앞을 지키고 있는지, 아니면 비루먹은 개처럼 마냥 입구를 지키고 있는 게 지겨워져서 어디로 훌쩍 가 버렸는지……."

남삼 문사는 잠시 생각에 잠겨 있더니 문득 입가에 희미한 미소를 떠올렸다.

"고준의 독지계를 벗어나다니 과연 평범한 인물은 아니로군.

말투에 남쪽 지방 억양이 섞여 있는 것 같은데, 어느 파의 고인인 지 알 수 있겠소?"

남삼 문사의 태도나 어투는 온화하고 부드러웠으나, 청년은 여전히 고슴도치처럼 날카로운 모습을 숨기지 않았다.

"자기가 누구인지 밝히지 않으면서 남의 신원을 알려고 하다니, 이런 걸 후안무치(厚顏無恥)라고 하던가?"

남삼 문사는 화를 내기는커녕 오히려 낭랑한 웃음을 터뜨렸다.

"하하. 내 일에 주저 없이 끼어들기에 당연히 내가 누구인지 알고 있는 줄 알았소. 나는 송악중(宋岳重)이라 하오."

청년은 속으로 그의 이름을 뇌까려 보다가 특별히 떠오르는 게 없는지 다시 퉁명스러운 음성을 내뱉었다.

"나한테는 어느 파 소속인지 물어보면서 자기 자신은 이름만 달랑 밝히다니, 확실히 낯짝이 두꺼운 자로군."

"독지계를 뚫고 왔다면서 내가 누구인지 짐작도 못 했다는 거요?"

"당신이 쾌의당주가 아끼는 제자인지 아닌지 내가 어찌 알겠소?"

남삼 문사, 송악중의 눈빛이 예리하게 빛났다. 그는 청년의 얼굴을 유심히 바라보더니 천천히 입을 열었다.

"역시 내가 누구인지 어느 정도는 알고 있었구려. 당신을 보다 보니 나도 문득 떠오르는 사람이 있소. 요새 강호에서 대세가 되고 있는 종남파의 고수인데, 성격이 다소 급하고 검법이 사납기 이를 데 없어서 폭뢰검이라고 불린다던가? 혹시 그런 이름을 들어 본 적이 있소?"

이번에는 청년이 눈을 번뜩이며 송악중을 뚫어지게 노려보더니 이윽고 당당한 표정으로 고개를 끄덕였다.

"내가 바로 종남파의 전흠이오."

송악중은 짐짓 눈을 크게 치켜뜨며 가볍게 포권을 했다.

"오, 과연 내 짐작이 맞았구려. 고명하신 명성은 익히 들었소. 만나게 되어 반갑소."

전흠은 여전히 차가운 얼굴로 냉소를 날렸다.

"지금은 한가하게 인사나 주고받을 상황이 아닌 것 같소."

송악중은 하얀 이를 드러내며 웃었다. 준수한 얼굴에 어울리는 멋진 웃음이었으나, 전흠의 눈에는 왠지 먹이를 향해 이빨을 드러내는 맹수처럼 보였다.

"옳은 말이오. 그렇지 않아도 천하를 뒤흔들고 있는 종남파의 위명을 귀가 따갑게 듣고 있던 참이었소. 종남파 고수의 제대로 된 실력을 볼 수 있는 기회가 찾아왔으니 나로서는 도저히 놓칠 수가 없구려."

송악중의 수중에 들려 있는 청옥으로 된 섭선이 부드럽게 펼쳐지며 삼엄한 기운이 구름처럼 일어났다.

단지 손에 들고 있던 섭선을 펼쳐 보였을 뿐인데도 송악중의 전신은 바늘 하나 들어갈 틈도 없는 완벽한 자세를 이루고 있었다.

전흠은 여전히 하늘색 유삼의 청년을 한쪽 팔에 안은 채로 송악중의 자세를 유심히 보고 있다가 문득 턱으로 그의 뒤를 가리켰다.

"나보다 저쪽에 더 신경을 써야 하는 거 아닌가? 아무리 보아도 급한 건 내가 아니라 저쪽 같은데…….”

그 말에 송악중은 퍼뜩 생각이 났는지 고개를 돌려 보았다.

한쪽에서 치열하게 벌어지고 있던 이 대 일의 싸움은 점점 종말을 향해 치달려 가고 있었다.

우열을 가리기 힘들어 보였던 정세도 일방적이라 할 만큼 한쪽으로 크게 기울어져, 누가 보아도 머지않아 승부가 나리라는 걸 알 수 있을 정도였다.

우세를 점하고 있는 사람은 합공을 당하고 있던 청의 노인이었다.

원래 청의 노인은 순수한 무공 실력만으로는 백발 중년인과 갈의 청년을 상당 부분 앞서고 있었다. 하나 두 사람의 합공이 상당히 효과적이었고, 무엇보다 청의 노인이 갈의 청년의 검을 크게 경계하고 있었기에 무공의 격차에도 불구하고 팽팽한 승부를 이어 가고 있었다.

하나 하늘색 유삼의 청년이 위기에 처하면서 상황이 급변하게 되었다.

그가 더 이상 견디지 못하고 쓰러지려는 순간부터 청의 노인의 공세가 한층 더 강력해지더니 이내 두 사람을 일방적으로 몰아붙이는 형세가 되어 버렸다.

기이한 것은 갈의 청년에 대한 청의 노인의 자세였다. 조금 전까지만 해도 갈의 청년의 기형검이 괴이한 검로(劍路)를 그려 낼 때마다 확연히 알 수 있을 정도로 움찔거리며 극도의 경계심을 보였던 청의 노인이 어느 순간부터 그의 검에 전혀 놀라거나 당황한 빛을 보이지 않고 냉정을 유지하고 있었다. 그러자 자연히 세 사람 중 가장 무공이 떨어지는 갈의 청년이 급격한 수세에 몰릴 수밖에 없었고, 그로 인해 자연히 백발 중년인 또한 조금씩 불리한 상황에 처하게 된 것이다.

일정 수준 이상에 올라 있는 고수들 사이의 대결에서 이 정도의 격차는 치명적이라고 해도 마땅할 정도로 어마어마한 것이었다. 백지장 같은 우세만으로도 일방적인 승부가 벌어지는 것이 바로 고수들 간의 싸움이었다.

백발 중년인과 갈의 청년은 청의 노인의 공격에 연신 뒤로 물러나기 바빴다.

지금도 청의 노인이 흔들어 댄 수십 개의 장영(掌影)이 허공을 자욱하게 수놓으며 떨어져 내리자, 백발 중년인과 갈의 청년은 감히 정면으로 맞서지 못하고 황급히 양쪽으로 이동하며 자신의 몸을 지키기에 급급했다.

그 순간 수십 개로 퍼져 있던 장영들이 급속도로 모여들며 이내 커다랗게 변한 하나의 손바닥이 백발 중년인의 코앞으로 쏘아져 갔다. 수십 개의 장영이 하나로 합치하는 속도가 어찌나 빨랐던지 백발 중년인이 무언가 눈앞을 어른거린다고 느낀 순간, 이미 손바닥은 그의 지척에 도달해 있었다.

그 압도적인 광경에 백발 중년인의 가뜩이나 새하얀 얼굴이 핏기 한 점 없이 핼쑥하게 변해 버렸다. 그는 전신이 거대한 산더미에 짓눌리는 듯한 압박감을 느끼고 눈을 부릅뜨며 전력을 다해 양손을 내뻗었다.

콰앙!

"크으윽!"

벼락이 치는 듯한 굉음과 함께 백발 중년인은 피를 뿌리며 삼
장여 밖으로 훨훨 날아가 버렸다.

그를 단숨에 피투성이로 만들어 버린 손바닥은 사라지지 않고
허공을 빠르게 선회하더니 이내 갈의 청년을 향해 날아갔다.

사람은 보이지도 않고 손바닥만 허공을 자유자재로 유영하는
모습은 그야말로 괴이하기 이를 데 없는 것이었다.

하나 갈의 청년은 그 손바닥의 정체를 짐작하고 있는지 나직한
경호성을 발하더니 이내 피가 나도록 입술을 깨물었다.

"염라무영수(閻邏無影手)로구나! 으득!"

그의 얼굴에 진득한 독기가 가득 서렸다.

그는 자신을 향해 무섭게 짓쳐들어오는 손바닥을 피할 생각도
하지 않고 그 자리에 우뚝 멈춰 서더니 이내 수중의 기형검을 비
스듬히 사선으로 쳐들었다. 기형검 끝에 검기가 맺히며 서늘한
빛이 은은하게 어른거리기 시작했다.

한 줄기 음성과 함께 송악중이 날아든 것은 바로 그때였다.

"사제, 무리하지 마라."

동시에 그의 손에 들린 청옥으로 된 섭선이 거대한 경력과 함
께 날아와 갈의 청년을 노리던 손바닥과 정면으로 부딪혔다.

(군림천하 37권에서 계속)

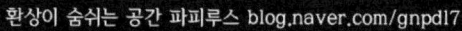

서생, 제갈현몽은 꿈을 꾸었다
무와 협이 아닌, 마법과 모험이 공존하는 신세계를!

『무림 속 마법사로 사는 법』

제갈세가 방계 중의 방계로서
표국의 문사로 일하던 제갈현몽

꿈에서 깸과 동시에 마법을 깨우치고
비범한 활약을 통해 명성을 떨치며
감당하기 힘든 별호를 얻게 되는데

"무후재림께서 오셨다! 무후재림 만세!"
"앗……아아……."

세상은 영웅을 원하고, 출사표는 던져졌다
고금제일의 마법사, 제갈현몽의 행보를 주목하라!

무림속 마법사로 사는 법

김형규 신무협 장편소설

율운 스포츠 판타지 장편소설

역대급 뱀직구로 슈퍼에이스!

뱀 한 마리 구해 주고 패스트볼의 신이 되었다

『역대급 뱀직구로 슈퍼에이스!』

밋밋한 포심, 애매한 변화구
혹사에 이은 수술, 그리고 입대까지
높아져만 가는 프로의 벽에 절망하던 구강혁

어느 날 고통받던 뱀을 구해 주고
문신과 함께 신비한 야구 능력을 얻게 되는데

"구속도 구속인데 무브먼트가……. 마치 뱀 같은데?"

타격을 불허하는 뱀직구를 앞세워
한국을 넘어 메이저리그까지 제패하겠다
전설을 써 내려갈 구강혁의 와인드업이 시작된다!

회사때려치우고 카페합니다

펩티드 현대판타지 장편소설

야근에 잔업, 죽어라 일만 하던 어느 날
할아버지가 돌아가셨다는 연락을 받았다
하지만 회사의 반응은 싸늘한 업무 지시뿐

"이런 X같은 회사, 내가 나간다."

그렇게 사표를 던지고 내려온 고향
할아버지가 남긴 카페로 장사나 하려는데
이 카페, 뭔가 심상치 않다?

─상태 : 만성 피로, 극도의 스트레스
>김하나의 손재주

"뭔가 이상한 게 보이는데?"

손님의 고민을 해결하고 재능을 물려받자
바쁜 일상 속의 단비 같은 힐링이 시작된다!